Im Schatten der Heidecksburg

Julia Bruns wurde in einem kleinen Dorf mitten in Thüringen geboren. Die promovierte Politikwissenschaftlerin arbeitete viele Jahre als Redenschreiberin und in der Öffentlichkeitsarbeit. Heute schreibt sie als freie Autorin, am liebsten Krimis aus ihrer Heimat Thüringen.

www.thueringen-kommissare.de

JULIA BRUNS

Im Schatten der Heidecksburg

THÜRINGEN KRIMI

emons:

© Emons Verlag GmbH
Cäcilienstraße 48, 50667 Köln
info@emons-verlag.de
Alle Rechte vorbehalten
Umschlagmotiv: photocase.com/five
Umschlaggestaltung: Nina Schäfer, nach einem Konzept
vonLeonardo Magrelli und Nina Schäfer
Gestaltung Innenteil: César Satz & Grafik GmbH, Köln
Lektorat: Marit Obsen
Druck und Bindung: Pario Print Sp. z o.o, Kraków
Printed in Poland 2025
ISBN 978-3-95451-801-2
Thüringen Krimi
Aktualisierte Neuauflage

Unser Newsletter informiert Sie
regelmäßig über Neues von emons:
Kostenlos bestellen unter
www.emons-verlag.de

Dieser Roman wurde vermittelt durch die
Editio Dialog Literary Agency, Lille.

Für Carl Nikolaus

Tausend ähnliche besser und schlechter gegründete Vermutungen
erzählte man sich als Wahrheiten,
vertraute man sich mit geheimnisreicher Miene.

Johann Karl Wezel, »Herrmann und Ulrike«,
komischer Roman, Leipzig 1780

Prolog

1882

Sie stand am Fenster. Zehn, vielleicht zwanzig Minuten schon. Die Sonnenstrahlen fielen durch die bunten Glasscheiben und färbten ihr ebenmäßiges Gesicht grün, ihr schlanker, eleganter Hals schimmerte rot. In Gedanken versunken strich sie mit den Fingern zart über das im Fenster eingelassene Wappen. Der schwarze doppelköpfige Reichsadler glänzte matt. Heute schien er ihr noch vertrauter als sonst, wie ein guter Freund, mit dem man ein Geheimnis teilt.

Sie hatte sich nach oben geschlichen, das Geländer mit beiden Händen fest umklammert, um auf der steilen Treppe den Halt nicht zu verlieren. Ihre nackten Füße hatte sie behutsam auf die Stufen aufgesetzt, dann knarrte das Holz am wenigsten, das wusste sie genau. Im Obergeschoss angekommen, war sie regungslos stehen geblieben und hatte mit angehaltenem Atem gelauscht. Nichts. Nur das wilde Rauschen der Schwarza und das Zwitschern einiger Vögel. Dann, nach einer ganzen Weile, hatte sie wieder zu atmen gewagt, nur ganz flach, denn sogar das konnte verräterisch sein. Langsam hatte ihre schmale Hand die gusseiserne Türklinke umfasst, sie mit ganzer Kraft nach unten gedrückt und die Tür zu der kleinen Wohnung vorsichtig, Millimeter für Millimeter, aufgeschoben.

Die Sehnsucht schien ihr hier oben noch unerträglicher. Kalter Zigarrenrauch mischte sich mit dem schweren, süßlichen Duft des Fliederstraußes, den Ida, die gute Seele des Hauses, heute Morgen auf den Schreibtisch gestellt hatte. Ida war die Einzige, die in die Wohnung durfte, nur für die Zeit des Herrichtens, nicht mehr. Niemand sonst, nicht einmal ihr Vater, betrat das Obergeschoss. Niemals würde er es wagen. Denn keiner im Haus wusste, wann *er* wieder hier sein würde. Manchmal flüsterte er ihr beim Gehen ein »In zwei Tagen« oder »Bis nächste Woche« zu. Doch sie wäre lieber gestorben, als jemandem nur ein Wort davon zu erzählen. Das war Teil ihrer Abmachung, unausgesprochen, aber allgegenwärtig. Das Risiko, ihn zu verlieren, war zu groß.

Natürlich ahnte der Vater etwas. Sein Blick verriet es ihr an jedem Morgen, der auf die viel zu kurzen Nächte folgte. Doch während all der Jahre – dreizehn, da war sie sich ganz sicher – hatte er nie ein Wort darüber verloren. Er sorgte sich um sie. Und um den Ruf der Familie. Ein fürstlicher Tiergärtner war schließlich nicht irgendwer. Die Leute würden reden, wenn auch nur der geringste Verdacht aufkäme. Doch das interessierte sie nicht, wenn sie nur bei ihm sein konnte. Sie wartete auf die eine, alles entscheidende Frage. Eine Frage, die niemals kommen würde.

Leise seufzend warf sie einen letzten zärtlichen Blick auf den Adler im Fenster. Heute würde er zurückkehren, so hoffte sie, vielleicht war er sogar schon unterwegs zu ihr. Dann nahm sie den Weg, den sie gekommen war, vorsichtig, damit sie niemand hörte.

***

Fürst Georg von Schwarzburg-Rudolstadt zwirbelte seinen Bart, bedeutete dem Stallmeister mit einem steifen, nur für das geübte untertänige Auge sichtbaren Kopfnicken seinen Dank und schwang sich auf »sweet heart«, sein Lieblingspferd. Kurz darauf flog der Sand unter den Hufen des Tieres auf, und Pferd und Fürst galoppierten durch das Nordtor der Heidecksburg, des Fürsten Residenz hoch über dem kleinen Städtchen Rudolstadt. Der Stallmeister rieb sich die Augen, schaute Ross und Reiter noch einen kurzen Moment lang unschlüssig nach und ließ seinen Blick dann über die eindrucksvolle Fassade des Hauptwohnsitzes seiner Herrschaft gleiten. Für einen Moment glaubte er, das Antlitz Elisabeths, Fürstin zur Lippe und Georgs Schwester, an einem der oberen Fenster des Südflügels gesehen zu haben. Doch er wagte nicht, sich zu vergewissern, sondern kehrte um und ging in den Marstall zurück.

Fürst Georg machte unterdessen einen kurzen Abstecher in den Hain und bog dann in die westliche Neustadt ein, um gemächlichen Schrittes durch die Augustenstraße zu reiten und sich die neu erbauten Villen mit ihren Erkern, Türmchen und einladenden Loggien anzusehen. Umgeben waren diese »Landhäuser«, wie sein alter Staatsminister von Bertrab immer zu sagen pflegte, von tiefen parkähnlichen Gärten, in denen die Dienerschaft der Hausbewohner auch allerlei Gemüse und Küchenkräuter anbaute.

Der volksnahe Georg blieb stehen und erfreute sich an einer lebhaften Diskussion zweier junger Mägde, die sich im Garten der Damm'schen Villa um die Zahl der von ihrer Herrschaft zu verspeisenden Mairüben stritten. Bei jeder sich ihm bietenden Gelegenheit beobachtete der Fürst das geschäftige Treiben seiner Untertanen, am liebsten unbemerkt von der Heidecksburg aus mit seinem Fernrohr. Interessiert betrachtete er den weitläufigen Garten des Hauses, der sich bis zur Großen Allee hinzog. Kaum fünf Jahre war es her, dass Konsul Damm, der sein Geld in den mexikanischen Silber- und Schwefelbergwerken machte, dieses prachtvolle Haus errichten ließ. Er war einer der zahlreichen Fabrikanten und Gewerbetreibenden, die es mit ihren industriellen Neugründungen nach Schwarzburg-Rudolstadt und mit ihren Wohnhäusern hinaus aus den engen Gassen der Altstadt ins ländliche Grün zog. Überall wuchsen Fabriken und Villen aus dem Boden und zeugten von dem Aufschwung des bis zu Georgs Amtsantritt im Jahr 1869 rückständigsten deutschen Fürstentums. Schwarzburg-Rudolstadt hatte sich unter seiner Regentschaft prächtig entwickelt.

Georg sah das mit Stolz, war er doch ein aufgeschlossener Förderer der Moderne. An diesem schönen Maimorgen stand ihm jedoch der Sinn nach etwas anderem. Er war auf dem Weg zur »Oppelei« im Schwarzatal. Am frühen Nachmittag wollte er sie erreichen. Georg schnalzte mit der Zunge, gab »sweet heart« etwas Zügel, touchierte den Bauch des Pferdes sanft mit seinem Reitstiefel und setzte seinen Weg fort. Er ritt zur Saale hinunter, folgte dem Fluss bis zur Mündung der Schwarza und bog dann, ohne das Ufer der Schwarza zu verlassen, in Richtung Bad Blankenburg ab.

Zwei Stunden später ritt er hoch erhobenen Hauptes in das Schwarzatal ein, saß ab, führte »sweet heart« an eine seichte Stelle des Flusses und genoss die klare Luft unter dem dichten

Blätterdach der Bäume. Nur wenige Meter flussaufwärts standen ein paar Bauernburschen bis zu den Knien im Wasser. Die Nasen direkt über der Oberfläche, hielten sie ihre Hände unermüdlich in den kalten Lauf. Offensichtlich hofften sie, die Schwarza würde den einen oder anderen Flitter Seifengold hineinbefördern. Als sie den Fürsten bemerkten, rannten sie quer durch den Wald davon.

Georg schmunzelte erhaben, griff nach den Zügeln des Pferdes und setzte seinen Weg fort. Keine sechs Kilometer später tauchten zwischen den großen Fichten der Giebel und das weit überhängende flache Satteldach des holzverkleideten Obergeschosses der »Oppelei« auf.

Er liebte dieses Haus, das sein Onkel, Fürst Friedrich Günther, für den fürstlichen Tiergärtner eigens hatte erbauen lassen und in dessen Obergeschoss sein braver Staatsminister von Bertrab ihm – nicht ohne einen gewissen stillen Missmut – eine kleine Wohnung eingerichtet hatte. In der abgeschiedenen Ruhe der Natur, weitab von den Pflichten und Konventionen eines Fürsten, konnte er sich seiner Leidenschaft für die Jagd und seinen forstwirtschaftlichen Studien widmen. Später einmal, nach dem Ende der Monarchie, würde das Land Thüringen vor allem von Letzterem profitieren.

Georg lenkte »sweet heart« nach rechts und überquerte die Schwarza auf einer schmalen Holzbrücke. Schon von Weitem sah er sie. Mathilde, die Tochter seines Tiergärtners. Und als ob es seine Sehnsucht spüren konnte, galoppierte das Pferd über die alten trockenen Bretter zum anderen Ufer des Flusses.

Wie schön sie immer noch war mit ihren neunundzwanzig Jahren, ganz das junge Mädchen, das er damals bei einem Jagdausflug das erste Mal gesehen und in das er sich Hals über Kopf verliebt hatte.

Mathilde stand auf der Galerie des Hauses und schaute ihm entgegen. Sie lächelte verlegen. Georg grüßte fast schon herzlich, übergab dem heraneilenden Tiergärtner Oppel sein Pferd und ging ins Haus.

★★★

Elisabeth war lange vom Fenster zurückgetreten. Sie saß auf einem der Biedermeierstühle in ihrem Gemach und schaute Staatsminister von Bertrab sorgenvoll an.

»Der Fürst reitet aus«, sagte sie mit vollkommen ruhiger und gefasster Stimme, die keinerlei Rückschluss auf ihre Gefühle zuließ. Dann strich sie sanft mit der Hand über ihr Kleid. Immer wenn sie auf dem Schloss ihres Bruders zu Gast war, was seit ihrer Hochzeit mit Leopold III. Fürst zur Lippe nur noch selten vorkam, trug sie ihr Tageskleid aus grünem Wollstoff, das mit schwarzen Schnur-Applikationen und Posamenten verziert war. Ein breites Samtband ließ ihre schlanke Taille noch schmaler erscheinen. Die dunklen Haare hatte sie elegant nach oben gesteckt. Ihr Alter sah man ihr nicht an. Einzig ihre müden Augen und die dicken Sorgenfalten auf ihrer Stirn ließen ihr Alter erkennen.

Elisabeth sorgte sich um die Zukunft der Fürstenfamilie. Vier Geschwister hatten die Eltern in der Familiengruft beisetzen müssen. Nur Georg und Elisabeth lebten noch und konnten das Blut der Schwarzburg-Rudolstädter weitertragen. Ihr selbst war dieses Glück nicht vergönnt gewesen, sosehr sie sich auch Kinder gewünscht hatte, und ihre ganze Hoffnung ruhte nun auf ihrem Bruder Georg. Schließlich trug er Verantwortung für sein Fürstentum.

»Ja, Hoheit. Zweimal in der Woche beliebt es dem Fürsten, nach Schwarzburg zu reiten.« Hermann Jakob von Bertrab verzog keine Miene. Mit durchgedrückten Schulterblättern saß der gealterte Staatsminister, der schon seit zwei Fürstengenerationen auf der Heidecksburg diente, auf seinem Stuhl und schaute die Fürstin unverwandt an.

»Zweimal in der Woche«, wiederholte sie, um nach einer kurzen Pause leise zu ergänzen: »Er ist bereits im vierundvierzigsten Lebensjahr.«

Von Bertrab nickte. Seit der geplatzten Verlobung mit Marie von Mecklenburg-Schwerin schien eine Heirat – ein Thronfolger gar – in weite Ferne gerückt zu sein. Es hatte seither keine eindeutigen Heiratsabsichten seines Landesherrn mehr gegeben, und der eine oder andere Fehltritt des lebensfrohen Fürsten ließ die erlauchte Damenwelt auf eine Einheirat ins schöne Rudolstadt verzichten.

»Der Fürst besuchte kürzlich die Richter'sche Fabrik, wurde mir zugetragen.« Elisabeth wechselte gekonnt das Thema. »Man soll dort Kinderspielzeug anfertigen.«

»Ja, Eure Hoheit, Baukästen.«

Von Bertrab berichtete ausführlich über »F. Ad. Richter & Cie. Fabrikation und Vertrieb chemisch-pharmazeutischer Präparate und Heilmittel«, dieses neue Unternehmen, das sich vor einigen Jahren, 1876, in der Stadt angesiedelt hatte und nun das erste Systemspielzeug der Welt produzierte. Detailverliebt beschrieb er die Vorzüge der Spielsteine, streng darauf bedacht, das unangenehme Thema des Familienstandes seines geschätzten Landesherrn zu vermeiden.

***

Mathilde wartete bis zum Einbruch der Nacht. Dann schlich sie sich in altbewährter Manier ins Obergeschoss. Die Tür stand einen Spalt breit offen, er erwartete sie. Ohne ein Wort trat sie ein. Schließlich durfte sie ihn bei seinen wichtigen Aufgaben nicht stören. Das mochte er nicht.

Georg stand mit dem Rücken zu ihr am Fenster und schaute in die Dunkelheit. Seine blaue Lieblingsuniform mit den schwarzen Aufschlägen der magdeburgischen Dragoner – 1876 hatte ihn der Kaiser zum Chef des Magdeburgischen Dragoner-Regiments Nr. 6 der 21. Kavallerie-Brigade ernannt – hatte er ausgezogen und über einen Stuhl gehängt. Hinter ihm auf dem kleinen runden Tischchen mit den dicken geschwungenen Beinen stand eine schwere Weinkaraffe mit einer Silbermontierung in Form eines Löwenkopfes, dessen Maul über einen Klappdeckel geöffnet werden konnte. Eine brennende Kerze spiegelte sich in zwei Weingläsern, auf deren Kelchen das Spiegelmonogramm G für Georg eingraviert war. Das Feuer im Kachelofen knisterte behaglich. Die Mainächte konnten hier draußen im Wald ziemlich kühl werden.

Ohne sich umzudrehen, sagte er: »Du kommst spät, Mathilde.

»Ja, Hoheit«, flüsterte sie. »Die Eltern waren noch auf.«

»Du kannst mir einschenken. Dir auch«, beschied er sie in dem leicht verärgerten Ton, der ihr in all den Jahren so vertraut geworden war wie das Schnalzen seiner Zunge, nachdem er den ersten Schluck Wein probiert hatte.

Mit vorsichtigen Schritten, immer darauf bedacht, das Knacken der Dielen zu vermeiden, ging Mathilde zu dem Tischchen, nahm den Wein und schenkte ihm ein.

Erst als er den Löwendeckel wieder zuklappen hörte, drehte er sich langsam zu ihr um und schaute sie an.

Die stattliche Erscheinung dieses groß gewachsenen Mannes mit den ebenmäßigen Gesichtszügen und den sanften, gutmütigen Augen, dessen Gestik und Mimik der gesammelten Würde eines preußischen Offiziers entsprach, ließ ihre Wangen erglühen. Mit gesenktem Kopf reichte sie ihm das Glas.

Er griff danach, doch statt etwas zu trinken, stellte er es kurzerhand zurück neben die Karaffe. Dann machte er einen Schritt auf sie zu, umfasste fest ihre zarten Schultern und zog sie an sich. Sein fordernder Kuss dauerte eine gefühlte Ewigkeit und war nicht weniger leidenschaftlich als ihre erste Begegnung. Er führte sie in das Nebenzimmer und drückte sie zärtlich, aber mit sicherem Griff auf die dunkelgrüne schwere Chaiselongue hinab, um ihr sofort zu folgen, als könnte sie ihm andernfalls ihre Liebe verwehren.

Die fürstlichen Hosen fielen so schnell wie die französischen Truppen in der Schlacht von Sedan, und mit jedem seiner immer tiefer werdenden Atemzüge wähnte sich Mathilde ihrem Glück ein Stückchen näher. Nicht ahnend, dass sie sich mit dieser Nacht nur noch weiter davon entfernte.

1

»Wir haben uns verfahren«, murrte Bernsen voller Ungeduld. Er zog geräuschvoll seine Nase hoch. »Ich hab doch gleich gesagt, Sie sollen das Navi anschalten.«

Kohlschuetter antwortete nicht. Seit sie den Hohenfeldener Stausee passiert hatten, wiederholte sein reizender Kollege diese Worte alle fünf Minuten. Und er hatte einfach keine Lust mehr, darauf zu reagieren. Natürlich wusste er entgegen Bernsens Annahme genau, wo sie sich gerade befanden, auf der B 85 nämlich, kurz hinter der kleinen Stadt Teichel, etwa zehn Kilometer vor Rudolstadt. Immerhin kannte er die schöne Floristin des Rudolstädter Nordfriedhofs und damit den Weg dorthin überaus gut, bis vor drei Wochen zumindest.

Da hatte sie beim Paulinzellaer Kulturfestival plötzlich neben ihm gestanden – und neben Nadine, der neuen Bedienung aus seiner Erfurter Stammkneipe. Die Situation war eigentlich vollkommen unverfänglich gewesen. Nadine hatte auf seinen Schultern gesessen und Axel Prahl und sein Inselorchester lautstark mit ihrer eigenen Interpretation seiner Lieder begleitet. Zwischendurch hatte sie einen Schluck aus dem Bierbecher genommen, den sie sich teilten. Mehr nicht. Irgendwie muss das wohl anders ausgesehen haben. Die Worte aus dem sonst so lieblichen Mund der süßen Floristin hatten jedenfalls keinen Zweifel daran gelassen. Nadines anschließender Abgang auch nicht.

»Großkochberg«, murmelte Bernsen auf dem Nachbarsitz, als sie ein Hinweisschild passierten. »Gibt es da ein Factory-Outlet oder so etwas?«

Kohlschuetters Blick ging nach rechts. Gerade noch konnte er aus dem Augenwinkel das kleine braune Schild mit der Aufschrift »Schloss Kochberg« erkennen. Er atmete erleichtert aus. Für einen Moment hatte er doch tatsächlich geglaubt, der ehemalige Landsitz der Familie von Stein könnte zweifelhaften Investoren zum Opfer gefallen sein. »Wieso Factory-Outlet?«

»Ich dachte nur. Der Name kam mir irgendwie bekannt vor.«

Bernsen rülpste und fügte ein erklärendes »Was Falsches gegessen« hinzu.

Eine seltsame Art der Entschuldigung.

Diese Ignoranz treibt mich noch in den Wahnsinn, dachte Kohlschuetter. Laut sagte er: »Vielleicht haben Sie schon einmal vom Großkochberger Liebhabertheater gehört? Ach, und Goethe war natürlich auch hier. Er soll regelmäßig den ganzen Weg von Weimar bis hierher gelaufen sein, um seine geliebte Charlotte von Stein zu sehen.«

»Goethe? War der nicht mit Schiller verheiratet?« Bernsens Lachen hallte durch das Auto. »Aber mal ehrlich, zeigen Sie mir einen einzigen Ort in diesem Bundesland, in dem Goethe nicht gegen irgendeinen Gartenzaun gepinkelt hat. Der ist doch quasi euer Nationalheiliger.«

»Na ja, so etwas Ähnliches jedenfalls. Thüringen ohne Goethe und Schiller ist einfach nicht denkbar, da haben Sie recht. Abgesehen von den beiden war hier im 18. Jahrhundert aber auch sonst gut was los, dies war die Hochburg der Intellektuellen. Herder, Wieland …«

»Lange her.« Bernsen winkte ab. »Danach wurde es ziemlich dunkel.«

»So ein Blödsinn!« Kohlschuetter ereiferte sich zusehends über so viel Ignoranz. »Haben Sie eigentlich den Hauch einer Ahnung, für was dieses Land alles steht?«

»Bratwurst«, entgegnete Bernsen allen Ernstes.

»Ich hätte es wissen müssen. Thüringen ist gleich Bratwurst. Natürlich, diese Kenntnis ist ja auch vollkommen ausreichend für jemanden, der nur mit seinen Magenschleimhäuten denkt.«

»Was soll das denn heißen?«

»Mensch, Bernsen, bei uns gibt es so viel mehr. Schauen Sie sich doch mal um. Auf Schritt und Tritt Geschichte, Kultur und dazu diese herrliche Landschaft.« Kohlschuetter wies auf den Wald und die Wiesen zu beiden Seiten der Straße.

Bernsen blickte unmotiviert aus dem Beifahrerfenster.

»Allein im Umkreis von fünfzig Kilometern findet man alles, was Thüringen ausmacht.« Kohlschuetter hielt seine rechte Faust vor Bernsens Nase und ließ einen Finger nach dem anderen nach oben schnellen. »Arnstadt. Dort hatte Johann Sebastian Bach seine erste Organistenstelle. Bad Blankenburg. Friedrich Fröbel erfand den Kindergarten. In Ilmenau baute Professor Brandenburg den ersten MP3-Player der Welt, und …«

Ein undefinierbares Brummen seines Kollegen signalisierte das übliche Desinteresse. Dann machte sich ein übler Geruch im Wagen breit. Offenkundig gab es ein tief sitzendes Problem mit einer Fertigpizza oder einem Fischbrötchen aus dem Nordsee-Restaurant, dessen Produktvielfalt Bernsen unter der Woche ernährte. Was sollte er sonst gestern Abend allein in seiner Junggesellenhütte gegessen haben? Seine Frau würde ihm ja wohl kaum für die Woche vorkochen und das Ganze in Tupperdosen von Bremen in das entfernte Thüringen mitschicken. Nach allem, was er bis jetzt von der Rotfeder, also Frau Bernsen, gehört hatte, wagte er das zu bezweifeln. Dass Bernsen nach über zwanzig Jahren bei der Thüringer Polizei aber noch immer kaum eine Ahnung von diesem Land hatte oder zumindest immer so tat, das konnte er absolut nicht nachvollziehen. Kohlschuetter betätigte genervt den elektrischen Fensterheber und beendete die Heimatkundestunde.

»Was erwartet uns eigentlich in …« Bernsen kramte im Handschuhfach nach dem Notizzettel, auf den er nach Kohlschuetters Anruf mit der Begrüßung »Unser Typ wird verlangt« den Namen des Einsatzortes gekritzelt hatte. Es raschelte. »In Rudolstadt?«

»Wir sind von der Mordkommission, Bernsen. Demnach wohl sicherlich ein kleiner Ladendiebstahl«, presste Kohlschuetter zwischen zusammengebissenen Zähnen hervor. Mann, konnte der einem auf den Wecker fallen.

»Sind wir aber heute mies drauf. Wohl Stress mit den Weibern?«

Kohlschuetter antwortete nicht.

»Ist das überhaupt unser Beritt?«

»Nein. Die Kollegen sind überlastet.«

»… und da holen sie die Besten.« Bernsen nickte zufrieden.

Kohlschuetter schmunzelte über diese Bemerkung. Das hätte er nach erst einem gemeinsam gelösten Fall niemals von ihrem Team behauptet. Natürlich schmeichelte es ihm. Nachdem er vor wenigen Monaten endlich seinen Traumjob bei der Erfurter Kriminalpolizei bekommen hatte, wollte er zu den richtig Guten gehören. Ob das mit seinem Teamkollegen Bernsen klappen würde, wagte er aber noch zu bezweifeln. Denn der legte sich für seinen pünktlichen Feierabend und regelmäßige Wochenenden eher ins Zeug als für eine Mordermittlung.

»Wieso sterben die bei euch in Thüringen eigentlich immer am Sonntag?«, moserte Bernsen soeben.

»Weil bei *uns* eben noch Ordnung herrscht«, entgegnete Kohlschuetter. »Sechs Tage in der Woche wird hart gearbeitet, am Sonnabend schmeißen wir den Badeofen an, um uns sonntagsfein zu machen, und danach ist Zeit für alles andere.«

Der Rudolstädter Nordfriedhof kam in Sichtweite, und Bernsen nickte abwesend. Vermutlich hatte er gar nicht zugehört.

»Nur gut, dass dieses Wochenende sowieso schon versaut ist, da kommt es auf eine Leiche mehr auch nicht an«, brummte er.

»Das ist die richtige Einstellung.«

»Ich geb's ja zu, ich wäre am Freitag nicht pünktlich zum Abendessen da gewesen«, redete Bernsen ungefragt weiter. »Aber das ist doch kein Grund, so etwas zu tun.« Er seufzte tief. »Wir hätten ja schließlich noch den Samstag und den ganzen Sonntag gehabt. Andere Leute haben auch nicht mehr Wochenende.«

Gut zu wissen, dass Bernsen seine Rückkehr nach Erfurt mal wieder nicht für den Sonntagabend geplant hatte, dachte Kohlschuetter. Er hätte Montag früh zu Dienstbeginn einmal mehr umsonst auf seinen Kollegen gewartet, weil dieser noch auf der A 7 rumzuckelte.

»Wie kann sie mir das nur antun? Nach fast vierzig Jahren Ehe. Wie hartherzig die Frauen doch sein können. Meine Rotfeder.« Erneut ließ Bernsen einen herzzerreißenden Seufzer hören.

Kohlschuetter hatte da seine ganz eigenen Erfahrungen, aber er hütete sich, davon anzufangen. Stattdessen biss er sich auf seine Unterlippe und überlegte angestrengt, ob er seinen Kollegen fragen sollte, wann und mit wem seine Rotfeder davongeflogen war. Etwas anderes konnte wohl kaum geschehen sein, so wie sich sein Kollege gerade anstellte. Nach der kurzen Zeit, die sie sich kannten, schien ihm das aber zu indiskret zu sein. Außerdem redeten Männer nicht über Beziehungsprobleme, vor allem dann nicht, wenn sie nur Kollegen waren.

Kohlschuetter fuhr langsam über die Lengefeldstraße nach

Rudolstadt hinein, ließ Schloss Ludwigsburg, den Sitz des Thüringer Landesrechnungshofes, links liegen, murrte einmal kurz an einer Baustelle auf der Ludwigstraße und bog dann nach rechts in die Anton-Sommer-Straße ein.

Bernsen saß leicht gebückt neben ihm, starrte durch die Frontscheibe auf die Straße und murmelte Unverständliches vor sich hin.

Als der Opel sich langsam die Schloßstraße hinaufquälte und der eindrucksvolle Westflügel des Fürstenhauses in Sicht kam, entfuhr Bernsen ein »Boah!«. Er drückte seinen Finger gegen die Scheibe. »Warum parken wir nicht direkt da vorn?«, schlug er mit Blick auf die Kutschenremise vor.

»Parkverbot, weil Feuerwehrzufahrt«, erwiderte Kohlschuetter knapp. Er lenkte den Wagen nach links eine kleine Böschung hinab, ließ das Wasser einer großen Pfütze aufspritzen und bremste scharf vor einer Leitplanke.

Bernsen brummte etwas von »Sport im Dienst, und das am Sonntag« und stieg mit gequälter Miene aus.

Die warme Septembersonne bahnte sich ihren Weg durch die Baumwipfel des Hains. Ein paar Vögel zwitscherten. Die Luft war jetzt, um kurz vor elf, noch kühl wie nach einem nächtlichen Gewitterguss. Kohlschuetter atmete tief ein und schaute sich um. Hier oben schien die Welt noch in Ordnung zu sein. So hoch über den Dächern Rudolstadts war ihm nach allem zumute, nur nicht nach Mord.

»Lassen Sie sich ruhig Zeit. Die Leiche läuft uns schon nicht weg«, erklärte Bernsen und ging voraus, an der alten Remise vorbei in Richtung eines großen grauen Tores. Auf Höhe des ehemaligen Teehauses blieb er stehen, stemmte die Hände in die dürren Hüften, legte den Kopf in den Nacken und beäugte interessiert den Westflügel des Schlosses. Die durch Lisene und Gesimse streng gegliederte dreigeschossige Fassade, in der genau mittig ein Risalit mit Dreiecksgiebel eingeschlossen war, hatte mehr als vierzig Fenster. Angestrengt versuchte Bernsen, die Inschrift über dem Torbogen zu entziffern. Als Kohlschuetter zu ihm aufschloss, ließ er davon ab und rief: »Nettes kleines Häuschen. Ihr Thüringer habt aber auch ein Zeug stehen. Donnerwetter!«

»Das Schloss Heidecksburg ist eines der prächtigsten Barockschlösser Thüringens. Von 1571 bis 1918 war es die Residenz derer von Schwarzburg-Rudolstadt«, antwortete Kohlschuetter mit etwas Wehmut in der Stimme. Die schöne Rudolstädter Floristin hätte ihm bestimmt noch mehr Kultur beibringen können.

»Wie viele dieser Kästen habt ihr eigentlich?«

»Schlösser und Burgen? Keine Ahnung, ich weiß nur, dass es nirgendwo in Deutschland so viele auf so engem Raum gibt. Schuld sind die häufigen Erbteilungen im Mittelalter. Bis zur Revolution von 1918 gab es neun Fürsten- beziehungsweise Herzogtümer: Das Großherzogtum Sachsen-Weimar-Eisenach, die Herzogtümer Sachsen-Altenburg, Sachsen-Coburg und Sachsen-Gotha sowie Sachsen-Meiningen und die Fürstentümer Reuß, ältere und jüngere Linie, Schwarzburg-Sondershausen und Schwarzburg-Rudolstadt. Eine bedeutende Kulturlandschaft und eine Thüringer Besonderheit, aber ich glaube, das habe ich dem interessierten Publikum vorhin schon kundgetan.«

Bernsen zuckte mit den knochigen Schultern. »Ihr Ossis müsst es auch immer übertreiben.«

Kohlschuetter verstand den Zusammenhang nicht, sparte sich aber die Nachfrage. Es wäre ohnehin die pure Zeitverschwendung.

Bernsen trat vor und hämmerte mit der ganzen Kraft seiner rechten Faust gegen das Tor im Westflügel, den Haupteingang zum ehemaligen Fürstenhaus.

Im Schloss blieb es ruhig.

»Erst die Polizei rufen und sie dann nicht reinlassen«, moserte er. »Gibt es noch andere Eingänge?«, fragte er Kohlschuetter.

Der nickte. »Vier, einen zwischen Nordflügel und Marstall, das Tor an der Reithalle, dann den mit den Säulen bei der unteren Terrasse und den über die Alte Wache durch einen Tunnel unter dem Südflügel hindurch. Ich glaube, den Letzteren erreicht man aber nur von der Stadtseite her. Das hier ist der offizielle Eingang zur Museumskasse. Über die anderen kommen Sie auch nur auf den Schlosshof und nicht ins Gebäude.«

Schritte näherten sich, und eine kleine drahtige Frau um die fünfzig öffnete die Tür. Ihr Gesicht war kreidebleich, der Mund lag in tiefen Falten. In ihrem schwarzen, zum Pagenkopf frisierten Haar steckte eine altrosafarbene Brille. Kaum hörbar fragte sie:»Sind Sie von der Polizei?« Ihr Blick wanderte wie hypnotisiert von einem der Männer zum anderen. Die Antwort schien ihr egal zu sein, sie machte einen Schritt zur Seite, um sie vorbeizulassen.

Kohlschuetter, der seinen Ausweis schon in der Hand hatte, schob ihn zurück in die Gesäßtasche seiner Jeans, und die Kommissare traten ein.

Ohne ein Wort zu sagen, schloss die Frau ab und ging an ihnen vorbei auf den Schlosshof, blieb stehen und schaute sie mit versteinerter Miene an. Dann drehte sie nach rechts ab und lief auf eine Bank zu, die mit dem Rücken zum Eingang stand. Dort saß eine weitere Frau, von der Kohlschuetter und Bernsen nur die extrem kurz geschnittenen weißen Haare und einen schmalen Rücken sahen. Sie schien lautlos zu weinen.

Kohlschuetter betrachtete die weitläufige u-förmige Schlossanlage, deren Hof mindestens hundertfünfzig Meter lang sein musste und am östlichen Ende in die Terrassen der Gartenanlage mündete. Immer wieder eindrucksvoll, dachte er. Dann fiel sein Blick auf die zahlreichen Tische und Stühle, die in der Mitte des Hofes übereinandergestapelt waren, und auf drei kleinere Festzelte. Anscheinend hatte es hier eine Feier gegeben.

»Hey, Kollegen, schön, dass ihr auch schon ausgeschlafen habt«, brüllte es unvermittelt neben ihm. Bernsen hatte die Streifenbeamten der Rudolstädter Polizei entdeckt, die, etwas versteckt, die nördliche Toreinfahrt mit einem Absperrband versehen hatten und nun unschlüssig dort standen und auf sie zu warten schienen.»Da kommen die Profis extra aus Erfurt, und wo bleibt der Empfang?«

Fast gleichzeitig schauten die beiden Beamten hoch, und einer kam sogleich auf den krakeelenden Bernsen zugelaufen, wobei er immer wieder auf die Hausecke zwischen West- und Nordflügel zeigte.»Da. Sehen Sie doch. Da«, rief er.

Ein paar Meter links vom Toreingang lag jemand seltsam verrenkt bäuchlings auf dem historischen Kieselpflaster. Der Kopf dieser bedauernswerten Gestalt ruhte in ihrem Blut, das sich im Radius von über einem Meter gleichmäßig auf den Steinen und deutlicher noch in den Fugen des Pflasters verteilt hatte. Wie ein

Spinnennetz, in dem eine chancenlose Beute ihr Ende fand. Es leuchtete hellrot, zumindest da, wo die dunkel gefärbten Sandfugen es nicht verschluckt hatten, und schien durch den Regenguss der letzten Nacht so sehr verdünnt zu sein, dass eine normale Gerinnung ausgeblieben war. Eine dicke weiße Lockenperücke, die, den rosafarbenen Flecken nach zu urteilen, ebenfalls einen Teil des Blutes aufgenommen hatte, war verrutscht und verdeckte das Gesicht des Toten.

Bernsen, der die Stelle zuerst erreicht hatte, streifte sich einen Latexhandschuh über, bückte sich und hob die Perücke vorsichtig an. Sie war ungewöhnlich schwer und genauso tropfnass wie die himmelblaue lange Jacke, die das Opfer außerdem trug. Was darunter zum Vorschein kam, hätte jedem Laien das Frühstück rückwärts die Speiseröhre hinaufbefördert.

Das Gesicht der Person schien mit dem Kieselsteinpflaster eins zu sein. Der Schädel war aufgerissen, und überall klebte geronnenes Blut. Ein vertrocknetes, klebriges rotes Rinnsal zog sich vom Ohr bis über das gequetschte Kinn.

»Und das bei meinen Magenbeschwerden«, schimpfte Bernsen lautstark, während er die Perücke angewidert sinken ließ. »Schöne Sauerei.« Er stand auf und wandte sich an den Streifenbeamten. »Irgendetwas Auffälliges entdeckt?«

»Nein. Nur die Leiche. Daraufhin haben wir sofort in Erfurt angerufen. Bei uns ist doch keiner …«

»… in der Lage dazu«, vollendete Bernsen den Satz und winkte ab. »Schon klar.«

Der Beamte schaute verdutzt, entgegnete aber nichts.

»Dann sperrt ihr Jungs mal schön weiter das Gelände ab, und wir machen hier unsere Arbeit. Ach, und ruft uns mal einen Arzt. Schließlich brauchen wir es schwarz auf weiß, dass der arme Tropf dort in die ewigen Jagdgründe eingegangen ist.«

»Alles bereits erledigt. Wir bleiben ohnehin hier, denn wen interessiert schon ein Absperrband«, murmelte der Beamte, zog ab und gesellte sich wieder zu seinem Kollegen.

Bernsen wandte sich an Kohlschuetter. »Hände, Größe und Körperbau sprechen für einen Mann. Die Wangenknochen auch, soweit sie zu sehen sind. Nur bei der Strumpfhose kommen mir ein paar Zweifel, aber immerhin ist sie blau.«

»Er trägt ein Kostüm.« Kohlschuetter schaute von allen Seiten auf den Toten. »Der Allongeperücke, der Justaucorps und der Culotte nach zu urteilen, würde ich sagen, Barock.«

»Justawas?«

»Justaucorps, die knielange Jacke, typische Männermode im späten 17. Jahrhundert.«

Bernsen schaute Kohlschuetter ungläubig an. Der entgegnete knapp: »Meine Schwester ist Schneiderin.«

»Das fehlte noch. Ein Spinner, der hier auf dem Schloss den letzten Grafen spielt. Und dabei haben wir nicht einmal Fasching.« Bernsen ging wieder in die Knie.

»Wenn schon, dann den letzten Fürsten«, wandte Kohlschuetter ein.

Bernsen streifte ihn mit einem unbeteiligten Blick. »Mal sehen, ob Seine Lordschaft sich wenigstens ausweisen kann.« Vorsichtig durchsuchte er die Jackentaschen des Opfers. Ohne Ergebnis. Mürrisch stand er auf.

Kohlschuetter, der unterdessen ein ebenso kurzes wie unergiebiges Telefonat mit Susanne Summer von der Abteilung Kriminaltechnische Untersuchung des Landeskriminalamtes Erfurt geführt hatte – jedenfalls, was seine Einladung zum Essen anging –, bedeutete Bernsen, dass er nun vorhatte, die beiden Damen zu befragen, er solle hier auf ihn warten. Sein Kollege verstand das offensichtlich falsch, klatschte in die Hände und rief: »So, und nun zu euch, ihr Schätzchen.«

Die Damen drehten sich nicht einmal um.

Kohlschuetter griff nach Bernsens Arm und zog ihn mit wütendem Blick ein Stück zur Seite. Jetzt verstand auch der unmögliche Bernsen die Botschaft. Beleidigt biss er sich auf die Lippe, um kurz darauf ein »Weiber sind Ihr Ding, verstehe schon« abzusetzen. Danach lief er immer wieder große Kreise um die Leiche, blieb stehen, schaute nach oben, nach unten und zur Seite und lief weiter.

Kohlschuetter setzte sich schweigend zu den beiden Frauen. Die attraktivere, das war die mit dem Pagenkopf, hatte den Arm um die andere gelegt und redete pausenlos leise auf sie ein. Hin und wieder nickte die Weißhaarige, um kurz darauf wieder verzweifelt zu schluchzen. Minuten vergingen, bis Kohlschuetter es an der Zeit fand, sich vorzustellen und seine erste Frage zu formulieren.

»Wer von Ihnen hat den Toten gefunden?«

Ein zaghaftes »Ich« kam aus dem Mund der weißhaarigen Dame, die ihn von der Strenge ihres Erscheinungsbildes und ihrer Kleidung her an eine evangelische Pfarrerstochter erinnerte.

»Haben Sie ihn erkannt?«

Sie schluchzte auf, es klang seltsam erleichtert. »Der Schlossdirektor, Dr. Alexander P. von Wilden.«

Was für ein Name. Kohlschuetter räusperte sich. »Wann haben Sie ihn gefunden?«

»Als ich das Tor aufschließen wollte, um kurz vor zehn. Ich mache doch die Führungen.« Sie sah verstohlen zur Seite.

Die Frau mit dem Pagenkopf nickte ihr aufmunternd zu.

»Wissen Sie, warum er dieses Kostüm trägt?«

»Wir hatten gestern Abend unser Barockfest.«

Kohlschuetter überlegte einen Moment. Er hatte schon von dem Fest gehört. Seit 2008 fand es einmal im Jahr hier oben auf dem Schloss statt, immer im September. Seines Wissens war es stets gut besucht.

»Wie viele Gäste waren hier?«, fragte er weiter.

»Etwa dreihundert.«

»Und wann haben Sie den Schlossdirektor das letzte Mal lebend gesehen?«

Sie begann wieder laut zu schniefen. »Als wir gegangen sind. Das muss so gegen halb eins gewesen sein. Der Regen hatte gerade einmal kurz aufgehört.«

»Wie viele Menschen waren noch auf dem Schloss, als Sie gingen?«

»Vielleicht zwanzig? Ich weiß es nicht.« Zitternd griff sie nach der Hand der Pagenkopffrau und schaute Kohlschuetter aus rot geränderten Augen an. Ihr Gesicht war aschfahl. »Wann bringen Sie ihn endlich weg?«

Kohlschuetter stutzte über die Frage und antwortete ausweichend: »Bald.«

Sie nickte sichtlich zufrieden. Die Frau mit dem Pagenkopf schob langsam ihre Hand hinter ihren Rücken und half ihr beim Aufstehen. »Wir sind im Archiv«, sagte sie und deutete Kohlschuetter mit einem Kopfnicken die Richtung an. »Das Museum bleibt heute doch bestimmt ohnehin geschlossen.« Sie wartete seine Bestätigung ab. Dann gingen die beiden Frauen zögerlichen Schrittes und krampfhaft bemüht, keinen Blick mehr auf die Leiche werfen zu müssen, in Richtung Gartenterrassen zum hinteren Bereich des Südflügels davon.

2

»Der Knabe ist da oben aus einem der Fenster gefallen.« Bernsen stemmte energisch beide Hände in die dürren Hüften und schaute, als hätte er die Neuigkeit des Jahres verkündet.

Kohlschuetter ließ seinen Blick über die Fensterreihen wandern. Nicht eines war geöffnet. »Der ›Knabe‹, wie Sie ihn nennen, soll der Schlossdirektor Dr. Alexander P. von Wilden sein. Die Damen haben ihn wohl an seiner Kostümierung erkannt. Aber nach ›gefallen‹ im Sinne von ›Zufall‹ sieht das nicht aus.«

Bernsen zuckte mit den Schultern. »Dann eben ›gestürzt‹ im Sinne von ›absichtlich‹. Ich könnte mir zwar einen schöneren Selbstmord vorstellen, also einen, bei dem man gut aussieht und nicht so zermatscht wie ein Frosch auf der Autobahn. Aber die Geschmäcker sind verschieden.«

»Wie immer perfekt auf den Punkt gebracht, Kollege. Ich wollte aber eigentlich darauf hinaus, dass sämtliche Fenster geschlossen sind und er das kaum selbst erledigt haben kann.«

Bernsen sah noch einmal prüfend nach oben. »Dann hat wohl jemand nachgeholfen. Es sei denn, er ist vom Dach gesprungen.«

»... dessen beide infrage kommenden Dachfenster auch geschlossen sind. Sehen Sie?« Kohlschuetter zeigte auf die Gaubenfenster.

»Schlauberger.«

»Gestern Abend war hier ein Barockfest. Dreihundert Gäste plus Personal.«

»Schiet.«

Das Holztor knarrte, und zwei Männerstimmen waren zu hören.

»Ich sage Ihnen, die Schenken haben ihre Herrschaft über Vargula mit dem Tode Heinrichs, also 1300, aufgegeben.«

»Wie überaus interessant.«

»Meine Nachforschungen sind in diesem Punkt eindeutig.«

»Das freut mich außerordentlich. Wieso hat denn heute noch niemand das Tor aufgeschlossen?«

Zwei Herren im gehobenen Alter betraten den Schlosshof.

Der jüngere von beiden war auffallend groß und sportlich. Er trug einen dunkelblauen, akkurat sitzenden Anzug, der perfekt mit seinen grauen Schläfen, den dunklen Augen und seiner gebräunten Haut harmonierte. Der andere, etwas kleinere war eine bleiche, hagere Gestalt mit zu großer Nase und eingefallenen Wangen. Sein gesamter Habitus erinnerte an einen zerstreuten Professor.

»Was machen Sie hier? Schneidersohn, sofort das Tor schließen! Schließen Sie das Tor! Die Verrückten aus der Kutscherremise sind wieder eingefallen«, kreischte der Hagere aufgeregt. Dabei zitterte er am ganzen Körper.

Bernsen, der immer noch breitbeinig und in energischer Haltung neben dem Toten stand, drehte sich zu den beiden um. Der deutlich hörbare norddeutsche Dialekt des Hageren hatte ein Lächeln auf sein Gesicht gezaubert. »Wie meinen?«, fragte er.

»Er wird handgreiflich. Brutale Gewalt, nichts als brutale Gewalt!« Der Hagere sprang hinter seinen Begleiter und lugte verängstigt hinter dessen linker Schulter hervor.

Der andere, auffallend attraktive Mann schaute zunächst auf Bernsen und dann zu Kohlschuetter. Schließlich blieb sein Blick an dem Toten auf dem Pflaster hängen.

»Was ist passiert, und wer sind Sie?«, fragte er vollkommen ruhig und überlegt. Über das Verhalten des Hageren schien er sich nicht einmal zu wundern.

»Kripo Erfurt, Bernsen und …«

»… Kohlschuetter«, ergänzte dieser. »Und wer sind Sie, wenn ich fragen darf?«

»Ich bin Professor Max Schneidersohn, Direktor der Stiftung Kultur im Schloss Heidecksburg, und das ist mein Kollege Professor Berthold Bleich-Barnitz, Direktor des Schlossarchivs, pensioniert, wohlgemerkt.« Er machte ein paar Schritte auf die Kommissare zu, um dann mit Blick auf die Leiche abrupt zu stoppen und etwas hilflos in die Runde zu schauen.

»Und das dort ist Ihr Schlossdirektor – oder besser gesagt das, was davon übrig ist«, bemerkte Bernsen ungerührt.

Beide Männer blickten mit weit aufgerissenen Augen auf den leblosen Körper ihres Kollegen.

»Oh Herr«, murmelte der Archivdirektor a.D. hinter den muskulösen Schultern seines Beschützers und bekreuzigte sich. Dann wimmerte er wie ein kleines Mädchen.

»Wir müssten Ihnen ein paar Fragen stellen«, hob Bernsen an, »bevor Sie sich vor Angst —«

»Wann haben Sie Ihren Kollegen das letzte Mal gesehen?«, fragte Kohlschuetter hastig, um Bernsen das Wort abzuschneiden.

»Gestern Abend beim Barockfest. Wir sind so gegen Mitternacht gegangen«, antwortete Schneidersohn. Er war immer noch vollkommen ruhig.

»Da hatte mir von Wilden gerade das letzte Lachshäppchen weggeschnappt«, ergänzte Bleich-Barnitz.

Beim Wort Lachshäppchen schnellte Bernsens Aufmerksamkeitskurve nach oben. Zwar war offenkundig, dass der Schlossdirektor keiner Fischvergiftung erlegen war. Aber wenn dieser verschrobene Professor damit kundtun wollte, dass die Häppchen an ihm verschwendet gewesen waren, konnte er das getrost unterschreiben. »Zusammen?«

Schneidersohn schien mit einem Kloß in seinem Hals zu kämpfen, er räusperte sich. »Ja. Wir sind eine Fahrgemeinschaft, in dem Sinne, dass ich fahre. Ihre Kollegen können das bestätigen. In der August-Bebel-Straße gab es eine Verkehrskontrolle.«

»Ich verstehe das alles nicht. Gestern war er doch noch quietschlebendig«, mischte sich Bleich-Barnitz wieder ein, wobei seine Stimme auf unangenehme Weise an eine jaulende Katze erinnerte.

Bernsen zuckte zusammen. Männer, die sich wie Weiber benahmen, konnte er nicht ausstehen, auch wenn sie aus dem hohen Norden kamen. »Das ist eben so, Jung, wenn man mit dem Kopp bremst.«

»Mord?« Schneidersohns dunkle Augen quollen fast aus den Höhlen.

»Das haben Sie gesagt!«, polterte Bernsen.

»Ich habe es immer gewusst. Die dunkle Macht des Bösen bemächtigt sich irgendwann aller Gutmenschen.« Bleich-Barnitz schlug aufgeregt die Arme zu einem Kreuz auf seiner Brust übereinander. Dann starrte er geistesabwesend auf den Toten.

Kohlschuetter und Bernsen warfen sich einen vielsagenden

Blick zu, wobei Bernsen gedanklich zu einer der jüngeren Star-Wars-Episoden abdriftete, dann aber zur Erkenntnis kam, dass Bleich-Barnitz kein Jedi, sondern einfach nur seltsam war. Nach kurzem Schweigen bemerkte er lapidar: »Das kommt in den besten Familien vor.«

Schneidersohn versuchte, das Gespräch wieder in eine sachliche Bahn zu lenken. »Wir halten uns natürlich zu Ihrer Verfügung.«

»Natürlich.« Kohlschuetter nickte. »Aber bitte sagen Sie mir noch: Hatte der Schlossdirektor Feinde?«

Schneidersohn schaute ein wenig unsicher auf den durchnässten Toten keine zwei Meter vor seinen Füßen. Er schien zu überlegen, wie er seine Antwort am pietätvollsten formulieren konnte. Dann sagte er langsam und bedächtig: »Eher nicht.« Er räusperte sich unsicher. Ihm war anzusehen, dass er sich nicht wohl in seiner Haut fühlte.

»*Eher* nicht?«, hakte Kohlschuetter nach.

»Na ja, ein paar Feinde hat doch jeder. Das bleibt ja nicht aus …« Schneidersohn wand sich wie ein Aal.

»Dann fangen wir doch mal an.« Bernsen starrte angestrengt auf das Kieselpflaster. Offensichtlich hatte er nicht zugehört. Langsam lief er auf etwas zu, ohne den Blick zu heben. »Moment!«, schrie er sodann und bückte sich schnell wie ein Bussard, der sich aus freiem Flug auf eine Maus stürzt. »Was haben wir denn hier?«

Er hielt eine Anstecknadel zwischen Daumen und Zeigefinger und beäugte sie von allen Seiten. »Sieht aus wie ein Wappen.«

Kohlschuetter, der nun neben seinen Kollegen getreten war, schaute eine Weile auf den Fund und fragte die beiden Professoren dann: »Ein doppelköpfiger Reichsadler. Kennen Sie dieses Symbol?«

»Darf ich einmal sehen?« Schneidersohn beugte sich nach vorn, ohne einen Schritt näher an den Toten heranzutreten. »Das ist das Wappen der Fürsten von Schwarzburg-Rudolstadt.«

»Und wer trägt so etwas heute noch?«, fragte Kohlschuetter irritiert.

»Ich kenne nur einen. Adalbert Grosch, der Geschäftsführer der Saalfelder Schokoladenfabrik und Vorsitzender des Unternehmervereins zum Erhalt des Schwarzburger Blutes«, antwortete Schneidersohn unbeeindruckt. »Soviel ich weiß, verlangt er von seinen sechs Vereinsmitgliedern, dass sie diese Nadel ebenfalls tragen. Doch niemand hält sich daran. Er ist wohl der Einzige.«

»Sie machen einen Scherz.« Bernsen hob ungläubig den Kopf und streckte dem Stiftungsdirektor sein Kinn entgegen. »War dieser Grosch gestern auch da?«

»Nein, leider nicht.« Schneidersohn schaute betroffen. »Also, ich meine, das ist leider kein Scherz«, beeilte er sich zu sagen. Dann fügte er hinzu: »Und er war da, zu meinem Bedauern. Seine Gattin ebenfalls. Ein Barockfest ohne die beiden gibt es im Grunde gar nicht. Er trug gestern aber eine rosafarbene Weste ohne Jacke, falls Sie mich das jetzt als Nächstes fragen wollen.«

»Wollen wir, Meister, wollen wir.« Bernsen nickte. Dabei fragte er sich, warum erwachsene Männer eigentlich immer wieder freiwillig in aller Öffentlichkeit wie Pastellbonbons herumlaufen mussten.

»Der Schlossdirektor selbst trug diese Nadel aber ganz sicher nicht?«, erkundigte sich Kohlschuetter und kramte in seiner Jackentasche nach einer kleinen Plastiktüte, um das gute Stück ordnungsgemäß der KTU übergeben zu können.

»Niemals«, fauchte Bleich-Barnitz empört. Offensichtlich hatte er sich von seinem Schock erholt und wollte sich wieder am Gespräch beteiligen. »Er ist ja gar nicht in diesem Verein.«

»Sagen Sie, heute ist doch Sonntag, was machen Sie beide eigentlich hier? Schlossbesichtigung?« Bernsen grinste frech.

Schneidersohn räusperte sich. »Ich arbeite oft sonntags. Hier ist dann einfach mehr Ruhe.«

»Ich dachte, da kommen die meisten Besucher«, zischte Bernsen Kohlschuetter zu. Laut sagte er: »Und Sie, Herr Professor? Als Pensionär haben Sie doch bestimmt Besseres zu tun?«

»Nun, solange mein Nachfolger nicht im Amt ist, war Herr Dr. von Wilden so freundlich, mir meinen alten Arbeitsplatz zu belassen«, sagte Bleich-Barnitz. »Immerhin sind meine Forschungen ein Aushängeschild für dieses Haus.« Nach einer etwas zu langen Denkpause hob er mit einer Miene, als verkündete er die Lottozahlen vom nächsten Tag, an: »PM History interessiert sich für meine Entdeckungen bezüglich der Schenken von Vargula.

Ich reise morgen nach Hamburg, und das bedarf noch einiger Vorbereitungen.«

»Von was?« Bernsen verstand kein Wort.

»Die Familie Schenk von Vargula, ein kleines, unbedeutendes Adelsgeschlecht von der Unstrut, das im 14. Jahrhundert ausstarb«, erklärte Schneidersohn, dem man ansah, dass er diese Geschichte schon Hunderte Male gehört hatte.

Bleich-Barnitz, sichtlich gekränkt, korrigierte in beleidigtem Ton: »Ich darf doch sehr bitten. Die Schenken waren mit mehreren thüringischen Dynastiegeschlechtern verschwägert. Für meine wissenschaftlichen Arbeiten zur Geschichte der von Vargula habe ich die Ehrendoktorwürde der Universität Utrecht erhalten.« Seine Unterlippe hatte er so weit nach vorn geschoben, dass er den Eindruck erweckte, als hätte man ihm im Alter von fünf Jahren sein liebstes Spielzeug entrissen.

»Das ist ja alles gut und schön. Hamburg können Sie allerdings erst einmal abschreiben«, polterte Bernsen, dem die ganze abgehobene, intellektuelle Quatscherei total auf die Nerven ging.

»Aber … ich …« Bleich-Barnitz begann zu hyperventilieren. »Diese Chance hat man nur einmal im Leben. Meine Forschungen in einem bundesweit erscheinenden historischen Magazin, das ist … das ist …«

»… angesichts des Toten vor Ihren Füßen vollkommen irrelevant«, schloss Kohlschuetter.

»Aber, es ist doch nur …« Bleich-Barnitz stoppte mitten im Satz, als er die Blicke der anderen sah. »Ich meine, was habe ich, einer der führenden Historiker dieses Landes, mit einem Mord zu tun? Sie sind hier auf der Heidecksburg und nicht in Soweto.«

»Das werden wir noch sehen«, blaffte Bernsen. »Diese Entscheidung überlassen Sie bitte den führenden Polizeibeamten dieses Landes.«

Das Tor wurde geöffnet und fiel gleich darauf mit einem lauten Knall zurück ins Schloss. Schnelle, hüpfende Schritte eilten durch den Toreingang. »Wieso ist denn das Tor um diese Zeit noch nicht geöffnet?«, schrie eine schrille Stimme. »Muss man denn alles selbst machen? Unfähige Gestalten!« Ein untersetzter Mann mit karierter Hose, die in seiner Hand eher einen Dudelsack als eine Aktentasche vermuten ließ, einem rosafarbenen Hemd, einem

Jackett im selben Farbton und dunkelblauen Wildlederstiefeln betrat den Hof. Sein stark gegeltes Haar schimmerte rötlich.

»Die Toten kommen, um die Lebenden zu richten«, grölte Bleich-Barnitz mit einem vom nackten Entsetzen verzerrtem Gesicht. Dann rannte er über den Hof in Richtung Gartenterrassen davon.

Die gesunde Bräune wich aus Schneidersohns Gesicht, und er starrte wie hypnotisiert auf den schlecht gekleideten Herrn. Mit zittriger Stimme sagte er: »Aber von Wilden, wir dachten, Sie sind …«

»Was?«, kreischte der äußerst lebendige Museumsdirektor. »Heute Morgen nicht aus dem Bett gekommen? Da kennen Sie mich aber schlecht, hochverehrter Schneidersohn.« Sein Blick fiel auf die beiden Kommissare. »Wenn Sie das Schloss besichtigen wollen, die Museumskasse befindet sich da vorn«, sagte er und zeigte schräg hinter sich.

»Später«, brummte Bernsen, dem die Stimme Ohrensausen verursachte. »Kripo Erfurt. Wir sind wegen der Leiche hier, die Sie ja nun offensichtlich nicht sind.«

Erst jetzt schien von Wilden den Leichnam zu bemerken. Mit einer ausladenden Bewegung seines rechten Armes führte er seine kleine, dicke Hand zur Brust, um sie auf dem rosa Ungetüm abzulegen, fast so, als müsste er sein Herz festhalten. Ohne die Stimme zu senken, sagte er: »Einer der Gäste des Barockfestes ist während der Feierlichkeiten verstorben? Wie bedauerlich.«

»Äußerst bedauerlich, weil ziemlich unklar«, krächzte Bernsen, der sich ob der Stimme und des Anblicks an seiner eigenen Spucke verschluckt hatte.

»Er ist aus dem Fenster gestoßen worden«, fügte Schneidersohn erklärend hinzu.

Kohlschuetter und Bernsen wechselten einen Blick. Wer hatte den beiden Herren gegenüber etwas Derartiges erwähnt? Sie jedenfalls nicht.

Schneidersohn bemerkte ihre Skepsis und ruderte zurück. »Ich meine ja nur, so wie er daliegt, und da die Aufgänge zum Dachgeschoss immer gründlich verschlossen sind …«

Von Wildens Herz schien nun keine Hilfe mehr zu benötigen, er schwenkte seinen rechten Arm durch die Luft, als ob er für

Schwanensee engagiert wäre. »Aus unserem Fenster? Wie absolut lächerlich!«, kreischte er noch lauter als bisher. »Die Herren von der Polizei sehen zu, dass dieses Spektakel hier ein Ende hat und wir morgen nicht mit diesem Unsinn in allen Zeitungen stehen. So etwas ist tödlich für ein Museum wie unseres.« Er drehte ab und schlug den Weg ein, auf dem Bleich-Barnitz gerade geflohen war. Offensichtlich hatte er entschieden, dass ihn die ganze Sache hier nichts mehr anging.

»Nettes Kerlchen. Läuft anscheinend alles etwas anders bei Ihnen hier oben«, nuschelte Bernsen dem schockierten Schneidersohn zu.

Der hob nur ratlos die muskulösen Schultern und trottete mit einem ergebenen »Ich bin jederzeit für Sie zu sprechen« davon.

Bernsen richtete seinen Blick wieder auf den Toten. »Da das nicht der Museumsdirektor ist, bleibt die Sache spannend. Mit der Brusttasche sollten wir aber warten, bis der Zahn von der Spurensicherung hier ist. Nachher schreit sie mich wieder an, ich hätte einen Tatort beschmutzt.«

Kohlschuetter grinste. Bei Bernsen schien doch tatsächlich ein gewisser Lerneffekt eingetreten zu sein.

3

Das Tor knarrte schon wieder. Gefühlte Minuten später schlug es geräuschvoll ins Schloss.

»Das ist ja wie auf dem Bahnhof hier. Kann denn nicht mal jemand das Tor abschließen?«, murrte Bernsen. »Wo kommen wir denn da hin, wenn jeder Hans und Franz, wie es ihm beliebt, über einen Tatort latschen darf?« Die Hand zur Faust geballt, starrte er zum Tordurchgang im Westflügel und wartete darauf, wen dieser jetzt wohl ausspucken würde. Nichts passierte. »Das Museum ist doch nach wie vor zu?«, versicherte er sich bei Kohlschuetter. Dann schaute er fragend zu den Rudolstädter Kollegen hinüber.

Kohlschuetter hob unsicher die Schultern. »Ich kläre das. Bei der Gelegenheit schaue ich mich gleich einmal drinnen um.« Sein Handy piepte.

»Wo wollen Sie denn hin? Bleiben Sie zurück, bleiben Sie zurück«, schrie Bernsen unerwartet. Dabei streckte er abwehrend die Hände aus und spreizte die Finger. Kohlschuetter, der für einen winzigen Moment mit einer Kurznachricht von seiner aktuellen Freundin Marlene auf seinem Handydisplay beschäftigt gewesen war, schaute erschrocken auf.

Über den Schlosshof trippelte eine kleine, rundliche Dame. Sie trug einen roten Jogginganzug der Marke Adidas mit dazu passenden Turnschuhen, ebenfalls in Rot, und kam direkt auf die Kommissare zu. Ihr pausbäckiges Gesicht hatte das, was man eine gesunde Gesichtsfarbe nennt. Ein weißes Stirnband zierte ihren Kopf. Kohlschuetter bemühte sich, die Buchstaben darauf zu entziffern, doch bei dem Tempo, das die Dame draufhatte, würde es noch dauern, bis sie groß genug waren, dass er sie lesen konnte.

»Bitte bleiben Sie stehen. Hier finden polizeiliche Ermittlungen statt.« Bernsen lief der Fremden entgegen.

Sie nickte stumm, ging aber weiter und stoppte erst, als Bernsen sich vor ihr aufbaute.

»Das hier ist nicht der Sportplatz, Verehrteste.«

Sie nickte wieder. »Ich bin zu spät. Entschuldigung«, flüsterte sie. Dabei ruhte ihr Blick auf Bernsens abgenutzten Schuhspitzen.

»Wie, zu spät?«, polterte der Kommissar ungeduldig.

Pause.

»Helga Stulnitz, Notärztin. Der Michael von der Polizeiinspektion hat mich angerufen.«

Es war unglaublich, wie leise ein Mensch sprechen konnte. Bernsen widerstand dem Impuls, sich vorzubeugen, um sein Ohr näher an ihren Mund zu bringen.

»Sagen Sie das doch gleich.« Er streckte ihr die Hand zum Gruß entgegen.

Sie hob leicht den Kopf und blickte zur Seite.

Bernsen nahm die Hand irritiert zurück. Entgegen seinem sonstigen Naturell zog er nur dezent eine Augenbraue nach oben und führte die Dame zum Tatort. Kohlschuetter, der das Ganze beobachtet hatte, beschränkte sich von vornherein auf ein lautes »Guten Tag« und das Lesen des Stirnbandaufdruckes. Dort stand: »Walking Weiber Rudolstadt«. Wobei er das »Rudolstadt« erst sehen konnte, als sie sich umdrehte.

Ihre Erwiderung war lautlos. Dann beugte sie sich über den Toten.

»Sie ist schüchtern«, zischte Bernsen ihm hinter vorgehaltener Hand zu. Mit einer auffordernden Geste in Richtung Kohlschuetter, endlich zu verschwinden, lehnte er sich an die sonnengewärmte Hauswand und wartete.

Kohlschuetter nickte und verschwand im Westflügel, um die Fenster in den oberen Etagen in Augenschein zu nehmen und die Zugänge zum Dachgeschoss zu überprüfen.

Er kam nur bis in die Porzellangalerie, den Eingangsbereich des Museums, wo sich Fräulein Klauser, die Praktikantin des Museums, entschieden weigerte, ihn ohne eine Eintrittskarte nach oben zu lassen, doch er brauchte nicht lange, um die junge Frau zu überzeugen, dafür sah er einfach zu gut aus. Sein Polizeiausweis tat das Übrige.

Mit schwebendem Schritt begleitete sie ihn über eine breite Steintreppe hinauf in das erste Obergeschoss und führte ihn zu den ehemaligen Festräumen der Fürsten, die sonst nur den zahlenden Museumsbesuchern vorbehalten waren. Über eine eher unscheinbare weiße Holztür kamen sie zuerst in die Marmorgalerie, dem Hauptzugang zum Rokokosaal, in dessen poliertem, überaus edlem grau-blau geädertem Marmorfußboden sich die goldenen Kronleuchter spiegelten. Die Fenster waren, wie erwartet, alle fest verschlossen. Er ging langsam die Reihe entlang, zog die beigen Vorhänge ein wenig beiseite und warf einen Blick durch jede der getrübten Scheiben.

Am Ende der Galerie folgte ein kleinerer, komplett in dunkelgrüner Leinwandtapete gehaltener Raum, das Bänderzimmer. Kohlschuetter prüfte kurz sein Äußeres in einem großen goldumrahmten Spiegel, der zwischen den beiden Fenstern über einer schmalen Anrichte hing. Dann untersuchte er die Fenster. Nichts. Aus dem Bänderzimmer traten sie durch eine zweiflügelige braune Holztür hinaus auf den Flur des Nordflügels, ein Bereich, den normalerweise nie ein Besucher zu sehen bekam. Auch hier gab es ein Fenster, das ebenfalls fest verriegelt war. Kohlschuetter bat Fräulein Klauser, ihm die Etage darüber zu zeigen.

Sie gingen den Weg zurück, den sie gekommen waren, und nahmen den Treppenaufgang des Westflügels hinauf in das zweite Obergeschoss. Sie waren jetzt direkt über der Marmorgalerie, in einem schmucklosen, kargen Flur, von dem man auf den Musikerbalkon des Rokokosaals gelangen konnte. Auf den ersten Blick fand sich auch hier nichts Auffälliges.

Als Nächstes ließ er sich den Zugang zum Dachgeschoss zeigen. Auf halber Höhe zwischen dem zweiten Ober- und dem Dachgeschoss versperrte ihnen eine aufwendig verzierte schwarze schmiedeeiserne Tür den Weg. Kohlschuetter zog seine Latexhandschuhe über, nahm Fräulein Klauser den Schlüssel aus der Hand, schloss vorsichtig auf und drückte mit dem rechten Ellenbogen die Tür auf. Ein paar Stufen später standen sie auf dem Dachboden der Heidecksburg. Vor den Fenstern der beiden Dachgauben spannten sich dicke schwarze Spinnweben, sodass sie unmöglich gerade erst geöffnet gewesen sein konnten. Die Staubschicht auf den Fensterbrettern unterstrich diese Vermutung. Kohlschuetter drehte ab und begutachtete neugierig die Seilwindenkonstruktion, an der die schweren Kronleuchter des Rokokosaales hingen. Damit konnte man die Leuchter nach unten fahren lassen, um sie zu putzen beziehungsweise die Kerzen anzuzünden. Eine beeindruckende Technik, wie er fand. Liebend gern hätte er sie einmal ausprobiert, doch die Pflicht rief.

Mit schnellen Schritten stiegen sie die Treppe wieder hinab. Im Treppenhaus des zweiten Obergeschosses direkt neben dem Eingang zur Gemäldegalerie blieb Kohlschuetter stehen und warf einen unschlüssigen Blick durch das Fenster. Unten im Hof waren weitere Polizisten eingetroffen; Susis Leute packten gerade ihre Spurensicherungskoffer aus, während Frau Stulnitz den Toten ausgiebig untersuchte.

Fräulein Klauser, die in der am anderen Ende des Westflügels gelegenen Porzellangalerie von der ganzen Aufregung bislang nichts bemerkt hatte, lugte neugierig an Kohlschuetters breiter Schulter vorbei in den Hof, natürlich nicht, ohne ihn wie rein zufällig leicht dabei zu berühren.

»Eine Mordermittlung. Wie cool«, säuselte sie ihm ins Ohr. Dann stellte sie sich auf die Zehenspitzen und streckte ihren Hals. »Das ist doch der Typ von gestern.«

»Welcher Typ von gestern?« Kohlschuetter fuhr herum. Dabei hätte er die junge Frau fast umgestoßen, so nah stand sie neben ihm.

»Na, der Typ, der dem dicken Anarcho von der Kutscherremise gezeigt hat, wo der Hammer hängt, vor all den feinen Pinkeln, weil er den von Wilden geohrfeigt hatte. Echt abgefahren.« Dabei grinste sie frech.

»Herr von Wilden wurde gestern Abend auf dem Barockfest angegriffen?«, versicherte sich Kohlschuetter.

Sie nickte geistesabwesend. Die Vorgänge auf dem Hof waren spannender.

»Und dieser Mann dort hat ihm geholfen. Wissen Sie, wer das ist?«

Schweigen.

»Wissen Sie, wer der Mann da unten ist?« Kohlschuetter wiederholte seine Frage energischer.

»Keine Ahnung. Der Typ, der neben Bleich-Dingsda saß.« Die Antwort kam nur langsam. Kohlschuetters Ton schien ihr zu missfallen.

»Bleich-Dingsda?«

»Oh Mann, der Herr Archivdirektor a.D., Bleich-Barnitz, den

die Langeweile jeden Tag hierhertreibt. Mir müsste ja schon ein Fuß fehlen, um nach meiner Verrentung noch hier rumzulaufen.«

Kohlschuetter ignorierte die Bemerkung. »Sind Sie sich sicher, dass das der Mann war?« Er zeigte nach unten.

»Klaro. Er und der von Wilden hatten die gleichen Jacken an, was ziemlich scheiße war. Aber der Wilde trug was anderes darunter, unter anderem auch weiße Strümpfe, und der hier«, sie deutete mit dem Kopf auf den Hof, »hat doch blaue an.«

Kohlschuetter kräuselte die Stirn. Man konnte die beiden Herren – insbesondere von hinten – also verwechseln, wenn man nicht auf die Strümpfe achtete. Und wer tat das schon? Hellblau und Weiß waren in einem diffusen Licht außerdem nicht wirklich gut auseinanderzuhalten. Möglicherweise sollte der Schlossdirektor sterben und nicht diese bedauernswerte Gestalt da unten auf dem Kieselsteinpflaster.

Fräulein Klauser legte ihre Hand auf seine Schulter. »Ich glaube, der Typ mit dem gestreiften Nachthemd will was von Ihnen«, sagte sie.

Kohlschuetter schaute aus dem Fenster. Unten stand Bernsen in seinem weiß-blau gestreiften Fischerhemd in der Größe XXL und fuchtelte wie wild mit den Armen.

»Haben Sie schon Besucher ins Museum gelassen?«, fragte Kohlschuetter.

Fräulein Klauser schüttelte den Kopf. »Sonntags steppt hier erst ab Mittag der Bär.«

»Dann sorgen Sie bitte dafür, dass die Heidecksburg heute für Besucher geschlossen bleibt. Ein Schild am Tor des Haupteingangs wäre gut. Schreiben Sie irgendetwas, meinetwegen Wasserrohrbruch. Und schließen Sie auch die Alte Wache ab, um das Nordtor und die beiden anderen Zugänge kümmern sich unsere Kollegen«, wies er sie an, ließ seine neugierige Begleitung zurück, lief hinunter und durch die Empfangshalle hinaus auf den Hof.

4

»Georg Albert Münster, Baujahr 1959 in Berlin-Charlottenburg. Laut kürzlich abgelaufenem Truppenausweis Oberst in der Ferdinand-von-Schill-Kaserne Torgelow.« Bernsen schniefte und wischte sich mit dem Ärmel seines Hemdes über die Nase »So'n Schietkram, jetzt haben wir auch noch die grünen Krieger an der Backe.«

Susi hatte offensichtlich die Brieftasche gefunden.

»Noch was?«

»Das Übliche. Alle möglichen Kreditkarten, das Bild einer Frau, erste Sahne, wenn Sie mich fragen, aber damit kennen Sie sich besser aus.« Er hielt Kohlschuetter ein Foto unter die Nase. Tatsächlich, ein »scharfer Biber«, wie Kohlschuetter alle schönen Frauen nannte. »Dann noch zweihundert Euro in bar und eine Karte vom Hotel Adler, hier in Rudolstadt.«

»Ich rufe gleich mal bei den Kollegen an, dass sie den durch unseren Computer jagen. Und dann versuche ich, die Kaserne zu erreichen. Was sagt die Ärztin?«

»Nichts. Bei dem Tempo kann das auch noch dauern.«

»Hauptsache, sie ist gründlich.«

»Ist mir eigentlich Flunder, ob sie bei dem noch einen Schnupfen findet.«

Kohlschuetter kommentierte das mit einem kurzen Brummen und berichtete seinem Kollegen von den Beobachtungen der Museumspraktikantin. Dann schaute er zu Susanne Summer hinüber, die gerade die Leiche fotografierte, und rief mit weicher Stimme: »Susi, wenn du hier fertig bist, könntest du dir bitte die Fenster in der Marmorgalerie, dem Bänderzimmer und dem daran angrenzenden Flur ansehen? Und nimm dir am besten auch noch die Fensterreihe eine Etage darüber vor. Die Dachfenster kannst du dir eigentlich sparen, die waren seit Jahren nicht offen. Das wäre sehr nett von dir.«

Sie ließ ihren Fotoapparat kurz sinken und lächelte freundlich, aber vollkommen unbeeindruckt von seiner Charmeoffensive.

»Wohl was am Laufen?«, fragte Bernsen breit grinsend. Wie

immer blieben ihm die Schwingungen zwischen den Geschlech-
tern, und die lagen hier eindeutig im Negativbereich, komplett
verborgen.

Kohlschuetter ignorierte Bernsens Anspielung, ließ jedoch
einen bedauernden Seufzer hören, der ihn gegenüber einem
empfänglicheren Kollegen, als Bernsen es war, verraten hätte.
»Es gibt demnach zwei Möglichkeiten«, begann er. »Entweder
wollte man hierbei tatsächlich dem Schlossdirektor ans Leder,
und der arme Mann ist ein Verwechslungsopfer. Oder ...«

»Oder die Sache mit dem Kostüm ist Zufall, und es geht
um diesen Oberst Münster«, ergänzte Bernsen. »Das heißt, wir
müssen doppelgleisig fahren, was die Arbeit nicht leichter macht.«

»Ja, genau. Ich schlage vor, wir nehmen uns zuerst diesen von
Wilden vor.«

»Aber ich mache den Bad Cop.« Bernsen rieb sich die Hände
und steuerte pfeifend den Südflügel an, in dem die drei Herren
vorhin verschwunden waren. »Das wird unterhaltsam.«

Kohlschuetter folgte ihm feixend. »Machen Sie den nicht
immer?«

5

Dr. Alexander P. von Wilden stand vor dem großen Spiegel in seinem Büro in der oberen Etage des Südflügels und zupfte am Kentkragen seines altrosafarbenen Lagerfeld-Oberhemdes. Dann fuhr er vorsichtig mit den Fingern über die französische Knopfleiste, die durch den Slim-Fit-Schnitt des Hemdes leicht aufsperrte. Sein Bauch hing nicht unerheblich über den Bund seiner im Schottenkaro gewebten Flanellhose. »An Wolfgang Joop könnte das nicht besser aussehen«, sagte er selbstzufrieden. Im eigenen Gefallen schwelgend drückte er eine rotblonde Strähne zurück an ihren Platz hinter dem linken Ohr, als er die beiden Kripobeamten im Spiegel erblickte. Der kleinere, dürre grinste ihn auf unverschämte Weise an.

»Na, Meister, alles am richtigen Fleck? Schön genug für die Befragung?« Ungefragt griff sich Bernsen einen Stuhl, zog ihn quietschend über das Parkett und ließ sich unsanft darauf nieder.

Kohlschuetter postierte sich schweigend an einem der gegenüberliegenden Fenster.

»Das ist original Biedermeier aus dem Zimmer der Fürstin, aufwendig restauriert«, entfuhr es von Wilden entsetzt. Er wandte sich den Eindringlingen zu. »Diesen unflätigen Umgang mit meinen Antiquitäten kann ich nicht dulden.«

»Schon mal was von Filzgleitern gehört, Meister?«, bemerkte Bernsen lapidar und ruckelte noch einmal an dem Stuhl.

Der Schlossdirektor hielt inne, um Beherrschung bemüht. Dann sagte er gefasster: »Wie kann ich Ihnen helfen, meine Herren Polizisten?«

»Kriminalhauptkommissar Friedhelm Bernsen reicht vollkommen. Und das ist Kriminalhauptkommissar Timo Kohlschuetter.«

»Herr Bernsen, Herr Kohlschuetter.« Von Wilden ignorierte die Dienstbezeichnung geflissentlich. »Sie benötigen meine Hilfe?«

»Ihre Aussage würde uns schon reichen«, konterte Bernsen sichtlich angefressen von so viel Großspurigkeit. »Gestern Abend fand hier das Barockfest statt. Trugen Sie ein Kostüm?«

Von Wilden zog die rosafarbenen Schultern nach oben und empörte sich: »Natürlich! Wie der Name schon sagt: Barockfest. Da läuft man ja nicht in …« Sein rechter Arm machte eine ausladende Handbewegung in Richtung Bernsen, doch beim Anblick von dessen Fischerhemd wusste er augenscheinlich nicht mehr weiter. Er schaute einen Moment irritiert und ergänzte: »Da gehört sich einfach ein edler Justaucorps.«

»Und welche Farbe hatte Ihrer?« Bernsen verzog das Gesicht. Modegespräche unter Männern verursachten ihm Unbehagen. Das starke Geschlecht trug Fischerhemden, zumindest da, wo er herkam. Unter der Woche taten es die älteren Modelle, und sonntags wurde ein neues, frisch gestärktes Hemd hervorgeholt. Davon hatte er heute allerdings keines mehr im Schrank gehabt. Nur gut, dass ihn seine Rotfeder so nicht sehen konnte. Ach, Rotfeder …

»Natürlich himmelblau. Dazu trage ich eine weiße Brokatweste und weiße Strümpfe. Schließlich steht man ja in der Tradition des Fürstenhauses. Absolut stilecht, wenn Sie verstehen, was ich meine.« Die gerümpfte Nase und der abschätzige Blick des Schlossdirektors ließen keinen Zweifel daran, dass er dieses Verständnis von Bernsen keinesfalls erwartete.

»Das Kostüm leihen Sie aus?«, hakte Kohlschuetter nach.

»Oh, nein! Es ist mein eigenes. Schließlich findet unser Barockfest jedes Jahr statt.«

»Und wie oft schon mit Ihnen?«

»Es war mein zweites und das mit Abstand beste, das ich bisher erlebt habe«, entgegnete von Wilden voller Inbrunst. »Trotzdem uns das Wetter einen kleinen Streich gespielt hat.«

»Na ja, so viele Feste waren es dann ja noch nicht«, meldete Bernsen. »Ist Ihnen jemand aufgefallen, der das gleiche Kostüm trug?«

Der Schlossdirektor rang entsetzt nach Luft. »Also wirklich, das wäre doch wohl mit Abstand das Peinlichste, was einem passieren kann. Ich kaufe meine Kleidung schließlich nicht von der Stange wie jeder gewöhn…« Von Wilden stockte. Erst jetzt trat er von dem großen Spiegel zurück, ging langsam zu seinem Schreibtisch und lehnte sich an die glänzend polierte Kirschholzplatte des ziemlich wertvoll aussehenden Möbels.

»Mag sein. Aber der Tote auf dem Schlosshof trägt ebenfalls eine himmelblaue Jacke«, sagte Bernsen. »Und Ihre Praktikantin sagte aus, Ihr Kostüm sei mit dem dieses Herrn identisch gewesen.«

Rote Flecken überzogen von Wildens Gesicht. »Ausgeschlossen! Mein Kostüm ist einzigartig. Und ich bitte Sie, eine Praktikantin.« Ein abschätziger Blick streifte die Kommissare. Er schüttelte energisch den Kopf und verschränkte die kurzen Arme vor der Brust.

»Ich schlage vor, wir werfen einmal einen Blick auf Ihr Kostüm, Meister, dann werden wir ja sehen.«

»Ich bewahre es nicht hier auf. Aber bitte, wenn Sie mir nicht glauben, werde ich es gleich morgen früh von meiner Sekretärin holen lassen. Es befindet sich im Magazin des Schlosses. Schließlich hat es ein Vermögen gekostet.«

Bernsen zuckte gleichgültig mit den Schultern. »Und wenn Sie das Teil zur Bank von England schaffen, wir wollen es sehen.«

»Sie haben wohl keinen Schlüssel zum Magazin?«, fragte Kohlschuetter.

»Natürlich habe ich den«, empörte sich von Wilden. »Ich bin der Direktor dieses Schloss und habe überall Zutritt.«

»Spätestens morgen will ich es sehen«, verlangte Bernsen noch energischer. »Bei zwei auf den ersten Blick identischen Kostümen kann es durchaus sein, dass der Täter nicht den Richtigen erwischt hat.«

»Ich … äh … Wie meinen Sie das?«, stammelte der Schlossdirektor, wobei seine Augäpfel fast aus den Höhlen fielen.

»So, wie ich es gesagt habe. Sie scheinen hier ja nach dem, was man so hört, nicht zu den Mitarbeitern des Monats zu gehören. Und vielleicht sollte nicht der Herr, der sich gerade im Plastiksarg auf dem Weg nach Jena befindet, sterben, sondern Sie.«

»Leuchtet ein«, entgegnete von Wilden mit monotoner Stimme. »Als Mitglied der Oberschicht wird man nicht immer nur wohlwollend beäugt. Was gedenken Sie also zu meinem persönlichen Schutz zu tun? Immerhin bin ich nicht irgendwer.«

Die Frage prallte gnadenlos an Bernsen ab wie ein Fußball an der Latte. Auch Kohlschuetter sah angesichts dieser überbordenden Arroganz auffallend gleichgültig aus.

»Wer könnte Sie um die Ecke bringen wollen?«, erkundigte sich Bernsen.

Kohlschuetter drehte den beiden Männern den Rücken zu und schaute aus dem Fenster hinunter in die Stadt.

Von Wilden drückte seine Schultern nach hinten, machte ein Hohlkreuz und hob den Kopf. Die Nase in die Luft gestreckt, antwortete er entschieden: »Jeder! Wie gesagt, ich bin nicht irgendwer. Und wir leben in einer Neidgesellschaft. Die wenigsten können eben vertragen, dass es Menschen gibt, die eine Klasse besser sind.«

Bernsen schluckte seinen Ekel im Dienste der Sache hinunter. »Kennen Sie einen gewissen Georg Albert Münster?«

»Nein, wer soll das sein?« Der Schlossdirektor schaute betont unbeteiligt. Dabei verkrampften seine Gesichtsmuskeln so sehr, dass er aussah wie das Opfer eines unfähigen Schönheitschirurgen.

Bernsen, dem das nicht entging, antwortete: »Der Tote auf Ihrem Schlosshof, der *Ihr* Kostüm trägt.«

»Wissen Sie, ich lerne so viele Menschen kennen, wenn ich mir alle Namen merken würde …« Von Wilden winkte desinteressiert ab.

»Nun, dieser Georg Albert Münster war zufällig der Kerl, der Sie gestern so heldenhaft vor einem Ihrer Widersacher beschützt hat.«

»Gestern?« Von Wilden schien sich nicht erinnern zu können.

Bernsen half ihm gern auf die Sprünge. »Sie haben eine Ohrfeige bekommen.«

»Ach ja, das. Es war, na ja, nicht der Rede wert. Da war ein Mann, kann schon sein. Ich habe mir ja nicht seinen Ausweis zeigen lassen.« Von Wilden hatte die Arme gelöst und bewegte sie auf und ab, als dirigierte er Beethovens Neunte, nur vollkommen ohne Anspannung.

»Noch mal für mich zum Mitschreiben.« Bernsen kratzte sich das unrasierte Kinn, dessen Stoppeln flachsblond leuchteten. »Sie bekommen eins auf die Fresse, jemand eilt Ihnen zu Hilfe, und Sie schauen den Retter nicht einmal an beziehungsweise bedanken sich nicht bei ihm?«

»Also erlauben Sie mal.« Von Wilden blinzelte verständnislos.

»Das war einer der Sicherheitsleute. Er hat nur das getan, wofür er bezahlt wird. Warum sollte ich mich dafür auch noch bedanken?«

Erstick an deiner Überheblichkeit, dachte Bernsen. »Wer war der Mann, der Sie angegriffen hat?«

Von Wilden winkte angeekelt ab. »Ach, du Gott. Ein Kretin, ein Nichts. Nicht wert, sich weiter mit ihm zu befassen.«

»Hat das Nichts auch einen Namen?«, hakte Bernsen genervt nach.

»Glaser oder so. Er wohnt hier oben in der Kutscherremise. Ein armer, neiderfüllter Mensch. Ein verirrtes Wesen«, antwortete von Wilden mit arrogantem Tonfall.

»Hatten Sie Streit mit ihm?«

Von Wilden schüttelte den Kopf. »Ich brauche Gegner, keine Verlierer.«

»Aber er wird ja wohl aus einem Grund auf Sie losgegangen sein?«

»Ich sagte es bereits, wenn man Erfolg hat, stellen sich die Feinde ein. Nicht jedem hier passt es, dass sich die Heidecksburg unter meiner Ägide zu einem der prächtigsten Museen in ganz Thüringen entwickelt hat. Einfache Menschen neigen da schon mal zu Handgreiflichkeiten.«

»Und gestern Abend ist Ihnen weiter nichts Ungewöhnliches aufgefallen?«

»Nein, alles war so wunderbar wie immer.«

»Wann haben Sie das Schloss verlassen?«

»Schwer zu sagen, es muss weit nach Mitternacht gewesen sein. Meine Kutsche wartete am ehemaligen Teehaus, direkt gegenüber dem Westflügel.«

»Geht es vielleicht ein bisschen genauer?«

»Nein. Meinen Sie, man trägt zu diesem Kostüm eine Armbanduhr?«

»Was heißt überhaupt Kutsche? So richtig mit Pferden davor?« Bernsen konnte kaum glauben, was er da gerade hörte. Dieser Typ hatte doch wirklich einen Vogel, ach was, einen ganzen Vogelpark.

»Natürlich! Unsere Gäste reisen im Zweispänner an, wie es sich gehört. Das lasse ich mir natürlich auch nicht nehmen.«

»Und in Ihrer Kutsche«, Bernsen betonte das letzte Wort übertrieben, »haben Sie so weit nach Mitternacht nichts bemerkt, vielleicht eine Leiche auf dem Schlosshof?«

»Natürlich nicht! Wofür halten Sie mich? Außerdem bin ich nicht über den Hof nach draußen. So, wie es in der Nacht geregnet hat, bricht man sich auf dem historischen Pflaster ja die Beine. Wie ich bereits sagte, meine Kutsche wartete am Teehaus, wie die meisten anderen zuvor auch.« Von Wilden spitzte brüskiert die Lippen.

»Geht ein Schlossdirektor nicht üblicherweise ganz zum Schluss?«

»Ich habe die letzten Gäste mit in die Stadt genommen, sehr richtig.«

»Von denen hätten wir gern die Namen und die jeweilige Anschrift.«

»Um Gottes willen, ich kannte diese Leute überhaupt nicht. Das waren Unternehmer aus Hamburg oder so, mehr weiß ich nicht. Für unser Barockfest kommen die Menschen aus aller Welt!«

»Wer war zu dem Zeitpunkt noch hier?«

Er überlegte einen Moment. »Der Caterer mit seinen Leuten ist kurz vor mir abgefahren. Wegen des Regens musste das Büfett im Hof ja schon gegen neun abgebaut werden. Die Sparvariante im Foyer des Schlosses war dann aber nicht mehr der Rede wert. Das hat noch ein Nachspiel.« Er rümpfte die Nase. »Dann waren da noch die Reinigungskräfte und das Sicherheitspersonal. Schließlich stand am nächsten Tag wieder der reguläre Museumsbetrieb an. *Business as usual*, wenn Sie verstehen. Wir sind ja nicht irgendein provinzielles Bauernmuseum. Wir sind die Heidecksburg!« Den letzten Satz schrie er mit vollkommen übertriebener Begeisterung, die jedoch nicht einmal aufgesetzt wirkte.

Bernsen wäre vor Ehrfurcht erstarrt, wenn er zu den Menschen gehören würde, die vor wichtigen Leuten den Kopf neigten. Aber dieses ganze Getue wirkte auf ihn wie in einem schlechten Film, weit weg von der Bodenständigkeit seines proletarischen Elternhauses in Bremen-Walle. Das musste er seiner Rotfeder erzählen. Die wäre stolz auf ihn, wenn da nicht …

»Hallo! Sind Sie noch da?« Der Schlossdirektor schaute in

Bernsens ausdrucksloses Gesicht und winkte dem Kommissar mit seiner schlaffen Hand. »Ich sagte, wir sind die Heidecksburg. Ihnen ist schon klar, dass wir uns nicht zu lange der interessierten Öffentlichkeit entziehen können? Leiche hin oder her.« Offensichtlich war er der Meinung, wieder Oberwasser zu haben.

Bernsen streckte das Kinn nach vorn. »Ich frage mich nur gerade, warum ein Oberst der Bundeswehr hier bei Ihnen als Sicherheitsmensch arbeiten sollte.«

»Was weiß denn ich? Die Menschen haben seltsame Hobbys.« Von Wilden stemmte die Hände in die schwabbeligen Hüften.

»Meister, Sie lassen jetzt mal die Telefonnummer des Sicherheitsdienstes herüberwachsen, damit wir das klären können. Und die von den Reinigungsleuten und dem Caterer auch. Ach, und die Liste mit den Gästen von gestern Abend kann auch nicht schaden.«

Von Wilden drehte sich vor dem Schreibtisch wie eine Ballerina, kramte in einem kleinen, wertvoll aussehenden Holzkästchen, das auf dem Tisch stand, und reichte Bernsen drei Visitenkarten.

»Normalerweise ist das nicht mein Geschäft. Den Kontakt zu den Dienstleistern hält meine Sekretärin. Aber Sie wissen ja, man muss das Personal immer im Auge behalten. Die Gästeliste liegt mir allerdings im Moment nicht vor, die hat meine Sekretärin auf ihrem Computer. Ich möchte mich da nur ungern einloggen, zumal ihr Ablagesystem eine Katastrophe ist. Ich werde sie aber bitten, Ihnen die Liste morgen früh zu mailen.«

Bernsen knurrte etwas Unverständliches, warf zuerst einen Blick auf Kohlschuetter, der unmerklich nickte, dann auf die Adressen und schob die Karten schließlich in die Tasche seiner speckigen Jeans. Gleichzeitig zog er eine seiner eigenen, vollkommen zerknitterten Visitenkarten hervor. Er versuchte gar nicht erst, die Eselsohren daraus zu entfernen, und reichte sie von Wilden. »Nichts für ungut, Meister. Wir sehen uns!« Geräuschvoll stand er auf und verließ das Büro.

Kohlschuetter deutete in Richtung von Wilden ein Kopfnicken an und folgte seinem Kollegen.

6

»Der Typ verschweigt uns etwas.« Bernsen wischte sich mit dem Stoff seines rechten Ärmels einmal quer über das Gesicht, als die beiden Kommissare wieder auf dem Schlosshof standen.

»Ich habe eher den Eindruck, dass ihn eine Leiche auf ›seinem‹ Schloss nicht die Bohne kratzt. Jedenfalls solange es nicht seine eigene ist.«

»Und solange sie ihm keine negative Publicity einbringt. Können Sie mir sagen, warum der Typ so auf die Kacke hauen muss? Ist die Hütte hier wirklich so etwas Besonderes?« Bernsens Magen knurrte unüberhörbar.

»Na ja, wie man es nimmt und wie schon erwähnt, Thüringen bestand bis zum Jahr 1918 aus neun Herzog- beziehungsweise Fürstentümern. Die Schwarzburg-Rudolstädter Fürsten regierten zwar eines der kleinsten deutschen Länder, aber mit ihrem Sinn für Kunst und Kultur haben sie der Nachwelt ein nicht unbedeutendes Erbe hinterlassen: Gemälde, Bücher, Waffen, Porzellane, Schnitzereien. Nicht zu vergessen das älteste Naturalienkabinett Thüringens. Damit ist die Heidecksburg einer der wichtigsten Touristenmagneten. Rund neunzigtausend Menschen kommen jedes Jahr in diese Hütte, wie Sie es nennen.«

»Sieh an, sieh an. Und mehr nicht?«

»Wie, mehr nicht? Das ist doch schon viel.« Kohlschuetter hielt inne. »Interessiert Sie das überhaupt?«

»Mhm. Ich könnte mal wieder etwas zu essen vertragen.«

»Zwecklos, einfach nur zwecklos«, murmelte Kohlschuetter resigniert in seinen Dreitagebart. Laut sagte er: »Fertigpizza schon verdaut? Lassen Sie uns trotzdem erst die Befragungen abschließen. Dann führe ich Sie aus.«

»Gibt es da Fisch? Etwas anderes will und kann ich meinem empfindlichen Magen heute nicht zumuten.«

»Schon klar. Ein schöner fetter Aal soll bei einer Magenverstimmung Wunder wirken.«

Bernsens Mundwinkel hoben sich. »Haben die Aal hier?«

»Mit hundertprozentiger Sicherheit *nein*.«

Damit schien Bernsens Interesse für das Mittagessen vorerst verschwunden zu sein. Ohne Umschweife wandte er sich wieder der Arbeit zu.

»Die Leichenheinis werden auch immer schneller«, sagte er und deutete mit dem Kopf in Richtung Westflügel, wo in diesem Moment zwei Herren mit einem grauen Plastiksarg den Hof betraten und auf die Ärztin, die immer noch über der Leiche kniete, zugingen. »Wie die Totengräber bei Lucky Luke.«

Kohlschuetter grinste angesichts der Literaturvorlieben seines Kollegen. »Glücklicherweise. Wir können die Toten doch nicht ewig liegen lassen.«

»Schon gar nicht die zermatschten.«

»Obwohl das Rudolstädter Walking Weib immer noch nicht fertig zu sein scheint.«

»Die findet noch einen eingewachsenen Zehennagel, ich sage es Ihnen.« Bernsen versuchte, einen Stein wegzukicken, trat jedoch gegen einen weit heraussstehenden, aber festen Kiesel des Pflasters und jaulte auf. Mit schmerzverzerrtem Gesicht knurrte er: »Sie machen die Weiber, ist schließlich Ihr Spezialgebiet, und ich nehme mir noch mal die beiden Professoren vor. Dabei kann ich denen auch gleich verklickern, dass der Laden hier dicht bleibt, so lange wir es wollen.«

»Für nötig erachten«, verbesserte Kohlschuetter. »Habe ich aber bereits veranlasst.«

Mit einem dahingemurmelten »Streber« verschwand Bernsen in der nächsten Tür, neben der ein messingfarbenes Schild mit der Aufschrift »Schlossarchiv« prangte. Keine zwei Minuten später stand er vor dem Büro von Bleich-Barnitz. Die Tür war sperrangelweit offen. Der Archivdirektor a.D. und sein Kollege Schneidersohn waren, seit sie die Kommissare allein im Hof zurückgelassen hatten, in Spekulationen über den Todesfall vertieft, sodass sie Bernsen nicht bemerkten. Der lehnte sich an den Türrahmen und beobachtete die beiden.

Bleich-Barnitz saß an seinem Schreibtisch und kaute missmutig an einer Ein-Euro-zwanzig-Zigarre. Sein Kollege stand am Fenster und blickte hinaus.

»Wussten Sie eigentlich, Bleich-Barnitz, dass einer unserer Fürsten auch immer von seinem Fenster aus die Rudolstädter

Straßen beobachtet hat? Nur hatte er ein Fernrohr«, sagte Schneidersohn gerade.

»Nein, wer soll das gewesen sein?«

»Fürst Georg Albert, der vorletzte der regierenden Schwarzburg-Rudolstädter.«

Bleich-Barnitz zuckte gleichgültig mit den Schultern und schwieg. »Meinen Sie, es war einer von uns?«, lispelte er sodann, während er mit zittrigen Fingern versuchte, Tabakkrümel von seiner Zunge zu entfernen.

»Waren Sie es?«, antwortete Schneidersohn, ohne sich herumzudrehen.

»Also wirklich, Kollege«, empörte sich Bleich-Barnitz. »Sehe ich aus wie ein Mörder? Außerdem kenne ich den Mann nicht einmal. Schließlich lebt von Wilden ja noch.«

»Wer sieht schon aus wie ein Mörder?«

Bleich-Barnitz seufzte tief. Dann folgte ein spitzer Schrei. Der Professor hatte Bernsen entdeckt. Schneidersohn fuhr herum und starrte beide erschrocken an. Bernsen war sichtlich erfreut über seinen gelungenen Überraschungseffekt.

»Na, na, wer wird denn da so schreckhaft sein?« Langsam ging er auf einen der freien Stühle direkt gegenüber dem Schreibtisch von Bleich-Barnitz zu. »Ich hätte da noch ein paar Fragen an Sie, Meister.« Er setzte sich ungefragt.

Schneidersohn wandte sich zum Gehen.

»An Sie natürlich auch. Leisten Sie uns ruhig Gesellschaft.«

Schneidersohn hielt inne, trat einen Schritt zurück und lehnte sich wieder gegen die Fensterbank.

Zufrieden schaute Bernsen die beiden an. »Warum könnte jemand einen Schlossdirektor umbringen wollen?«

»Warum werden Menschen im Allgemeinen umgebracht?«, konterte Schneidersohn schnippisch. »Ich weiß es nicht. Dafür gibt es keinen vernünftigen Grund.«

»Er ist doch nur der Direktor der Heidecksburg«, bekräftigte Bleich-Barnitz.

»Er selbst sieht das mit dem ›nur‹ aber nicht so«, entgegnete Bernsen spitz.

Schneidersohn atmete hörbar aus. »Es gab da einige Dispute mit diesem Herrn Grosch vom Unternehmerverein zum Erhalt des Schwarzburger Blutes. Die anderen Vereinsmitglieder sind sehr vernünftig, aber Grosch hätte am liebsten wieder die Fürsten auf dem Schloss und nicht uns.«

»Ein penetranter Monarchist«, pflichtete sein Kollege ihm bei.

»Dann gibt es natürlich ein paar Mitarbeiter, die sich ungerecht behandelt fühlen. Aber das haben Sie als Chef immer.«

»Wer?«, wollte Bernsen wissen.

»Friederike Macheleidt, die Museumsführerin, und vielleicht die Archivarin Marie Clementine Schall, ihre Freundin.«

»Aber das sind doch unsere besten Kräfte!«, widersprach Bleich-Barnitz energisch.

Bernsen überlegte einen Moment. Dann schaute er die beiden aufmerksam an. »Kennen Sie einen Georg Albert Münster?«

Bleich-Barnitz riss die Augen weit auf. Sein spitzes Kinn fing an zu zittern. Nach einer Pause stammelte er ein unsicheres »Nein«.

»Die Antwort hat mir zu lange gedauert, Meister. Sind Sie sicher, dass Sie den Mann nicht kennen? Dem netten Herrn Hauptkommissar können Sie es doch erzählen.«

Bleich-Barnitz presste die Lippen fest zusammen und schüttelte den Kopf.

»Na, aber.«

Keine Antwort.

»Kann es vielleicht sein, dass Sie gestern den halben Abend neben ihm gesessen haben?«

Bleich-Barnitz wollte gerade wieder verneinen, als Schneidersohn ihm zuvorkam. »Kollege, der Mann saß gestern im Rokokosaal neben Ihnen. Wir hatten uns vorher bei einem Champagner auf dem Schlosshof mit ihm unterhalten.«

Die Zigarre zerbrach in zwei Teile. »Ja, ja, das kann sein. Mein Namensgedächtnis. Münster, Münster, jetzt erinnere ich mich. Er hatte sich vorgestellt. Und ich hatte das Gefühl, den Namen bereits zu kennen. Er muss bei einem meiner Vorträge über die Schenken von Vargula gewesen sein, ganz sicher. Daher kannte ich ihn.« Die Stimme von Bleich-Barnitz überschlug sich.

»Wären Sie dann so freundlich und würden mir genau erzählen, was gestern Abend passiert ist?« Bernsen lehnte sich bequem zurück und kratzte hemmungslos seinen dicken flachsblonden Haarschopf.

»Ich trug eine schwarze Mönchskutte«, hob Bleich-Barnitz weitschweifig an. »Die trage ich jedes Jahr zum Barockfest. Der Einfluss des Klerus auf die hohen Herrschaften darf nicht unterschätzt werden.« Er nickte wichtig. »Sie hat einmal meinem kleineren Sohn gehört und ist schon etwas älter, aber ein paar Jahre schafft das Kostüm noch. Meine Gattin mottet es immer nach dem Fest wieder ein.«

Bernsen blies die Wangen auf wie eine Kröte ihre Schallblasen und ließ die Luft hör- und riechbar wieder entweichen. Eine Pizza Tonno mit extraviel Zwiebeln konnte hartnäckig sein.

»Gut. Und Herr Münster?«

Schneidersohn untersuchte die Stuckdecke nach Fliegenresten, während Bleich-Barnitz einen Moment lang angestrengt überlegte. »Er war das erste Mal auf unserem Fest. Und ich glaube, auch in unserer Stadt.«

Schneidersohn hatte seinen Blick von der Decke gelöst und nickte zustimmend.

»Es schien ihm aber sehr bei uns zu gefallen.« Bleich-Barnitz machte eine kurze Pause. Dann fügte er fast schon entschuldigend hinzu: »Das Barockfest hat ja nun nicht wirklich etwas mit unserer Arbeit zu tun. Aber das Volk braucht hin und wieder Brot und Spiele, um sich für die Historie dieses Ortes erwärmen zu können.«

»Gut. Mehr nicht?«

»Nein, eigentlich nicht«, antwortete Bleich-Barnitz sichtlich erleichtert.

Bernsen atmete tief aus.

»Oder doch«, schoss es auf einmal aus dem Professor heraus. Seine Gesichtszüge hatten sich auffallend erhellt. »Ich habe mich mit ihm ganz ausgezeichnet über die Schenken von Vargula unterhalten. Ganz ausgezeichnet.«

»Wie beneidenswert.« Bernsens Geduldsfaden erfuhr einen extremen Belastungstest. »Und Sie, Herr …«

»Professor Schneidersohn, aber das sagte ich bereits. Kollege Bleich-Barnitz und ich hatten gestern bereits hier und da ein Gläschen Champagner getrunken und etwas geplaudert, als wir Adalbert Grosch, den Vorsitzenden des Unternehmervereins zum Erhalt des Schwarzburger Blutes, mit zwei fremden Herren auf dem Schlosshof stehen sahen.«

»Zwei?«, entfuhr es Bernsen.

»Ja. Sie gestatten, dass ich fortfahre?«

»Natürlich«, säuselte Bernsen mit übertrieben weicher Stimme. Dabei riss er die Augen auf, klimperte zweimal schnell hintereinander mit den Wimpern, schlug elegant ein Bein über das andere und spitzte die Lippen, um sein Gegenüber auf fast schon unverschämte Weise zu veralbern.

Schneidersohn überging das großzügig. »Um die aus dem offenen Schwarzburger Chauvinismus unseres verehrten Herrn Grosch resultierenden Peinlichkeiten bereits im Keim zu ersticken, beschloss ich, einzugreifen, und wir gesellten uns zu ihnen. Nach etwas Small Talk, wie es auf Neudeutsch so schön heißt, entschuldigte sich besagter Herr Münster und widmete sich den Lachshäppchen am Spezialitätenbüfett.«

»Die waren übrigens ganz ausgezeichnet«, schwärmte Bleich-Barnitz, wobei er sich mit der Zunge über die Lippen fuhr. Ihn traf ein strafender Blick seines Kollegen.

»Dort posierte der Schlossdirektor gerade mit einer attraktiven, als Zofe verkleideten jungen Frau mit weißem Spitzenhäubchen für das Thüringen Journal des MDR-Fernsehens. Herr Münster schien zu warten, bis die Aufnahme im Kasten war, und sprach von Wilden an. Der zeigte sich sichtlich überrascht, prostete ihm aber lächelnd zu und sagte etwas, was ich auf die Entfernung natürlich nicht verstehen konnte. Dann stob er in der Menge davon.«

»Hatten Sie den Eindruck, dass die Herren sich kannten?«

»Einen Moment lang dachte ich das. Aber von Wilden hat diesen Münster einfach stehen lassen. Fast schon unhöflich, wie ich fand. Ach, und übrigens, ich komme nie im Kostüm.«

»Ist Ihnen am Kostüm dieses Herrn etwas aufgefallen? Hatte es vielleicht Ähnlichkeit mit dem Ihres Schlossdirektors?«, fragte Bernsen.

Bleich-Barnitz verneinte das energisch.

Schneidersohn überlegte einen Moment. »Die Jacke war auch blau, aber ich meine, von Wilden hat seines nicht von der Stange, zumindest behauptet er das gern. Ehrlich gesagt, habe ich nicht darauf geachtet. Mich interessieren diese albernen Verkleidungen nicht wirklich.«

»Aha. Und dann? Was war mit dem zweiten Herrn?«

»Er wollte sich ein Glas Champagner holen. Wir haben nicht auf ihn gewartet und sind zur Audienz des Fürsten Friedrich Anton von Schwarzburg-Rudolstadt in den Rokokosaal gegangen. Da setzte dann auch schon langsam der Regen ein.«

Bernsen hob die rechte Braue.

Schneidersohn erklärte: »Die Audienz ist einer der Höhepunkte jedes Barockfestes. Sie findet alljährlich im Rokokosaal statt. Der Saal war wieder bis auf den letzten Platz besetzt. Wir begaben uns zu unseren reservierten Plätzen in der ersten Reihe. Dort saß bereits dieser Herr Münster.«

»Hatte er auch eine Platzkarte?«

»Das weiß ich nicht. Aber es ist davon auszugehen. Die Plätze in der ersten Reihe sind immer reserviert.«

»Alle?«

»Ja, für die Prominenz, Förderer und so weiter. Ein paar Minuten später kam auch der andere Herr und setzte sich neben den Toten, Entschuldigung, den jetzt Toten.«

»Kannten die beiden sich?« Bernsen streckte seine kurzen Beine aus. Dabei schob er die Gummisohlen seiner Schuhe so fest über das Parkett, dass sie schwarze Streifen hinterließen.

»Es hatte nicht den Anschein. Ich habe zumindest nicht mitbekommen, dass sie im Rokokosaal noch einmal miteinander gesprochen hätten. Von Wilden gab wieder den Hofmarschall. Seit er vor zwei Jahren hier anfing, gehört dieser Auftritt zu seinen liebsten. Schon nach wenigen Minuten sprang Otto Glaser auf, rannte unter wüsten Beschimpfungen auf von Wilden zu und ohrfeigte ihn. Gerade als er das zweite Mal ausholen wollte, stand auf einmal Herr Münster neben ihm, griff nach seinem Arm und zog ihn aus dem Festsaal.« Schneidersohn schwieg für einen kurzen Moment, als müsste er überlegen, was dann passiert war. »Kurz darauf kam er zurück und setzte sich, als ob nichts gewesen wäre.«

»Wer war der Angreifer?« Bernsen beobachtete Bleich-Barnitz, der bei jedem Wort seines Kollegen entrüstet den Kopf schüttelte, als wäre er nicht selbst dabei gewesen.

»Einer dieser Esoteriker aus der Kutscherremise.«

»Ein … was bitte?«

»Esoteriker. Die ehemalige Kutscherremise des Schlosses wurde vor einigen Jahren an einen Privatmann verkauft. Der Freistaat Thüringen kann schließlich nicht alles erhalten. Dort wohnt nun dieser Glaser, eine Art Guru, der wohl esoterische Seminare anbietet. Was da genau läuft, kann ich Ihnen nicht sagen. Ist nicht so meine Welt.«

»Passiert das öfter, tätliche Angriffe auf Mitarbeiter des Schlosses, meine ich?«

Schneidersohn schaute versonnen zu Boden. »Eigentlich … na ja, die Anarchisten kommen öfter, aber angegriffen … nicht dass ich wüsste.«

»Könnte Münster Ihrer Ansicht nach ein Mitarbeiter des Sicherheitsdienstes gewesen sein? Sein Verhalten am gestrigen Abend legt das ja irgendwie nahe, doch zuvor scheint er sich wie ein Gast verhalten zu haben.«

Beide schüttelten ratlos die Köpfe.

»Er war sehr resolut und wirkte tatsächlich ein bisschen wie jemand, der es gewohnt ist, in solchen Situationen zu schlichten«, sagte Schneidersohn, »aber das Sicherheitspersonal stand meines Erachtens nach wie vor am Eingang zum Rokokosaal.«

»Und wie hat von Wilden reagiert?« Bernsen kratzte sich schon wieder ausgiebig.

»Überhaupt nicht. Er hat einfach weiter seine Rolle gespielt oder besser: Er war einfach weiter er selbst.«

»Was wollen Sie damit sagen?«

»Nichts, überhaupt nichts.«

»Sie kannten Herrn Münster vor dem gestrigen Abend aber nicht?«, hakte Bernsen noch einmal nach. Irgendwie konnte er sich auf die ganze Geschichte überhaupt keinen Reim machen.

»Nein, nein. Wirklich nicht«, wiegelte Bleich-Barnitz ab.

»Nein«, bestätigte Schneidersohn verhalten. Etwas zu verhalten für Bernsens Begriffe. Doch er beschloss, es vorerst dabei zu belassen.

Er würde diesen beiden Schlaubergern schon noch auf die Schliche kommen. Das war so sicher wie das Amen in der Kirche.

7

Während Bernsen die Befragung von Schneidersohn und Bleich-Barnitz zügig abgeschlossen hatte, saß Kohlschuetter immer noch im Lesesaal bei den beiden Damen, die den Toten heute Morgen gefunden hatten. Marie Clementine Schall, die Dame mit dem schwarzen Pagenkopf und dem Hang zu modischen Brillen, hatte sich ihm bei ihrer neuerlichen Begegnung als die Archivarin des Schlosses vorgestellt. Von ihr hatte er auch erfahren, dass die deutlich schüchternere Friederike Macheleidt, ihre Freundin und Kollegin, als Museumsführerin auf der Heidecksburg arbeitete. Die beiden Damen hatten ihm einen Kaffee aus dem Automaten im Vorraum des Lesesaales und ein paar Butterkekse angeboten. Was folgte, war ein intensives Gespräch über die deutsche Literatur des 19. Jahrhunderts, dem sich Kohlschuetter nur zu gern entzogen hätte. Die Unterhaltung hatte die zartbesaitete Friederike Macheleidt aber immerhin so weit beruhigt, dass Kohlschuetter nun einen Befragungsversuch wagen konnte.

»Ich hätte da noch ein paar Fragen an Sie. Sie wissen ja, ich bin von der Polizei.«

»Fragen Sie ruhig. Sie sind ja nicht hier, um sich mit uns über Schöngeistiges zu unterhalten«, antwortete Marie Clementine Schall.

Friederike Macheleidts Gesicht verfinsterte sich, und sie nippte unruhig an ihrem Kaffee. Abrupt stellte sie den Becher zurück auf den Schreibtisch und sagte:»Ich muss ins Museum. Ich kann dort nicht einfach alles der Praktikantin überlassen.«

»Keine Sorge, Frau Macheleidt«, versuchte Kohlschuetter, sie zu beruhigen.»Bis auf Weiteres werden keine Besucher eingelassen. Wir müssen erst unsere Untersuchungen abschließen.«

»Es war Mord«, sagte sie mit monotoner Stimme, die über jeden Zweifel erhaben schien.

»Ja, möglich, wahrscheinlich sogar, aber der Tote ist nicht Ihr Schlossdirektor Herr von Wilden.« Kohlschuetter nahm einen Schluck von seinem Kaffee. Auf einen weiteren Keks verzichtete er lieber, zu viele Kalorien.

»Nicht?« Die Köpfe der beiden Damen schnellten fast gleichzeitig in die Höhe, und Kohlschuetter kam es beinahe so vor, als spräche die nackte Enttäuschung aus ihren Blicken.

»Nein. Frau Macheleidt, was genau haben Sie heute Morgen gesehen, als Sie den Hof betraten?«

Friederike Macheleidt, die neben ihrer adretten Freundin wie eine in die Jahre gekommene Friedensaktivistin mit Hang zu vollbiologischer Kost und Strickpullovern wirkte, blies die dünnen Backen auf und wischte sich über die schmalen Augen. »Das habe ich Ihnen doch schon gesagt. Ich habe alles aufgeschlossen. Dann bin ich rausgegangen, um zu sehen, ob der starke Regen von gestern Abend Schaden an unseren Blumen verursacht hat, und da lag von Wilden, also, na ja, dieser Mann da.«

»Was hat Sie so sicher gemacht, dass es sich um den Schlossdirektor handelt?«

»Er trug noch immer die Schwarzburger Farben, Himmelblau und Weiß. Dieselben Sachen wie gestern beim Barockfest und letztes Jahr auch schon.«

»Und das konnte kein Zufall sein? Das Kostüm war doch von einem Verleih, oder?«

»Nein, es wurde extra für ihn angefertigt. Dazu trug er auch dieses Jahr wieder das Fürstlich Schwarzburgische Ehrenkreuz um seinen Hals.«

»Und das ist erster Klasse«, ergänzte Marie Clementine Schall.

»Der Halsorden ist immer die erste Klasse«, verbesserte Friederike Macheleidt.

Kohlschuetter, der kein Wort verstand, schaute die beiden Frauen fragend an. »Wieso fürstliches Ehrenkreuz?«

»Das fragen wir uns auch. Aber von Wilden hält sich nun mal für jemand ganz Außergewöhnlichen«, giftete die Schall.

»Das Ehrenkreuz war der Hausorden des Fürstentums, für besondere Verdienste. Fürst Friedrich Günther von Schwarzburg-Rudolstadt hat ihn 1853 gestiftet.« Friederike Macheleidt starrte in den schwarzen Satz ihres Kaffeebechers.

»Und von Wilden durfte den einfach so tragen?« Kohlschuetter kam die Geschichte reichlich seltsam vor.

»Jedes Jahr zum Barockfest und wer weiß, wie oft noch, nimmt er ihn aus dem Magazin.«

»Sehr ungewöhnlich, finden Sie nicht?«

»Hier ist so einiges ungewöhnlich«, entfuhr es Marie Clementine Schall.

»Clementine, bitte.« Friederike Macheleidt schien diese Äußerung unangenehm zu sein, was Kohlschuetter schweigend zur Kenntnis nahm.

Ein weiterer Unterschied zwischen den beiden Kostümen war also der Halsorden. Wobei man ihn beziehungsweise sein Fehlen an der Leiche nicht hatte sehen können, solange die dicke weiße Lockenperücke Gesicht und Hals verdeckte. Aber wie konnte jemand auf die dreiste Idee kommen, einen originalen Orden vor allen Leuten wie eine Auszeichnung zu tragen, noch dazu als Schlossdirektor? Merkwürdige Sitten waren das hier.

»Was ist gestern Abend passiert?«

»Gestern Abend«, wiederholten die Damen wie aus einem Munde. Dabei umspielte ein zartes Lächeln ihre Mundwinkel.

Die Archivarin, die dem Reden offensichtlich mehr zugetan war, begann zu schwärmen. »Wir haben bislang nicht ein einziges Barockfest verpasst, müssen Sie wissen. Und das nicht nur, weil es für das Personal immer etwas zu tun gibt. Wir lieben die Atmosphäre und natürlich die prachtvollen Kostüme.« Sie schaute verträumt zur Decke.

Friederike Macheleidt bestätigte das durch ein Kopfnicken. »Auf dem gesamten Schlosshof flanieren Herren mit weißen Lockenmähnen und Justaucorps in den schönsten Pastellfarben, in ihrem Prunk nur übertroffen von den weit schweifenden Seidenkleidern der Damen mit all den glitzernden Posamenten und Falbeln und den tiefen Dekolletés. Und alles untermalt von Bachs Brandenburgischem Konzert Nummer 3. Die Musiker stehen auf dem goldenen Balkon direkt über dem Toreingang des Westflügels. Einmal im Jahr macht unsere Residenz eine beeindruckende Zeitreise in das höfische Leben des zweiten Fürsten in der Geschichte des Hauses Schwarzburg-Rudolstadt. Friedrich Anton von Schwarzburg-Rudolstadt hat zwar bereits vor fast dreihundert Jahren das Zeitliche gesegnet, doch er erscheint jedes Jahr gemeinsam mit seiner Gemahlin Christine Sophie und dank der wirklich begabten Schauspieler lebendiger denn je. Seine Hofhaltung war auch gestern wieder *à la bonne heure*, was die zahlreichen Gäste durch formvollendete Heiterkeit quittierten …«

Kohlschuetter, der sich nicht sicher war, ob ihm die Archivarin den gestrigen Abend schilderte oder aus einem Werbeprospekt vorlas, schaute die Damen unverwandt an. »Also nichts Auffälliges, alles wie immer?«

»Ja, nur dass es das schönste Barockfest war, das wir hier oben je hatten«, pflichtete die Macheleidt mit feuchten Augen bei.

»Ganz besonders wegen einer Sache«, ergänzte die Schall.

Kohlschuetter horchte auf. Vielleicht kam doch noch etwas Brauchbares zum Vorschein.

»Dieser unmögliche von Wilden hat eins auf die Nase bekommen, als er im Rokokosaal den Hofmarschall gab. Das hatten wir noch nie, es wäre aber im nächsten Jahr auch wieder schön zu beobachten.« Sie unterdrückte ein leises Kichern.

»Clementine«, rügte ihre Freundin sie erneut und zog dabei den Namen künstlich in die Länge.

»Bei seinem Auftritt als Hofmarschall im Rokokosaal …«, versuchte sich Kohlschuetter als Stichwortgeber.

Die Mienen der beiden Frauen verfinsterten sich schlagartig. Die Archivarin fing an zu schnaufen, als wollte sie eine innere Explosion unterdrücken. Es gelang ihr nicht. »Seit zwei Jahren lässt es sich dieser hochnäsige Mensch nicht nehmen, den Hofmarschall zu geben. Peinlich! Er stolziert wie ein Pfau vor den Gästen auf und ab. Natürlich mit dem Orden um den Hals. Noch peinlicher! Und als er gestern gerade dabei war, dem 1744 verstorbenen Fürsten Friedrich Anton seine Unabkömmlichkeit als hiesiger Direktor, Kunstmäzen, geistiger Impulsgeber und Wurzel alles Kreativen zu erörtern, sprang in der ersten Reihe wie von der Tarantel gestochen jemand auf. Riss sich seine Kostümjacke auf, als stünde sie in Flammen, und schrie: ›Ihr seid der Abschaum der Gesellschaft, und das ist euer König!‹ Dabei zeigte er auf von Wilden. Dann machte er einen Satz auf ihn zu und gab ihm eine Ohrfeige, deren Klatschen wir bis in die letzte Reihe hören konnten.« Marie Clementine Schall hielt sich die flache Hand vor den dezent geschminkten Mund, um ein sarkastisches Lachen zu unterdrücken.

»Und dann?«

»Von Wilden hatte Mühe, sich auf den Beinen zu halten. Der Angreifer holte erneut aus, doch ein fremder Herr war schneller. Er muss ebenfalls in der ersten Reihe gesessen haben. Mit einem Griff packte er den rechten Arm des Schlägers und bog ihn nach hinten auf dessen Rücken. Dann führte er ihn unter dem Klatschen der Menge aus dem Rokokosaal. Draußen haben wir den Angreifer noch schreien gehört. Kurz darauf kam der Mann zurück, ein schneidiger, wenn ich das so sagen darf, und setzte sich auf seinen Platz, als ob nichts gewesen wäre.«

»Kannten Sie den Angreifer?«

»Nein. Die Perücke war verrutscht und verdeckte teilweise sein Gesicht. Außerdem war er sehr klein. Und dann saßen wir ja auch in der letzten Reihe«, antwortete die Schall.

Ihre Freundin nickte zustimmend. »Die Stimme hatte ich schon einmal gehört, aber ich weiß nicht, in welchem Zusammenhang.«

»Und den Mann, der von Wilden aus dieser misslichen Lage befreit hat?

»Ich hatte ihn nie zuvor gesehen.« Die Archivarin schüttelte den Kopf.

Kohlschuetter schaute ihre Freundin an.

Friederike Macheleidt bemerkte seinen Blick, und der Keks, den sie sich gerade genommen hatte, glitt ihr aus der schmalen Hand. Verlegen murmelte sie: »Ich habe ihn schon einmal gesehen, das glaube ich zumindest. Ach, ich weiß es nicht. Im Kostüm sehen doch alle gleich aus.«

Kohlschuetter wartete einen Moment. Offensichtlich war Frau Macheleidt ein wenig verwirrt. Er musste Geduld haben, wenn er noch etwas aus ihr herausbekommen wollte.

»Ist Ihnen nicht aufgefallen, dass dieser Herr und Ihr Schlossdirektor das gleiche Kostüm trugen?«

»Die blaue Jacke vielleicht«, antwortete die Schall. »Ansonsten sah er ihm aber überhaupt nicht ähnlich.«

Die Macheleidt bestätigte das. Ihre Wangen glühten.

»Noch einmal zurück zu heute Morgen. Ob da ein Halsorden war oder nicht, konnten Sie ja nicht sehen, Sie urteilten also einzig und allein aufgrund der blauen Jacke des Mannes. Kann es sein, dass es Ihnen, nun, sagen wir mal, gar nicht so unrecht

gewesen wäre, wenn es sich bei dem Toten um Ihren Schlossdirektor gehandelt hätte?«

Friederike Macheleidt presste die Lippen zusammen.

Marie Clementine Schall hingegen knallte ihre Faust auf den
Tisch, dass die restlichen Butterkekse für den Bruchteil einer
Sekunde in der Luft zu schweben schienen. »Jeder von uns hätte
sich das gewünscht!«

»Clementine«, hauchte Friederike Macheleidt. Ihr Blick wanderte ängstlich zu Kohlschuetter, sie seufzte schwer.

Marie Clementine Schall ergriff begütigend ihre Hand.

»Marie Clementine und ich«, hob Friederike Macheleidt
schüchtern an, »wir kennen uns seit über zwanzig Jahren, und aus
unserer anfänglichen Arbeitsbeziehung ist eine tiefe Freundschaft
geworden. In unserer Zeit hier oben auf dem Schlossberg haben
wir schon so einiges erlebt. Niemals enden wollende Baustellen,
unmögliche Gäste, Diebstähle, Vandalismus und eingefrorene
Wasserleitungen. Aber nichts davon ist auch nur annähernd so
schlimm gewesen wie Dr. Alexander P. von Wilden. Sein Vor-
gänger, der alte Schlossdirektor, das war ein feiner, freundlicher
Mensch. Mit dem konnte man arbeiten. ›Frau Friederike liebt
dieses Schloss mit einer Inbrunst, wie es nur eine Frau tun kann‹,
hat er immer gesagt. Und das entsprach der Wahrheit. Doch seit
zwei Jahren bekommt mein Lebenstraum, hier oben auf dem
Schloss arbeiten zu dürfen, immer mehr dunkle Schatten.« Sie
wischte sich eine Träne aus dem Augenwinkel. »Er ist einfach
nur ein unmöglicher Mensch. Dafür lohnt es nicht zu morden.«

»Das sehe ich genauso«, sagte Kohlschuetter. »Abgesehen davon, dass er noch lebt und der Tote jemand anderes ist.« Er griff
nun doch nach einem weiteren Keks, zerbrach ihn aber in der
Mitte und legte die eine Hälfte zurück. »Was genau stört Sie so
an Ihrem Chef?«

Friederike Macheleidt ließ sich mit der Antwort Zeit. Sie
schien nach den richtigen Worten zu suchen. »Er ist ein ego-
zentrischer und geltungssüchtiger Mensch, dem es nur um sich
und nicht um die Heidecksburg geht.«

»Außerdem behandelt er seine Untergebenen wie ein charak-
terloses Schwein. Boshaft und hinterhältig, das darf man nicht
vergessen«, ergänzte Marie Clementine Schall. »Erzähl dem

Kommissar, was am Freitag passiert ist.« Sie schob ihre Brille nach oben in die pechschwarzen Haare und rückte ein wenig an die Freundin heran. Dann biss sie in zwei Kekse gleichzeitig.

»Vor der ersten Führung hat er mich zu sich gerufen«, begann Friederike Macheleidt etwas zögerlich. »Er sagte, ich würde die Museumsbesucher langweilen, die Rundgänge seien veraltet, zu konservativ und so weiter. Er hätte schon Beschwerden erhalten.« Ihre Augen standen voller Tränen. »Außerdem stünde ich dem Erfolg der Heidecksburg im Wege. Ich, die ich in den letzten zwanzig Jahren nur für dieses Schloss gelebt habe.« Sie weinte. »Dann wollte er, dass ich Themenführungen mache. Bis Montag soll ich ihm ein Konzept vorlegen, hat er gesagt, sonst würde er sich von mir trennen müssen.« Die letzten Worte flüsterte sie fast.

Marie Clementine Schall griff sich ein zweites Keksdoppel und biss beherzt hinein. Die Krümel landeten auf ihrem Pullover, dem Schreibtisch, der Computertastatur und dem Linoleumfußboden.

»Als ich ihm im letzten Jahr genau diese Idee präsentierte, nämlich spezielle Kinderführungen zu machen, hat er mich ausgelacht.« Sie fuhr sich mit ihrer kleinen dünnen Hand durch das kurze Haar.

»Jetzt hat der Herr überraschend denselben Einfall, und schon ist er genial.« Die Schall schlürfte hörbar ihren Kaffee. »Hundertprozentig hat er ihn bereits im Ministerium präsentiert, und einer seiner angeblichen ›Freunde‹ wartet schon auf Friederikes Stelle. Für eine kleine Gegenleistung, Sie verstehen?«

Kohlschuetter reagierte nicht.

»Es kam aber noch viel schlimmer«, sagte Friederike Macheleidt und seufzte. »Es ging am Ende gar nicht mehr um mein Kinderprogramm.« Aufgeregt rutschte sie auf ihrem Stuhl hin und her. »Es ging um ›Geschichten aus der Fürsten Schlafgemach‹.«

»Und das sollte *sie* machen!« Das sonst so schöne Gesicht von Marie Clementine Schall verfinsterte sich und schwankte zwischen Empörung und angewiderter Ablehnung.

So, wie sie da auf dem alten Bürostuhl kauerte, wirkte die zarte Friederike Macheleidt auf Kohlschuetter einen Moment lang noch zerbrechlicher. Ihr Gesicht war aschgrau und eingefallen, und ihre sonst so sprühende Begeisterung für ihre Arbeit schien vollkommen verschwunden zu sein. Er überlegte, warum die Damen sich über das Thema der Führung so aufregten. Ein Rundgang unter diesem Motto versprach, interessant zu sein. Er verkniff sich jedoch die Nachfrage. Nach Friederike Macheleidts Aussehen zu urteilen, war sie eine alte Jungfer. Dass ihr schon allein der Gedanke an die fürstliche Fleischeslust die Schamesröte ins Gesicht trieb, konnte er sehen. Darüber noch vor Dutzenden fremden Menschen zu reden, musste für sie unerträglich sein. Und wenn von Wilden nicht ganz auf den Kopf gefallen war, kannte er das keusche Wesen seiner Angestellten genau. Gut, dass der feinfühlige Bernsen nicht hier war.

»Hat er Sie gemobbt?«

Ein stummes Nicken.

»Meine Damen, ich muss Sie das jetzt fragen: Wann haben Sie das Barockfest verlassen?«

Die beiden Frauen sahen sich entsetzt an.

»Gegen halb eins«, erklärte die Schall nun ausgesprochen kleinlaut. »Wir haben uns ein Taxi genommen. Es regnete ja in Strömen. Ich habe bei Frau Macheleidt übernachtet. Den Weg nach Schwarzburg fahre ich nachts nicht gern. Ihre Mutter hat uns mit einer Tasse Kakao in Empfang genommen.«

Friederike Macheleidt senkte die Lider zur Bestätigung.

»Können sich die Besucher des Barockfestes eigentlich frei im Schloss bewegen, also könnten sie zum Beispiel in die obere Etage des Rokokosaales gelangen und dort auf dem Musikantenbalkon herumspazieren?« Kohlschuetter hatte den Gedanken an einen Gast, der in diesem herrlichen Gemäuer Selbstmord begehen wollte, noch nicht ganz verworfen.

Die beiden Damen schauten sich an. »Alles außerhalb des Museumsbereiches ist abgeschlossen. Sie wissen ja sonst nicht, wer sich in dem riesigen Haus alles selbstständig macht«, antwortete die Schall.

»Das heißt im Klartext? Was ist zugänglich?«

»Die Flure im Westflügel, die Marmorgalerie, das Bänderzimmer, das Musikzimmer, der Grüne Salon, der Rokokosaal und, da die Musiker auch im Festsaal spielen, auch der Zugang zum Musikantenbalkon in der zweiten Etage.«

»Wer hat die Schlüssel?«

»Die liegen im Büro des Direktors und werden von seiner Sekretärin verwaltet.«

»Nun gut.« Kohlschuetter erhob sich und schickte sich an zu gehen. An der Tür drehte er sich noch einmal um. »Kennen Sie eigentlich einen Herrn Georg Albert Münster?«

Die Damen wechselten einen unsicheren Blick.

»Nein, wieso?« Marie Clementine Schall preschte wieder vor.

»Er ist der Tote auf dem Schlosshof.«

Marie Clementine Schall starrte auf die Butterkekse, als könnte sie sie mit den Augen aufessen. Ihre Freundin fixierte ein Buch, das auf dem Schreibtisch lag. Auf dem vergilbten Deckel konnte der Kommissar »Johann Karl Wezel: *Herrmann und Ulrike.* Komischer Roman, Leipzig 1780« entziffern. Dann verließ er den Lesesaal.

8

Bernsen hatte nach seinem Gespräch mit Schneidersohn und dem durchgeknallten Professor eine Weile vor dem Eingang zum Lesesaal auf Kohlschuetter gewartet. Dann war er langsam zurück zum Fundort der Leiche getrottet.

Die Leichenheinis, wie er sie nannte, saßen auf der Treppe des Renaissanceportals zum Nordflügel und rauchten. Die Mitarbeiter der Kriminaltechnischen Untersuchung hantierten an mehreren geöffneten Fenstern im zweiten Stock. Susanne Summer redete auf die Notärztin Frau Stulnitz ein.

Bernsen beäugte interessiert die ockergelben Fassaden der drei Schlossflügel. »Du dicker Aal, um das in Schuss zu halten, brauchen die Waldbauern aber Zaster«, murmelte er. »Dass die aber auch in jedem Kuhdorf ein Schloss haben müssen.«

Susanne Summer und die Notärztin kamen in Hörweite.

»Na, Kollegin, Fall schon gelöst?«, rief er ihr zu.

»Das wollte ich Sie auch gerade fragen.« Susanne Summer versuchte sich an einem Lächeln, streifte ihren Latexhandschuh ab und band ihren Pferdeschwanz fester. Die Ärztin schaute nicht einmal auf.

Bernsen nuschelte ein kurzes »Moin« und baute sich breitbeinig vor beiden Damen auf. Seine Hände steckten tief in seiner Jeans. »Und, Ergebnisse?«

»Das Dach ist komplette Fehlanzeige. An den Zugängen befindet sich so viel Staub, da hätte man die Fingerabdrücke schon mit dem bloßen Auge erkennen können. Aber sehen Sie da, im zweiten Obergeschoss, das Fenster direkt unter der linken Gaube? Das ist es.« Susanne Summer zeigte auf eines der kleineren Fenster, an denen ihre Mitarbeiter sich zu schaffen machten. »Die blauen Faserspuren waren unübersehbar, bei den alten Holzfenstern kein Wunder. Zwei astreine Fingerabdrücke am Fensterknauf, einmal vom Opfer und von einer unbekannten Person. An den Rahmen bisher nichts. Er scheint sich nicht festgehalten zu haben. Den Fußboden unter dem Fenster hat jemand blank geputzt, keine Spuren.«

Bernsen brummte. »Dann hat der Tote das Fenster geöffnet und ist vom Täter überrascht worden. Zack, von hinten, und ehe er sich's versah, landete er auf der Nase im Schlosshof.« Er versuchte, die Szene nachzuspielen, während er sprach, indem er nach den schmalen Schultern von Susanne Summer fasste. Doch die machte einen Schritt zurück, und er griff ins Leere.

»Wenn es so war, muss der Täter ihm aber einen kräftigen Stoß versetzt haben«, entgegnete sie. »Der Abstand zwischen Hauswand und Auftreffpunkt ist relativ groß. Oder er ist mit Schwung abgesprungen, also ein Suizid.«

»Mhm, möglich ist alles. Aber wäre er gesprungen, hätte trotzdem jemand anderes das Fenster hinter ihm zugemacht. Das wird er ja wohl kaum selbst gewesen sein. Und derjenige hätte sehen müssen, dass unten ein Toter liegt.«

»Gut. Also Fremdeinwirkung. Aber wieso hat der Täter den Boden gereinigt, den Fensterknauf aber nicht? Und was ist mit dieser Verwechslungsgeschichte? Ich habe gehört, wie Timo vorhin so etwas sagte.«

»Möglich. Wenn man nicht aufpasst. Oder wenn man es eilig hat. Direkt darunter befinden sich die Marmorgalerie und der Rokokosaal. Dort hat es von Gästen nur so gewimmelt. Und die Musiker spielten auch direkt daneben.« Bernsen rieb sich den Bauch. Mann, hatte er einen Kohldampf. »Gestern war es schwülwarm. Während alle Gäste der Audienz im Rokokosaal lauschten, begann das Gewitter, und das Fest fand ab dem Zeitpunkt nur noch drinnen statt, denn der Regen ließ nicht nach. Bei dreihundert Leuten im Festsaal bekommt man da schnell Atemnot. Das Opfer geht raus, schaut sich ein wenig im Schloss um, öffnet ein Fenster, um frische Luft zu schnappen, erfreut sich an dieser herrlichen Anlage, und dann wird es bei ihm schlagartig dunkel.«

»Der Täter schließt das Fenster und geht zurück zu den Feiernden, als ob nichts gewesen wäre«, ergänzte Susanne Summer.

»Klingt logisch.«

»Nur dass dann spätestens beim Gehen irgendjemandem der Tote im Hof aufgefallen sein müsste«, wandte Susi ein.

»Nicht wenn es erst gegen Ende des Festes passiert ist und kaum noch jemand da war. Und wenn die paar Verbliebenen den

Ausgang über das Tor im Westflügel genommen haben. Was sagte von Wilden? Das Pflaster auf dem Hof ist bei Regen ziemlich rutschig. Und gestern Abend muss es wie aus Kübeln gegossen haben.«

Frau Stulnitz hob den Zeigefinger ihrer rechten Hand, als ob sie sich für einen Wortbeitrag anmelden müsste. Susanne Summer lächelte sie ermunternd an.

»Walking Weib, hauen Sie es raus, bevor Sie daran ersticken«, polterte Bernsen freundlich.

Feine Schweißperlen sammelten sich oberhalb des weißen Stirnbandes. Ihre Mundwinkel zuckten. Dann sagte sie leise, aber mit fester Stimme: »Todesursache: Sturz aus der Höhe, nicht natürlicher Tod nicht auszuschließen. Aufschlagstelle: Kopf. Dadurch Zertrümmerung des Schädels mit Zerreißungen der Kopfschwarte. Gehirnflüssigkeit ist ausgetreten. Bruch von mindestens zwei Rippen tastbar. Verletzungen, die nichts mit dem Sturz zu tun haben, sind nicht sichtbar. Alkoholeinwirkung wahrscheinlich, da riechbar. Todeszeitpunkt: zwischen ein und drei Uhr morgens.«

»Donnerwetter! Na, Sie sind mir ja eine«, jauchzte Bernsen.

Frau Stulnitz wurde so rot wie ihre Trainingsjacke. »Bitte, der Totenschein.« Sie reichte ihm das Dokument.

»Wenn die bei euch in Rudolstadt alle so arbeiten, Kompliment!« Bernsen kriegte sich gar nicht mehr ein.

»Ich würde dann jetzt gehen.«

»Verehrteste, ich trage Sie, wohin immer Sie wollen«, säuselte Bernsen, noch immer begeistert von der gründlichen Arbeit der Dame.

»Schwarzatallauf, Treffpunkt Schweizerhaus. Auf Wiedersehen.« Sie wandte sich um und wackelte so langsam, wie sie gekommen war, durch das Tor des Nordflügels davon.

Bernsen schaute ihr verblüfft nach, bis sie dahinter verschwunden war.

»Kollege, das sind über zwanzig Kilometer. Das schaffen nicht einmal Sie.« Susanne Summer grinste breit.

Kaum dass sie das gesagt hatte, wurden Stimmen laut.

9

»Nieder mit der Monarchie!«

»Gleiche unter Gleichen, erhebt euch!«

»Freiheit für die Heidecksburg!«

»Rudolstadt ohne aristokratisches Spektakel!«

»Liberté, Égalité, Fraternité!«

»Weg mit dem Snobismus auf unserem Schloss!«

Die wütenden Rufe kamen von der Toreinfahrt zwischen Nordflügel und Marstall und wurden mit jedem Schritt, den die kleine Menschengruppe in Richtung des Schlosshofes machte, lauter. Interessiert lief Bernsen der Gruppe entgegen. Susanne Summer folgte ihm neugierig.

Ein jeder dieser Leute schien das zu schreien, was ihm gerade einfiel und wann es ihm einfiel. Jedenfalls verstand man kein Wort. Doch das hatten die Demonstranten einkalkuliert. Auf ihren selbst gebastelten Transparenten konnte man die Parolen in dicken grünen Lackbuchstaben nachlesen – schließlich musste man ja auch auf die Schlechtwettervariante vorbereitet sein.

Insgesamt war es ein seltsamer Anblick, der sich den Polizisten bot, vorausgesetzt, sie dachten konservativ und hielten nichts von Dreadlocks, Piercings und Blackwork-Tätowierungen. Die waren noch das Alltäglichste. Batik-Pumphosen in allen Farben und Beschaffenheiten herrschten vor, dazu nackte Füße, Jesuslatschen und Cowboystiefel, lange Leinengewänder, die mit einem BH gänzlich unvereinbar schienen, Bindis, Kreuze und Anti-Atom-Anstecker … Von den zwanzig, höchstens fünfundzwanzig Frauen und Männern unterschiedlichen Alters – eine Dame saß im Rollstuhl und schien an die achtzig zu sein –, war jeder und jede für sich genommen schon ein gelebter Aufschrei gegen den Stumpfsinn all jener, die ihr Gemüse im Supermarkt kauften, bei Rot an der Ampel hielten oder ihre Kinder impfen ließen.

Ein junger Mittdreißiger schien der Rädelsführer der Gruppe zu sein. Hektisch rannte er um seine Blumenkinder herum wie ein Hütehund um seine Herde. Hin und wieder tätschelte er jemandem den Arm oder die Wangen, wobei allen, Männern wie Frauen, die gleiche vertraute Intimität zuteilwurde. Org, wie ihn die anderen nannten, schien hier nicht eindeutig festgelegt. Er trug einen pinkfarbenen Dhoti, wobei sowohl die Farbe als auch die Länge des Beinkleides seiner Figur in keiner Weise schmeichelte. Jeder Herrenausstatter hätte ihm zu einer schwarzen Hose in Bauchgröße 61 geraten. Doch Org hatte weder jemals einen Herrenausstatter getroffen noch trug er Schwarz. Warum auch, wenn grelle Farben sein Chi in Wallung brachten? Ansonsten wirkte er recht normal mit seinen dicken gelben Locken und in seinem hellgrünen T-Shirt mit dem Aufdruck »Keine Atomtests in Rudolstadt!«.

Vielleicht hätte er bei seinem Wie-mache-ich-mit-meiner-Kleidung-Politik?-Kurs gleich noch ein weiteres T-Shirt bemalen sollen. Die junge Frau, die den Rollstuhl schob, schien ihres nämlich vergessen zu haben. Wie die Rudolstädter Kopie von Pussy Riot ließ sie die weiße Haut ihrer ganzen Prallheit in der Sonne atmen. Natürlich kamen auch ihre Brüste nicht ohne ein politisches Statement aus, wobei der Spruch »Tötet den König, schleift die Heidecksburg!« weder in irgendeiner Weise erklärbar noch richtig lesbar war. Achtunddreißig Zeichen übertrafen sogar eine üppige 70 D. Doch das schien außer Bernsen niemandem aufzufallen.

Die Gruppe hatte zunächst vor dem Holztor des Westflügels gestanden. Das war allerdings verschlossen, was ihren Unmut noch größer werden ließ. Nun näherte sie sich langsam dem nördlichen Seiteneingang, einem gusseisernen Tor, in dessen Mitte Bernsen und Summer standen und an dessen weit geöffnete Flügel die Streifenpolizisten heute Morgen ihr rot-weiß gestreiftes Absperrband geknotet hatten.

Jemand blies in ein Fußballhorn. Der Krach war kaum noch auszuhalten.

»Was soll das denn für eine Truppe sein?« Bernsen schaute provozierend auf die kleine Menschengruppe, von der ihn nur noch die schmale umweltfreundliche, witterungsbeständige Folie trennte.

Laute Buhrufe schallten ihnen entgegen.

»Heuchler!«

»Snob!«

»Kapitalist!«

»Aristokratischer Abschaum!«

»Verschwindet, ihr Spinner!« Bernsen konnte viel ertragen, aber »Kapitalist« war nun wirklich eine Nummer zu fett. Das ihm. Im Osten. Und an einem Tatort.

Das Getöse nahm zu.

»Ich sage es noch einmal zum Mitschreiben: Verschwindet, aber auf der Stelle. Hier finden polizeiliche Ermittlungen statt. Haltet euch fern vom Schloss. Andernfalls seid ihr fällig.«

Bernsens Gesicht leuchtete in einem satten Rot, der Schweiß stand ihm auf der Stirn. Sein Hunger steigerte sich gerade ins Unerträgliche, und nun tauchten auch noch diese Verrückten auf. Er war alles andere als freundlich gestimmt und hatte Mühe, seiner Wut nicht freien Lauf zu lassen.

Orgs Leibesfülle kam in Wallung. Nur schwer konnte er sein Temperament zügeln. Für die Gerechtigkeit der Welt brannten ihm öfter mal die Sicherungen durch. »Kämpfer für die gerechte Sache, habt ihr diese Worte vernommen? ›Haltet euch fern vom Schloss‹, es widert mich an, sie auszusprechen. Diese Abgrenzung zwischen Arm und Reich, oben und unten, Schwarz und Weiß. Pfui Teufel!«

Der Blick eines seiner Mitstreiter, der, den rot unterlaufenen Augen nach zu urteilen, dem Cannabis besonders zugesprochen hatte, huschte wild über die Gesichter der Truppe und blieb an der Barbusigen hängen. Augenscheinlich suchte er nach der schwarzen Minderheit, von der Org gerade gesprochen hatte.

Ach, halt doch die Klappe und verschwinde, du ungewaschener, verlauster Hippie, dachte Bernsen. Es brodelte unter seiner Schädeldecke. Doch dann änderte er mit einem kalten Lächeln seine Taktik. »Wie kann ich Ihnen weiterhelfen?«, fragte er zuckersüß.

Org riss die Augen weit auf und straffte sich. Sein großer Auftritt schien gekommen. Hastig zog er einen Zettel aus seinem Dhoti hervor, faltete ihn auf, räusperte sich, als ob er ganz sichergehen wollte, dass er die Aufmerksamkeit aller hatte, und begann laut vorzulesen.

»Wir fordern die Abschaffung der Eintrittsgelder auf der

Heidecksburg, um die Unterschiede zwischen den Gesellschaftsschichten aufzuheben. Wir fordern die Abschaffung des Barockfestes. Dieses aristokratische Spektakel ist nichts als ein Bremsklotz auf dem Weg zu einer egalitären Gesellschaft.«

Bernsen starrte auf den Zettel in Orgs Hand und überlegte, ob die Flecken darauf wohl von einer Tofuwurst oder von Gerstenkaffee stammten. Dann ließ er seinen Blick über die Köpfe der Demonstranten hinweg schweifen, von einem Baumwipfel zum nächsten, hinüber zu der Außenwand des Marstalls und wieder zurück zur Fassade des Nordflügels, daran hoch und wieder runter. Irgendwo musste doch diese verfluchte Kamera sein. Man wollte ihn zum Narren halten, die Thüringer Polizei veralbern und dann vor aller Welt im Fernsehen oder im Internet lächerlich machen. Anders konnte es nicht sein. Das konnte dieser bunte Haufen unmöglich ernst meinen.

»Wir fordern die Abschaffung der Monarchie in Europa und der Welt, denn der Adel ist der Pfropfen im Hals des Fortschrittes.« Org schaute erwartungsvoll auf die Vertreter des Gesetzes auf der anderen Seite des Absperrbandes, zu denen sich nun auch Kohlschuetter gesellt hatte, nachdem ihm das Spektakel beim Heraustreten aus dem Archiv lautstark ins Ohr gedrungen war.

Bernsen zählte derweil die Füße der Demonstranten. Eine Zahlenübung zur Beruhigung, die ihm seine Rotfeder empfohlen hatte. Minuten vergingen, so schien es. Dann blickte er Org gelangweilt an.

»Warum sagt er nichts?«, fragte die alte Dame im Rollstuhl, wobei sie den Kopf in den Nacken legte und zwischen den nackten Brüsten über ihr hindurch in das ausdruckslose Gesicht ihrer Begleitung schaute. Die zuckte mit den Schultern, ließ eine riesige Kaugummiblase platzen und kaute mit offenem Mund unbeeindruckt weiter.

»Die intellektuelle Diskrepanz zwischen den Klassen ist manchmal frappierend«, sagte ein Mann, dessen Nasen- und Lippenpiercings eine Einheit bildeten, die irgendwie an die olympischen Ringe erinnerte.

»Wat haste jesacht?«, grölte der Kiffer.

»Er hat unsere Forderungen nicht verstanden. Vakuum im

Kopf, vastehste?« Er schlug sich wiederholt mit der flachen Hand gegen die Stirn, was die Ringe leise klappern ließ.

Org grinste zufrieden.

Intellektuelle Diskrepanz zwischen den Klassen, dachte Bernsen wütend. Für wen hielten die ihn? Welche Klassen überhaupt? »Also gut, Kumpels«, sagte er beherrscht, »ihr durftet eure Probleme loswerden, und jetzt geht ihr brav wieder nach Hause. Hier ist kein Spielplatz, hier wird gearbeitet, und ich bin nicht euer Clown.«

Schweigen und entsetzte Gesichter auf der Gegenseite. Dann trat der junge Mann mit den Olympiapiercings nach vorn und riss an dem Absperrband.

»Sie verlassen sofort das Schloss!«, bellte Bernsen. »Hier werden polizeiliche Ermittlungen durchgeführt. Bis auf Weiteres erteile ich Ihnen Hausverbot für die gesamte Anlage. Zuwiderhandlungen sind strafbar.« Er drehte sich um und ging erhobenen Hauptes und mit dem erhabenen Lächeln eines Siegers zurück in den Schlosshof.

Doch das sollte sich als Fehler erweisen. Org, dem das Grinsen bei Bernsens Worten aus dem Gesicht gewichen war und dessen Teint jetzt einer frisch gekalkten Wand glich, fing wie wild an zu zappeln. Er schrie mit der gesamten Kraft seiner Leibesfülle: »Das werden Sie bereuen! Das lassen wir uns nicht gefallen! Das hat ein Nachspiel!«

Und dann tat er, angefeuert von den anderen, etwas, was er in der kommenden Nacht in einer Untersuchungszelle der Kripo Erfurt bitterlich bedauern sollte. Sein Dhoti flatterte im Wind, als er sich mit kräftigen Schritten auf das Absperrband zubewegte und sich darunter durchschob. Die massigen Arme weit nach vorn gestreckt, verließen fürchterliche Laute, gepaart mit Spuckefäden, seinen Mund. Bernsen, der sich ob des Geschrei wieder umgedreht hatte, blickte in zwei wahnsinnige Augen, bevor sich ein weißer schwabbeliger Unterarm um seinen Hals schlang und Org ihn mit aller Kraft zu Boden zu drücken versuchte. Dann blieb ihm für einen Moment die Luft weg.

Bernsen sah, wie seine Kollegen sich in Bewegung setzten, doch ehe Kohlschuetter die wenigen Schritte zurückgelegt hatte, stieß er seinen rechten Ellenbogen mit aller Kraft in Orgs Magengrube. Der jaulte auf wie ein getretener Hund, ließ von Bernsen ab und krümmte sich. Mit einem Sprung landete der Kommissar hinter Org, umfasste dessen Handgelenke, drehte ihm den linken Arm so weit auf den Rücken, dass die Gelenke knackten, und wartete auf den erneut eintretenden Überraschungseffekt. Org, der keine Chance hatte, schrie wie am Spieß. Bernsen wiederholte die Prozedur mit dem rechten Arm.

Mit schmerzverzerrtem Gesicht jammerte der Rädelsführer irgendetwas von »Missverständnis« und »nicht so gemeint«. Dann klickten die Handschellen.

Die Demonstranten beobachteten den ungeplanten Zwischenfall mit weit aufgerissenen Augen. Irgendwann rief einer: »Wir können doch über alles reden. Gewalt ist keine Lösung. Das können Sie glauben.«

»Ihre Personalien, bitte.« Kohlschuetter war vor Org und Bernsen getreten und zog sein kleines rotes Notizbuch aus der Tasche.

»Otto Richard Glaser, Kutscherremise, Schlossbezirk 6, Rudolstadt«, diktierte Org leise.

Kohlschuetter notierte das. »So, und jetzt alle anderen!«

Bernsen, der den rechten Oberarm des vollkommen bedröppelt dreinschauenden Org umklammert hielt, führte ihn mit schnellem Schritt, dem der untersetzte junge Mann kaum folgen konnte, zur Ecke des Nordflügels und machte ihn an der Zinkdachrinne fest. Dann winkte er die Rudolstädter Streifenbeamten, die das Schauspiel aus einiger Entfernung beobachtet hatten, zu sich heran. »Kollegen, der Herr hier hat eine Nacht bei der Kripo Erfurt gebucht, Einzelzimmer, ohne Frühstück, versteht sich. Dafür aber inklusive Transfer.«

Die Männer nickten, lösten Orgs Handschellen wieder und führten ihn zum Polizeiauto. Einer der Polizisten öffnete die Autotür. Dann drückte er Orgs Kopf nach unten und ließ ihn auf dem Rücksitz Platz nehmen.

»Bis morgen früh kannst du dir überlegen, warum man sich niemals an einem Thüringer Polizeibeamten vergreifen sollte«, rief Bernsen dem abfahrenden Wagen hinterher.

Nachdem Kohlschuetter alle Personalien notiert und die nun überaus sanftmütige Meute nach Hause geschickt hatte, suchte er

Bernsen, den er an der Rückseite der Marställe neugierig durch die Fenster lugend fand.

»Alle Achtung, Kollege. Super Reflex!« Er klopfte Bernsen anerkennend auf die Schulter.

»Ich kann viel vertragen, aber wenn mich jemand Kapitalist nennt, verstehe ich keinen Spaß.«

Auf Kohlschuetters Stirn zeigten sich einige Denkfalten. »Otto Richard Glaser. Das war der Typ von gestern, der Schläger aus dem Festsaal.«

»War mir vollkommen klar, gleich als ich das Bürschchen in seinen rosa Windeln das erste Mal gesehen habe«, prahlte Bernsen. »So ein Heißsporn, wie der ist, hat der den armen Münster im Vorbeigehen aus dem Fenster befördert. Und jetzt, kaum zwölf Stunden nach dem Mord, guckt er sich bereits die Zellenwände an. Ich erschrecke selbst immer wieder vor meiner Schnelligkeit.« Er lachte ein schallendes Lachen, das an das Kreischen von Möwen erinnerte.

»Hey, Superbulle, kommen Sie wieder runter. Wir haben noch nichts Greifbares gegen ihn in der Hand. Aber Sie werden am Freitag schon pünktlich an der Küste sein.«

Das Lachen endete abrupt. »Fahre nicht nach Hause«, nuschelte Bernsen.

Kohlschuetters Gesichtsausdruck verriet, dass er sich für diese Unsensibilität am liebsten selbst in den Hintern getreten hätte. »Was halten Sie von einem verspäteten Mittagessen unten in der Stadt?«, beeilte er sich zu sagen. »Wir müssen doch ohnehin noch in das Hotelzimmer unseres Toten.«

»Das ist doch mal ein Wort.« Bernsen hatte beim Gedanken an Nahrung seine Rotfeder vergessen.

»So leicht kann man einen Miesepeter glücklich machen«, sagte Kohlschuetter leise und verließ an der Seite seines pfeifenden Kollegen die Heidecksburg.

10

»Hatte ich erwähnt, dass es wunderbare Wege von hier oben runter in die Stadt gibt?«

Bernsens Pfeifen verstummte. »Laufen? Scheiße.«

»Wir lassen die Remisen rechts liegen, gehen am Teehäuschen vorbei und dann da vorn die paar Treppen hinunter.« Kohlschuetter zeigte mit dem Finger ins Ungewisse.

»Mir egal, Hauptsache, es ist schnell vorbei, und ich kriege etwas in den Magen.«

Die beiden liefen den Schlossaufgang Nummer drei hinab, ein schmaler Weg, der unter Rosenbögen hindurch- und an Hinterhöfen vorbeiführte und in der Stiftsgasse, nur wenige Meter vom Marktplatz entfernt, endete. Hier bogen sie nach rechts in die Töpfergasse ein und steuerten direkt auf das über vierhundert Jahre alte Gasthaus Adler zu. Das große Haus, vor dessen herrschaftlichem Portal einige Leute standen und die Speisekarte studierten, war eindrucksvoll. Auf zwei großen Erkern thronte jeweils ein schwarzer doppelköpfiger Adler. An der Fassade wurde in bronzenen Buchstaben auf den bekanntesten Gast, Johann Wolfgang von Goethe, hingewiesen.

Bernsen machte es sich in einem der Korbstühle auf der Terrasse gemütlich und rief nach der Speisekarte, die von einer jungen Bedienung gebracht wurde.

Kohlschuetter nahm ihm gegenüber Platz. »Vielleicht finden wir bei seinen Sachen etwas Brauchbares.«

»Erst esse ich.«

Fünfzehn Minuten später erreichten eine Fischsuppe, ein Krabbencocktail, ein Seebarsch mit Pommes frites und Blumenkohl und ein großer Rucolasalat mit Parmaschinken den Tisch.

»Laut Einwohnermelderegister war unser Opfer wohnhaft in Berlin, verwitwet und hatte keine Kinder. Andere Angehörige konnten unsere Leute auch nicht finden. Bei den Bundis hatte ich jemanden von der Wache dran. Der Zuständige ist erst morgen wieder im Dienst, auch die Bundeswehr macht Wochenende.

Was haben eigentlich Susi und diese Frau Stulnitz gesagt? Und die beiden Professoren?« Kohlschuetter stocherte zwischen den Rucolablättern herum.

Bernsen berichtete mit ein paar quer liegenden Pommes im Mund. »Wenn Sie mich fragen, wissen die beiden Schlauberger mehr, als sie zugeben wollen.«

Kohlschuetter hatte aufmerksam zugehört. »Die beiden Damen, die den Toten gefunden haben, Marie Clementine Schall und Friederike Macheleidt, machten auf mich auch den Eindruck. Zumindest habe ich das Gefühl, dass sie mehr über ihn wissen könnten. Ich kann mich auch täuschen. Zwischen der Macheleidt, das ist die unscheinbare Weißhaarige, und dem von Wilden gab es übrigens richtig Zoff. Der Museumsdirektor muss sich auf der Heidecksburg aufführen wie der letzte Fürst.«

»So etwas in der Art haben die beiden Professoren auch durchblicken lassen. Die Sache mit der Verkehrskontrolle, in die Schneidersohn nach dem Barockfest gekommen sein will, habe ich übrigens vorhin gecheckt, als Sie bei Ihrem Damenkränzchen saßen. Ist leider korrekt.« Ein großes Stück Fisch verschwand in Bernsens Mund. »Meinen Sie, die Weiber könnten es gewesen sein?«

»Darüber denke ich schon die ganze Zeit nach. Ein Motiv, was den Direktor angeht, hätten sie jedenfalls. Und eine Verwechslung würde ihre entsetzten Gesichter erklären, als ich ihnen offenbart habe, dass von Wilden noch lebt.«

Sie kauten beide in Gedanken versunken weiter, bis Kohlschuetter entschied, dass eine halbe Portion auch genügte, und seinen Salatteller zur Seite schob. Er beobachtete ein paar Vögel, die gegenüber am Marktbrunnen ihren Durst stillten. Ohne seinen Kollegen anzusehen, sagte er: »Wussten Sie, dass dieser Brunnen 1859 erbaut wurde, als Geschenk zum hundertsten Geburtstag von Friedrich Schiller?«

Bernsen griff zum Salzstreuer und ließ ihn über dem Seebarsch tanzen, um dann mit monotoner Stimme zu antworten: »Ach, ich wusste überhaupt nicht, dass er hundert geworden ist.«

Kohlschuetter schaute ihn verwundert an. Dann wandte er sich lieber wieder dem Treiben auf dem Rudolstädter Marktplatz zu.

Keine fünf Minuten später schob Bernsen drei leere Teller in die Mitte des Tisches. »Ach, jetzt bin ich wieder ein ganzer Kerl.« Freudig rieb er sich die dünnen Schenkel. »Man weiß ja nie, wann man wieder etwas Ordentliches zwischen die Kiemen bekommt. Immer nur Fertigpizza ist auch nicht das Wahre.«

»Sie sollten mal die Sorte wechseln.«

»Ich esse nur Tonno mit viel Zwiebeln.«

»Ich weiß.«

»Meister, die Rechnung, getrennt natürlich«, rief Bernsen über die ganze Terrasse.

Der Meister kam und war eine Meisterin. Bernsen bezahlte mit einem Sammelsurium aus Ein-Euro-, Zwei-Euro- und Fünfzig-Cent-Münzen und verzichtete auf das Trinkgeld. Kohlschuetter gab dafür einen Euro mehr.

Dann betraten sie den Adler. An der Rezeption des Hotels stand ein junger Mann, höchstens Mitte dreißig, extrem schlank, dafür aber nicht sonderlich groß gewachsen. Die schwarze Nerdbrille wirkte in seinem schmalen Gesicht vollkommen überdimensioniert. Die dicken braunen Haare wurden von einem Seitenscheitel geteilt, der mit dem Lineal gezogen zu sein schien. Als er die beiden kommen sah, lehnte er seinen Kopf weit zurück, als wäre ihm jede Unterhaltung vollkommen zuwider und unter seiner Würde.

»Was kann ich für Sie tun?«, näselte er.

»Hat ein Herr Georg Albert Münster bei Ihnen ein Zimmer bezogen?« Kohlschuetter formulierte die Worte übertrieben freundlich, obwohl er diesen schmierigen Typen allein aufgrund seines arroganten Gesichtsausdrucks am liebsten über den Tresen gezogen hätte.

Bernsen hielt den Mund und konzentrierte sich darauf, die Eintragungen im Gästebuch, das aufgeschlagen vor ihm lag, zu entziffern.

»Wer will das wissen?« Das Gästebuch wurde geräuschvoll zugeschlagen.

»Kohlschuetter, Kripo Erfurt.« Der Dienstausweis wanderte über den Tisch. Der Empfangschef, Maik Pehring, so stand es auf dem kleinen silbernen Namensschildchen an seinem schwarzen Revers, studierte diesen ausgiebig auf eine fast schon unverschämte Art und Weise. Irgendwann schob er ihn kommentarlos zurück und klappte das Gästebuch wieder auf, wobei er seinen rechten Arm schützend darüberlegte, sodass Bernsen nicht den Hauch einer Chance hatte, irgendetwas zu entziffern.

»Einzelzimmer, Anreise am Donnerstag, geplante Abreise am Dienstag, fünf Nächte mit Frühstück, im Voraus bezahlt.«

»War Herr Münster in Begleitung?«

»Das weiß ich nicht.«

»Er ist allein angereist, und Sie haben ihn hier auch mit niemandem gesehen?«

»Nicht dass ich wüsste.«

»Herr Münster ist heute Morgen tot auf der Heidecksburg gefunden worden. Wir müssten sein Zimmer sehen.«

Ohne eine erkennbare Reaktion trat Maik Pehring hinter dem Tresen hervor und ging mit gerade durchgedrücktem Rücken und ohne die leichteste Bewegung seiner Arme ihnen voraus die Treppe hinauf.

Kohlschuetter und Bernsen schauten sich an und folgten ihm schweigend.

Wortlos öffnete der junge Mann das Zimmer mit der Nummer sieben und ließ die Kommissare eintreten. Dann verschwand er.

Bernsen schloss die Tür. »Was hat der denn für ein Problem?«, polterte er los.

»Der ist so cool, dass wir froh sein können, keine Erfrierungen davongetragen zu haben.«

»Diese Schnösel fliegen bei uns über den Deich, noch bevor sie Moin gesagt haben.« Bernsen öffnete den Kleiderschrank. »Boah, das nenn ich Schliff. Schauen Sie sich das an, wie in meinem Grundwehrdienst.«

Kohlschuetter, der unter der auf dem Nachttisch liegenden Fernbedienung einen ledergebundenen Taschenkalender entdeckt hatte, griff danach und trat vor den Schrank. Im oberen Fach lagen drei weiße Unterhemden, so akkurat übereinander und auf Kante gefaltet, dass man sich daran hätte schneiden können. Gleiches galt für die Unterwäsche daneben. Überhaupt alles, was Georg Albert Münster in diesen Schrank geräumt hatte, erinnerte in seiner Ordnung an einen Kasernenspind der Bundeswehr.

»Oberst, sage ich da nur.«

Bernsen wühlte sich durch die Sachen des Opfers und benötigte keine zwei Minuten, um die Ordnung zu zerstören und dem Chaos auf seinem Schreibtisch anzugleichen. Doch die Suche blieb erfolglos. Außer Kleidung gab der Schrank nichts her.

»Wissen Sie, was das bedeutet?« Kohlschuetter hatte eine Seite des Kalenders aufgeschlagen und hielt sie Bernsen unter die Nase.

»Das ist das Blatt von vorgestern, ein Freitag.«

»Das sehe ich selbst. Was steht da?«

»1000.07407.82. Frieda hat das Go«, las Bernsen stockend vor. »Dass die Bundis aber auch nie Klartext reden können. Ist natürlich ein Code. Denken Sie doch einmal nach!«

»Ich habe Zivildienst im Altenheim gemacht.«

»Was habe ich auch anderes erwartet?« Bernsen ließ sich auf das weiße Leinen des Himmelbettes fallen und starrte zur Decke. »Früher jede Kampfgruppe mitnehmen und heute auf Mädchen machen.«

»Ziehen Sie wenigstens die Schuhe aus.« Kohlschuetter schüttelte verständnislos den Kopf. »Dann übersetzen Sie mal. Wenn Sie den Wehrdienst abgeleistet haben, dürfte dieser Code doch kein Problem für Sie sein.«

»Zu lange her«, brummte Bernsen und kämpfte mit der lähmenden Müdigkeit, die ihn immer nach dem Essen befiel.

Kohlschuetter setzte sich an den kleinen Schreibtisch, schlug ein Bein über das andere und blätterte im Kalender. »Am Donnerstag hat er das Zimmer bezogen, also muss sich der Eintrag am Freitag auf einen Termin hier in Rudolstadt oder ganz in der Nähe beziehen. 1000.07407.82. Das könnte eine Kontonummer sein oder die Nummer eines Bankschließfaches, aber die sind doch meistens nur vierstellig.« Er kratzte sich nachdenklich seinen Dreitagebart. »Und wer oder was ist Frieda?«

Vom Bett drang ein leises Schnarchen zu ihm herüber.

»Na super.« Kohlschuetter stand auf und lief im Zimmer hin und her. Dann zog er alle Schubfächer nacheinander auf, durchwühlte den Papierkorb, der aber nur die Ostthüringer Zeitung vom Freitag beinhaltete, und durchsuchte das Badezimmer. Fehlanzeige. Alles, was sie hatten, waren diese kryptischen Angaben im Kalender. Verdammt!

Unschlüssig blieb er vor dem Bett stehen. Dann schrie er: »Gefreiter Bernsen, Aaach-tung! Stillgestanden!«

Mit dem Schwung eines Achtzehnjährigen schnellte sein Kollege nach oben, sprang aus dem Bett und schaute ihn verdutzt an. »Ist denn schon wieder Montag? Und was machen Sie in meinem Schlafzimmer?«

Kohlschuetter verließ lachend den Raum. Bernsen schüttelte sich, realisierte langsam, wo er sich befand, und folgte ihm hinunter zur Rezeption.

»Wir sind dann wieder weg«, meldete Kohlschuetter unten an der Rezeption. »Bitte lassen Sie das Zimmer unberührt. Unsere Leute von der Kriminaltechnik kommen später noch vorbei.«

Der Empfangschef bewegte sich nicht und schaute mit teilnahmslosem Blick durch sie hindurch. Nur an seinen leicht bebenden Nasenflügeln konnte man sehen, dass er noch lebte.

»Können Sie uns sagen, wie Herr Münster angereist ist?«

»Nein.«

»Na, dann. Schönen Tag noch«, murmelte Kohlschuetter.

11

»Ich brauche einen Kaffee«, blaffte Bernsen, nachdem sie das Hotel verlassen hatten.

»Dafür ist jetzt keine Zeit. Schokolade kann ich Ihnen anbieten, aber Kaffee nicht.«

»Sklaventreiber. Und das am Sonntag.«

»Außerdem wirkt die frische Luft Wunder. Sie werden schon sehen, wenn wir wieder oben auf dem Schloss sind, ist die Müdigkeit überwunden.«

»Haben Sie Schokolade dabei?«

»Natürlich nicht. Ich esse keine Schokolade.«

»Und warum bieten Sie mir dann welche an? Ihr Ossis müsst echt immer auf die Kacke hauen!«

»Wie bitte? Das ist doch wohl eher … Ach, egal.« Kohlschuetter winkte ab. »Während Sie vorhin Karate Kid gespielt haben, hatte ich ein Telefonat mit dem Vorsitzenden des Vereins zum Erhalt des Schwarzburger Blu–«

»Haben Sie ›Entscheidung in Okinawa‹ gesehen?«, fiel Bernsen ihm ins Wort. »Mister Miyagi und Daniel fahren nach Okinawa. Sein Vater, also der von Mister Miyagi, liegt im Sterben. In Okinawa trifft er Sato, seinen ehemals besten Freund, dem er die Braut wegschnappen wollte. Die Tussi haben beide nicht gekriegt, wie die Weiber nun mal sind. Aber Sato will Rache.« Bernsen zerschnitt mit beiden Handkanten die Luft und machte lang gezogene U- und A-Geräusche. »Mister Miyagi weigert sich zu kämpfen. Dann kommt ein Wirbelsturm, und sein Dorf ist futsch. Dafür rettet er das Leben von Sato. Und weil es nicht ohne die Weiber geht, verliebt sich Daniel in eine scharfe Braut. Von der will aber ein anderer seine Finger nicht lassen. Und dann kommt es doch noch zum Kampf.« Wieder fliegen Bernsens Handkanten durch die Rudolstädter Atmosphäre. Es erwischte ein paar Rosenblüten auf dem Schlossaufgang. »Daniel gewinnt natürlich, dank Mister Miyagi. Genial. Einfach nur genial.«

»War das die ganze Handlung?« Kohlschuetter unterdrückte einen Lacher.

»Das reicht doch wohl. Die Kämpfe sind das Wichtigste. Noch nie gesehen? Kam 1986 raus.«

»Da war ich elf. Mit elf habe ich ›Lassie‹ geguckt.«

»Ich wusste immer, dass die emanzipierten ostdeutschen Mütter ihre Söhne alle zu Weicheiern erzogen haben. Ihr musstet doch garantiert auch die Spülmaschine ausräumen?«

»Wenn wir eine gehabt hätten, natürlich.«

»Verkehrte Welt. Das ist der Fluch der Einheit.«

»Was, die Gleichberechtigung?«

»Nein. Die Invasion. In unsere schöne heile alte Bundesrepublik sind die Amazonen eingefallen. Weiber, die unbedingt alles besser können müssen als unsereins. Dabei kriegen die nicht einmal anständig Birnen, Bohnen und Speck gekocht.«

»Kann ich verstehen, wer will schon Birnen, Bohnen und Speck?«

Bernsen schnaufte. Der Anstieg hinauf zum Schloss schien ihm etwas die Puste zu nehmen. »Na, ich«, japste er. »Weiber müssen kochen können.«

»Frauen an den Herd, genau. Das ist die richtige Einstellung. Wenn sie ins Wohnzimmer kommen, ist die Leine zu lang.« Bei so viel Frauenfeindlichkeit konnte Kohlschuetter nur zynisch werden.

Doch Bernsen hörte natürlich nicht zu. »Das hätte man Helmut Kohl vorher sagen müssen«, schimpfte er.

»Dann hätte er die Wiedervereinigung abgeblasen, ist schon klar.«

»Nur meine Rotfeder ist noch vom alten Schlag. Die hält die Kate in Ordnung, kocht wie eine Göttin und hat den Liebreiz einer Meerjungfrau. Eigentlich.«

Kohlschuetter biss sich lieber auf die Zunge, als etwas darauf zu erwidern.

Bernsens Gesicht hatte sich verdunkelt. »Und dann macht sie so etwas. Verstehe einer die Weiber.« Er seufzte.

Kohlschuetter überlegte krampfhaft, wie er das Thema wechseln konnte. »Was ich eigentlich sagen wollte: Wir fahren jetzt zu diesem Grosch. Der hat Schokolade für Sie. So viel Sie vertragen können.«

Ein paar Glückshormone können jedenfalls nicht schaden, dachte er.

Fünf Minuten später hatten sie den Dienstwagen auf dem Parkplatz der Heidecksburg erreicht. Übellaunig nahm Bernsen auf dem Beifahrersitz Platz.

Was für ein herrlicher Sonntag, dachte Kohlschuetter und lenkte den Wagen langsam die Schloßstraße hinunter, bog an deren Ende nach rechts in die Schwarzburger Chaussee ein, folgte der Beschilderung bis nach Schwarza und überquerte etwas später die Saale, um kurz darauf über die B 85 das Saalfelder Ortsschild zu erreichen. Nachdem er einmal quer durch die halbe Stadt gefahren war, stoppte er den Wagen an der Neumühle 1 direkt vor einem riesigen alten Fabrikgebäude, auf dessen Längsseite mit dicken blauen Buchstaben »Stollwerck Sprengel« geschrieben stand.

»Rudolstadt ist das hier aber nicht mehr«, sagte Bernsen und stieg lustlos aus dem Wagen.

»Ihre Auffassungsgabe ist schier grenzenlos.«

»Hallo, ich bin in meinem Sonntagnachmittagsmodus. Bei uns im Norden danken wir am Sonntag Gott dafür, dass er uns vor den Sturmfluten verschont, und wenn es richtig stressig ist, puhlen wir Krabben und trinken Korn«, blaffte Bernsen in das Innere des Autos.

»Ist das wahr? Wir grillen Bratwürste und kratzen die Semmelstückchen aus unseren Klößen. Ein Traum.« Kohlschuetter atmete tief durch und verließ ebenfalls das Auto.

Die beiden hatten noch nicht den alten steinernen Torbogen, den Eingang zum Fabrikgelände, erreicht, da stand auch schon ein kleiner quirliger Mann mit kurzen roten Haaren und einem ebenso roten Vollbart vor ihnen.

»Guten Tag, die Herren. Mein Name ist Adalbert Grosch. Sie sind doch von der Polizei? Ich habe Sie schon erwartet. Sie sagten vorhin am Telefon, Sie müssten mit mir über das Barockfest auf der Heidecksburg reden. Was gibt es Neues von unserer Residenz?«

Adalbert Grosch redete ohne Punkt und Komma, und seine Mimik ließ keinen Zweifel daran, dass er, wenn er von »unserer Residenz« sprach, auch tatsächlich »unsere Residenz« meinte. Womit er sich auf den hiesigen Unternehmerverein zum »Erhalt des Schwarzburger Blutes« bezog, dessen Vorsitz er seit nunmehr zwei Jahren innehatte. Dieser Posten war sein ganzer Stolz. Auch wenn die Namensgebung und das zweifelhafte Selbstverständnis des Vereins ihm in der Stadt nicht nur Freunde bescherten. Als selbst ernannte Retter des Erbes der Fürsten von Schwarzburg-Rudolstadt trommelten sie zu deren Ehren seit der Nacht ihrer Vereinsgründung, in der sie in einem mit jedem »Rolschter Bier« gewachsenen Überschwang laut krakeelend durch die gesamte Rudolstädter Altstadt gelaufen waren. Dabei hatten sie immer wieder die geflügelten Worte »'s giht doch nischt iber Rudelstadt!« gegrölt, dass sich der Heimatdichter Anton Sommer auf dem Nordfriedhof in seinem Grab herumdrehte. Bei jeder Gelegenheit warben sie für ihr keineswegs untergegangenes kleines Fürstentum. Sie sammelten Spenden für den Erhalt der Heidecksburg und den Ankauf ehemals fürstlichen Eigentums, erinnerten bei jeder passenden und unpassenden Gelegenheit an die Verdienste ihrer Fürsten und verstanden es – zumindest im Fall des Vereinsvorsitzenden –, die Monarchie in einer Vehemenz zu lobpreisen, die bei jedem Normalsterblichen Magengeschwüre verursachte.

»Vielleicht dürfen wir erst einmal reinkommen?«, entgegnete Kohlschuetter, während Bernsen den anstrengend wirkenden Mann auffällig musterte.

Am Revers seines dunklen Stresemanns – eine kleine Ironie der Geschichte – trug Grosch eine unübersehbare Anstecknadel, ein goldenes Wappenschild mit einem schwarzen doppelköpfigen Reichsadler, der einen blauen Reichsapfel, ein Zepter und ein Brustschild mit Fürstenkrone hielt. Das Wappenschild wurde von einer Fürstenkrone geziert.

»Ja, natürlich, Entschuldigung.« Adalbert Grosch führte sie ein Stück über den Hof und dann rechter Hand in das Verwaltungsgebäude. Über eine steinerne Treppe betraten sie ein weitläufiges Büro im ersten Obergeschoss. Vor einer himmelblauen Ledergarnitur bremste er seine hektischen Schritte und bat die Kommissare, Platz zu nehmen. Auf einem kleinen Tischchen zwischen den Sesseln stand eine große Glasschale, in der sich schokoladene Süßigkeiten türmten. Dahinter befand sich ein Ständer, an dem eine riesige blau-weiße Fahne hing. Das Blau traf exakt den Farbton der Sitzgruppe. An der danebenliegenden Wand befand sich die goldumrandete Nachbildung der Ahnengalerie der Fürsten von Schwarzburg-Rudolstadt, angefangen mit Ludwig Friedrich I. bis hin zu Günther Victor, genau zehn an der Zahl. Ein paar Meter weiter stand auf einer Fläche von etwa drei mal drei Metern ein Modell der Heidecksburg.

»Danke«, murmelte Bernsen und setzte sich mit dem Rücken direkt vor die fürstlichen Devotionalien, ohne den Blick vom Kragen des Vereinsvorsitzenden zu lassen. Sein Gesichtsausdruck verriet Kohlschuetter, dass er darüber nachdachte, warum jemand heutzutage das Wappen des Fürstentums Schwarzburg-Rudolstadt trug – und was es bedeutete, dass man eine identische Ansteck-nadel heute Morgen zufällig neben einem toten Bundeswehrsol-daten gefunden hatte.

Kohlschuetter, der den Sessel gegenüber von Grosch gewählt hatte, betrachtete ausgiebig die gerahmten Porträts.

Adalbert Grosch bemerkte das und erklärte: »Wir nutzen diesen Raum als unser Vereinszimmer. Die verblichenen Fürsten sind unsere Ehrenmitglieder, sozusagen. Aber wie kann ich Ihnen be-hilflich sein? Ich weiß alles über das Fürstenhaus der Schwarzburg-Rudolstädter, nur zu, fragen Sie.« Er hatte seine kleinen dicken Hände ineinandergefaltet und auf dem Schoß abgelegt. Sein Blick huschte flink von einem Kommissar zum anderen. Die freudige Erwartung stand ihm ins Gesicht geschrieben.

»Meister, wir sind hier nicht bei Günther Jauch«, hob Bernsen an. Heute Morgen ist ein Toter auf ›Ihrem‹ Schloss gefunden worden, ein Herr Georg Albert Münster.« Ohne Hemmung beugte er sich über den Schokoladenteller und durchwühlte den Inhalt. Zufrieden zog er ein paar in goldene Folie eingeschlagene Nougattüten hervor, die er ungelenk vom Alupapier befreite und nacheinander in seinem Mund verschwinden ließ.

Der Vereinsvorsitzende zeigte keinerlei Reaktion auf die Nachricht von dem Toten. Auch Bernsens Schokoladenappetit schien ihn nicht zu beeindrucken.

»Wir gehen zum jetzigen Zeitpunkt davon aus, dass nicht er, sondern der Schlossdirektor sterben sollte«, sagte Kohlschuetter. »Wie ist Ihr Verhältnis zu Herrn von Wilden?«

Grosch zögerte einen Moment. »Na ja, Sie werden es ja ohne-hin erfahren. Von Wilden und ich, wir sind nicht gerade dicke Freunde.«

»Inwiefern?«, hakte Kohlschuetter nach.

»Dieser Mensch glaubt doch tatsächlich, das Schloss würde ihm gehören«, empörte sich Grosch. »Immerhin ist er wenigstens Thüringer, aber doch kein Rudolstädter und schon gar kein Schwarzburg-Rudolstädter! Trotzdem macht er sich da oben breit, als sei er der leibhaftige Fürst. Unerträglich!« Er schnaufte, dass die roten Barthärchen über seiner Oberlippe flatterten. »Aber Sie glauben doch wohl nicht, dass ich zu einem Mord fähig wäre?«

»Wir glauben überhaupt nichts. Was wir wissen, ist, dass heute Morgen nach dem Barockfest jemand tot auf dem Schlosshof lag.« Bernsen schob sein Fischerhemd nach oben und öffnete ungeniert den Knopf seiner verwaschenen Jeans. Dann fischte er nach weiteren Nougattüten.

»Und das war nicht von Wilden, sondern dieser … wie hieß er noch, Münster?«, fragte Grosch sichtlich nervös nach.

Kohlschuetter hüstelte. Was sein Kollege alles in sich hineinstopfen konnte, war sagenhaft. »Genau. Kennen Sie den Mann?«

Adalbert Grosch rieb sich den kurzen Hals.

»Sie haben sich gestern angeregt mit ihm unterhalten, erzählte man uns.« Kohlschuetter versuchte, das Erinnerungsvermögen des Vereinsvorsitzenden etwas zu kitzeln.

»Ja, ja, das kann sein. Da war ein Herr mit diesem Namen«, begann Grosch stockend. »Aber ich habe kaum mit ihm gesprochen. Meine Aufmerksamkeit galt eher einem anderen, einem Claus Ferdinand von Wasenburg.

Das »von« betonte Grosch mit so spitzem Mund, als tanzte gerade eine der edelsten Saalfelder Schokoladen auf seinen Geschmacksnerven. Kohlschuetter zückte sein rotes Notizbuch.

»Alter Adel, Sie verstehen?« Grosch warf sich stolz in die Brust. »Das war für unseren Verein eine ganz besondere Ehre.«

»Was? Der alte Adel?« Bernsen lag nun fast in seinem Sessel. Ein leeres Goldpapier nach dem anderen wanderte auf die Armlehnen.

Adalbert Grosch beugte sich, so weit es sein Bauch erlaubte, nach vorn. Dabei stützte er die Hände auf seinen Knien ab. »Dass Herr von Wasenburg unserer Einladung gefolgt ist«, entgegnete er mit bedeutsamer Miene. »In seinen erlauchten Kreisen ist das keineswegs eine Selbstverständlichkeit. Natürlich habe ich ihm gestattet, sein Personal, diesen Münster, auch mitzubringen. Wir sind ja nicht mehr im Mittelalter.«

»Selbstverständlich nicht«, nuschelte Bernsen mit vollem Mund.

Kohlschuetter kämpfte mit einem Kloß in seinem Hals. Langsam wurden ihm die Leute hier wirklich unheimlich. Irgendwie schienen die alle ein paar Schrauben locker zu haben. Wobei er seinen Kollegen davon kaum ausnehmen konnte.

»Wann haben Sie Herrn von Wasenburg denn eingeladen?«, wollte Bernsen wissen.

»Am Freitag früh auf dem Schloss. Er hat es gemeinsam mit diesem Münster besichtigt.«

»Sieh an«, sagte Kohlschuetter vielsagend. Er machte sich eine Notiz, Susi darum zu bitten, das Foto aus dem Ausweis zu vergrößern, um es herumzuzeigen. Wenn das stimmte, dürfte ihn ja irgendjemand schon vor dem Barockfest da oben gesehen haben. Dann schrieb er eine kurze Mail auf seinem Mobiltelefon. Die Kollegen müssten wegen diesem von Wasenburg noch einmal das Einwohnermelderegister bemühen. Auch ein Check der polizeilichen Datenbank wäre nicht schlecht.

»Sie laufen also durch das Schloss und fragen jeden Besucher, ob er eine Eintrittskarte für das Fest haben will?«

Grosch riss empört die Arme nach oben. »Wo denken Sie hin? Die Karten sind doch schon Monate im Voraus ausverkauft. Das waren zwei VIP-Plätze in der ersten Reihe aus dem von mir erworbenen Kontingent. Ich habe Herrn von Wasenburg gezielt getroffen, wenn Sie verstehen, was ich meine.«

»Kein Wort.«

»Nicht die Bohne!«, donnerte Bernsen.

»Ich wusste, dass er das Schloss besuchen würde«, sagte Adalbert Grosch verunsichert.

»Klartext, Meister!«

»Frau Lehmann hatte mich am Donnerstagabend darüber informiert, dass er am nächsten Tag ins Schloss kommen würde.«

»Wer ist Frau Lehmann?« Kohlschuetter richtete sich auf. Endlich schien es interessant zu werden.

»Silvia Lehmann, die Sekretärin des Schlossdirektors.«

»Und wieso hat sie Ihnen den Tipp gegeben?«

»Weil ich es wissen muss, wenn wir adlige Gäste haben. Das kommt heutzutage schließlich nicht mehr so oft vor. Und man will ja alle Möglichkeiten nutzen.« Er schüttelte verärgert den Kopf. »Nur dass die blöde Kuh seinen Namen falsch verstanden hatte. Von Walschenberg ist doch ein himmelweiter Unterschied zu von Wasenburg. Meine Güte, war mir das peinlich. Er war darüber glücklicherweise nicht pikiert. Man weiß bei so jemandem ja nie.«

»Was wollte er denn auf dem Schloss?«, fragten Bernsen und Kohlschuetter fast wie aus einem Mund.

»Also bitte, das weiß ich nun wirklich nicht. Frau Lehmann ist doch nicht indiskret.«

»Nicht die Spur«, murmelte Bernsen.

»Wann genau haben Sie die beiden Herren am Freitag gezielt getroffen?«, fragte Kohlschuetter.

»Gegen halb elf.«

»Und wann haben Sie sie dann wiedergesehen?«

»Am Samstagabend auf dem Barockfest. Meine Gattin und ich haben Herrn von Wasenburg sogleich in aller gebührenden Form begrüßt. Unsere kleine Plauderei über das Fürstentum Schwarzburg-Rudolstadt wurde leider unschön durch die Professoren Bleich-Barnitz und Schneidersohn unterbrochen. Von Wasenburg und sein Begleiter entschuldigten sich nach einer Weile, und wir sind dann weiter unseren gesellschaftlichen Verpflichtungen nachgegangen. Das war alles.«

»Und die Audienz im Rokokosaal?« Bernsen hatte sich wieder die Schokoladenschale vorgenommen.

»Der kleine Zwischenfall mit von Wilden?« Grosch lachte, dass sein Bauch auf und nieder wippte. »Kann doch mal passieren.«

»Dass ein Schlossdirektor vor dreihundert Gästen eine runtergehauen bekommt?« Kohlschuetter war leicht irritiert über diese Äußerung.

»Ein Schlossdirektor vielleicht nicht, aber von Wilden schon, dieser unmögliche Mensch.«

»Was ist mit dem Mann, der ihn auf dem Barockfest vor noch mehr Prügel bewahrt hat?« Bernsen rieb sich den Bauch.

»Das war der Diener von Herrn von Wasenburg, dieser Münster. Ich habe nicht sonderlich darauf geachtet, wie es weiterging.

Der Knopf meiner pinkfarbenen Brokatweste hatte sich dummerweise im Fächer meiner Frau verhakt.«

Kohlschuetter versuchte, sich die Wechselwirkung einer pinken Weste mit diesen roten Haaren nicht bildlich vorzustellen.

»Wann haben Sie das Fest verlassen?«

»Gegen Mitternacht, meine Frau hatte Migräne.«

»Das sagen die Weiber immer«, meinte Bernsen kauend.

»Wer kann das bezeugen?«

Grosch überlegte einen kurzen Moment. »Meine Frau, Herr von Wasenburg, von dem ich mich verabschiedet habe, der Taxifahrer und unsere Tochter, die zu Hause auf uns gewartet hat.«

»Wir werden das prüfen, Meister!«

Kohlschuetter wurde des Schokoladenduftes überdrüssig, er wollte langsam zum Ende kommen. »Können Sie uns noch ein paar Worte zu Ihrem Verein sagen? Wer sind die Mitglieder?«

Adalbert Grosch gewann sichtlich an Größe, und auf sein Gesicht legte sich ein Strahlen. »Wir sind sieben angesehene, alteingesessene Unternehmer aus Rudolstadt. Die Unternehmen wurden allesamt vor 1890 gegründet, das ist unser Aufnahmekriterium.

»Wieso?«, fragte Bernsen verblüfft.

»Wir fordern einen Nachweis über den Eintrag in das fürstliche Unternehmensregister.«

»Deswegen gerade mal sieben, ich verstehe«, sagte Kohlschuetter. »Wir brauchen eine Liste mit den Namen sämtlicher Mitglieder.«

»Dann hat die Schokoladenbude hier schon Ihren Fürsten beliefert?«, fragte Bernsen scheinbar beeindruckt, jedoch mit listigem Blick. »Nur komisch, dass ich an Ihrem Eingang irgendetwas von ›seit 1901‹ gelesen habe. Wie vereinbart sich das denn mit Ihren Aufnahmekriterien?«

Grosch, dessen wunder Punkt nun erbarmungslos aufs Tapet gebracht worden war, schaute betreten auf seine Schuhe. »Mein Ururgroßvater und Namensvetter väterlicherseits, der selige Adalbert Grosch, führte 1886 eine kleine Bäckerei und Konditorei in der Rudolstädter Alten Straße 6. Er war im Herzen Patissier. Doch das harte Tagesgeschäft hielt ihn von dem Erlernen dieses erlesenen Handwerks ab. Ich bin in seine Fußstapfen getreten. Bäckerlehre, Patisserie, natürlich alles in Rudolstadt, und vor fünfundzwanzig Jahren habe ich dann die Geschäftsführung des Saalfelder Schokoladenwerks übernommen. Nach der Wende musste es doch weitergehen, man durfte ein so traditionsreiches Unternehmen wie dieses nicht zugrunde gehen lassen. Denken Sie allein an die Arbeitsplätze in der Region. Über fünfhundert Menschen arbeiten heute noch hier. Wir haben eine Verpflichtung. Das Saalfelder Schokoladenwerk, das ist ein Name.«

»Schlagersüßtafel«, sagte Kohlschuetter lächelnd.

Grosch nickte. »Und Bambina-Schokolade. Nicht zu vergessen unsere Nougattüten.«

»Ich erinnere mich gut. Und Sie stellen das alles noch her?«, fragte Kohlschuetter nach.

»Nein, nur die Nougattüten sind uns aus dem DDR-Sortiment geblieben«, antwortete Grosch mit leichtem Bedauern in der Stimme.

Bernsen fischte sich zwei goldene Tütchen vom Teller.

»Dafür machen wir heute das komplette Programm: Tafelschokolade, Trüffel, Hohlkörper … Nur darf unser Name nicht mehr draufstehen. Das war der Preis für die Rettung des Werkes. Für die Kunden ist das natürlich schwierig. Sie wissen nicht, dass die Sarotti-Tafeln, die sie im Supermarkt kaufen, aus Saalfeld stammen.«

»Ist doch Hupe«, sagte Bernsen kauend.

»Eben nicht«, entgegnete Grosch pikiert. »Die Menschen sind stolz auf ihre Schokolade.«

»Immerhin haben sie ja noch die Nougattütchen«, mischte sich Kohlschuetter wieder ein.

»Vierhundert Tonnen im Jahr, nach dem Originalrezept von 1970, heller Nougat mit einem Deckel aus dunkler Bitterschokolade.« Grosch lächelte selig. »Aber nur echt mit der golden glänzenden Folie. Alles andere, was es jetzt auf dem Markt gibt, ist nicht von uns.«

»Das Alu esse ich ohnehin nicht mit«, murmelte Bernsen und wühlte erneut auf dem Teller.

»Noch mal zurück zu den Aufnahmekriterien Ihres Vereins. Das Werk wurde 1901 gegründet —«, hob Kohlschuetter an.

»Von den Gebrüdern Mauxion, Hersteller der ›Schokolade des blauen Bandes‹, vielleicht haben Sie schon einmal davon gehört?«, fiel ihm Grosch ins Wort. Offensichtlich war ihm die kleine Ausnahme für den Vereinsvorsitzenden peinlich. »Mein persönlicher Hintergrund als Unternehmer reicht nachweislich zurück bis in die Fürstenzeit.«

Bernsens Magen meldete sich lautstark. »Ist aber doch Ihr Verein. Politisch korrekt ist das nicht, oder?« Er grinste breit. »Und was macht der Verein so?«

Grosch hob den runden Kopf. Seine Augen leuchteten auf. »Die Schwarzburg-Rudolstädter Fürstenfamilie ist im Jahr 1971 im Mannesstamm erloschen. Ein unverzeihlicher Zufall der Geschichte.«

»Ganz so zufällig scheint mir das aber nicht zu sein«, wandte Bernsen ein. »Wenn man sich nicht vermehrt, kann das passieren.«

»Davon glaube ich kein Wort. Das Ganze ist nichts als eine Mär der Kommunisten, unseriösen Wissenschaftler und dieser Truppe aus der Kutscherremise. Von unserer Landesregierung ganz zu schweigen.« Grosch beugte sich mit wichtiger Miene zu Kohlschuetter vor. »Das Blut unserer Fürsten fließt noch immer. Und wenn sie zurückkommen, werden wir sie mit offenen Armen empfangen, egal, was die vom Schloss dazu sagen. Wir sind die Retter des Schwarzburger Blutes und aller Errungenschaften dieser unvergleichlichen Fürstenfamilie.«

Kohlschuetter warf Bernsen einen alles sagenden Blick zu. Von dem Gequatsche des Vereinsvorsitzenden konnte man Ohrenbluten bekommen, und außerdem war es an der Zeit, diesen von Wasenburg zu finden.

»Gut, Meister, das war's dann für heute.« Bernsen sprang auf und stürmte zur Tür. Auf halbem Weg drehte er sich noch einmal um. »Nur eines noch. Sagen Sie, wo bekommt man denn diese schicken Anstecker her?« Er wies auf den Kragen des Unternehmers.

Grosch nestelte an seiner Jacke wie ein junges Mädchen, dem man ein Kompliment für seine Haare gemacht hatte. »Das Wappen unserer Fürsten tragen nur die Mitglieder meines Vereins, ganz exklusiv.«

»Sicher?«

»Natürlich, schließlich verwalte ich die Nadeln«, empörte er sich.

»Das heißt, Sie haben noch einige mehr davon, falls mal eine verloren geht oder so?«

Grosch nickte unsicher. »Sechs«, flüsterte er. »Eine Ersatznadel für jedes Mitglied.«

»Wieso sechs, bei sieben Mitgliedern?«

»Meine muss ich gestern Abend auf dem Schloss verloren haben«, antwortete Grosch nun sichtlich nervös. Feine Schweißperlen liefen über seine knallroten Schläfen. Sie verdoppelten sich schlagartig, als Kohlschuetter ihm das Fingerabdruckkissen unter die Nase hielt.

»Ach Meister, Ihre Nougattüten sind alle.« Bernsen kam noch mal zurück und schob sich eine Handvoll der Pralinés in seine rechte Hosentasche.

Kurz darauf verließen die beiden Kommissare das Unternehmen.

12

Bernsen warf seinen schmächtigen Körper in den Sitz des Opels und schaute Kohlschuetter fragend an. »Ins Hotel zurück?«

»Ja, auf dem schnellsten Weg. Und drücken Sie die Daumen, dass dieser von Wasenburg, wenn er auch dort übernachtet hat, noch nicht abgereist ist.« Er startete den Wagen. »Was denken Sie?«

»Dass dieser Schokoladenmann einen an der Waffel hat. Aber die Nougatteile sind nicht schlecht.«

»Glauben Sie, dass er es getan hat?«

»Hm. Er könnte das mit der Ansteckhnadel zugegeben haben, weil er bereits vermutet, dass wir sie bei der Leiche gefunden haben, und nicht noch verdächtiger erscheinen will, indem er es leugnet. Aber ich habe nicht den Hauch einer Idee, was das Motiv angeht.«

Kohlschuetter nickte. »Und was denken Sie außerdem?«

»Wenn ich es mir recht überlege, überzeugt mich die Sache mit der Verwechslung nicht. Irgendetwas ist da faul. Oder der Täter hat ein Problem mit seinem Augenlicht.«

»Wieso das? Die beiden trugen lediglich unterschiedliche Strumpfhosen, das kann man doch leicht übersehen, noch dazu, wenn es schnell gehen muss.«

»Mag sein«, brummte Bernsen. »Aber der Tote war schon liegend ein Riese, und dieses Direktorenbürschchen misst keine eins siebzig. Außerdem war Münster schlank, und von Wilden …«

»Sie haben recht«, rief Kohlschuetter etwas zu laut und schlug verärgert mit der flachen Hand auf das Lenkrad. »Jetzt, wo Sie es sagen, fällt es mir wie Schuppen von den Augen.«

»Genau, von Wilden ist von untersetzter Statur. Das muss sogar einem Mörder in Zeitnot auffallen.«

»Davon darf man ausgehen. Also ging es letztlich doch um das Opfer.«

Bernsen nickte. »Es muss eine Verbindung zwischen Münster und den Leuten auf dem Schloss geben. Dieser Grosch wusste meiner Meinung nach genau, was die beiden Männer am Freitag da oben wollten.«

»Das denke ich auch. Und ich möchte wetten, dass sie dieses Anliegen um zehn Uhr bei einem Termin mit dem Schlossdirektor zur Sprache gebracht haben.«

»Hä?«

»1000. Alles klar?«

»Der Code im Terminkalender, verstehe. Und der Rest?«

»Haben Sie vorhin die Werbeprospekte des Hotels gesehen? Die Adresse lautet: 07407 Rudolstadt. Es ist die Postleitzahl.«

»Super kombiniert, zumal für einen Wehrdienstverweigerer. Und die zweiundachtziger Frieda?«

»Wenn ich das wüsste …«

Ein unterdrückter Rülpser begleitete Bernsens Nachsinnen. »Noch mal für mich zum Mitschreiben: Unser dahingeschiedener Oberst Münster hatte am Freitag zusammen mit diesem von Wasenburg einen Termin beim Schlossdirektor, zumindest hat Grosch das so souffliert bekommen. Er geht hin, läuft ihnen ›zufällig‹ über den Weg und lädt die Typen zum Barockfest ein. Also wusste vermutlich niemand außer ihm, dass sie kommen. Wenn wir ihn als möglichen Täter mal außen vor lassen, kann der Mord also unmöglich geplant gewesen sein, es sei denn, dieser von Wasenburg hat seinen Diener selbst aus dem Fenster befördert.«

»Dann kämen allerdings nach wie vor alle in Betracht, die sich in dieser Nacht auf dem Schloss aufgehalten haben. Perfekter Fall, komplett überschaubar«, spottete Kohlschuetter.

»Ich denke, dass es auch bei einem Mord im Affekt trotzdem jemand gewesen sein muss, der den Toten vorher gekannt hat. Und Groschs Verein hat irgendwas damit zu tun. Immerhin haben wir neben dem Toten eine dieser Anstecknadeln gefunden, ganz exklusiv. Hätte der Grosch einem vermeintlichen Diener die Mitgliedschaft in seinem Verein angeboten?«

»Ein unverzeihlicher Fehler der Geschichte«, imitierte Kohlschuetter den Unternehmer.

»Genau. Stellt sich die Frage, wo der Münster die Nadel herhatte?«

»Vielleicht wurde sie ihm von einem Vereinsmitglied gegeben, aus welchem Grund auch immer. Oder er hat sie seinem Mörder von der Jacke gerissen.«

»Durchaus möglich, wenn sein Mörder Grosch heißt, der seine Nadel ja an dem Abend anscheinend als Einziger getragen und sie außerdem verloren hat. Womit wir wieder am Anfang wären. Ich sehe schon die Schlagzeile vor mir: ›Fürstenvereinsvorsitzender stürzt braven Diener aus dem Fenster‹.«

Kohlschuetter lachte. »Sie Zyniker.«

»Hoffentlich liegt der von Wasenburg schon in seinem Hotelbettchen ...«

»Um dreiviertel sechs?«

»Hä?«

»In Ihrer Sprache: Viertel vor sechs. Haben Sie sich noch immer nicht daran gewöhnt?«

»Nie.«

Etwas später stellte Kohlschuetter den Wagen auf dem Parkplatz am Rudolstädter Marktplatz ab. Kurz darauf standen die beiden Kommissare wieder an der Rezeption des Hotels Adler.

»Ist ein Herr Ferdinand Claus von Wasenburg bei Ihnen eingemietet?« Kohlschuetter säuselte die Frage wie eine Liebeserklärung, denn wider Erwarten stand hinter dem Hoteltresen nicht Mister Cool, sondern der Traum von einer Frau. Deren eisblaue Augen zogen ihn magisch an, genau wie der Rest dieses scharfen Bibers. 90-60-90, mit feuerroter Lockenmähne, einem noblen Schönheitsfleck und einem Lächeln, das das Blut des jungen Kommissars in Wallung brachte. Kohlschuetter hatte Mühe, sich auf sein eigentliches Anliegen zu konzentrieren. Die Erscheinung nagte an seinem Verstand.

»Ja, Zimmer acht. Darf ich für Sie anrufen?«, antwortete sie mit sanfter Stimme.

»Ja, bitte«, hauchte er zurück.

Bernsen hatte sich etwas abseits auf eine Bank gesetzt und blätterte unbeteiligt im Hotelprospekt.

Mit geschmeidigen Bewegungen griff die Venus namens Tina Träger zum Telefon und wählte. Die Zeit schien für Kohlschuetter stehen zu bleiben.

»Er ist leider nicht da. Kann ich ihm etwas ausrichten?«

Ihre Worte erreichten Kohlschuetter wie durch eine rosarote Wand aus Watte.

»Bitte geben Sie ihm das. Er möchte mich umgehend anrufen.« Seine Hand mit der Visitenkarte schwebte luftig-leicht über den Tisch.

»Sehr gern.«

»Ich komme wieder.«

Mit weichen Knien lief Kohlschuetter zum Auto.

»Hey, Kollege. So warten Sie doch!« Bernsen rannte ihm hinterher.

Fast hätte er ihn in Rudolstadt vergessen.

13

Am nächsten Morgen um kurz nach sieben Uhr wurde Org alias Otto Richard Glaser in einen Vernehmungsraum der Erfurter Kriminalpolizei geführt.

Bernsen, der die letzte Nacht schlecht geschlafen hatte, erwartete ihn muffelig.

»Guten Morgen, Herr Hauptkommissar«, grüßte Org brav.

»Seit wann so förmlich? Gestern wollten Sie mir noch die Fresse polieren.« Bernsen nippte an einem schwarzen Tee, den er sich aus dem Automaten gezogen hatte, und verzog das Gesicht. »Kakao, Kaffee, Tee und Tomatensuppe aus einer Düse, das kann ja nur wie Brackwasser schmecken«, moserte er.

»Könnte ich vielleicht eine Tomatensuppe haben?«, fragte sein Gegenüber mit leiser Stimme.

»Sehe ich aus wie von der Suppenküche?«, polterte Bernsen. »Erst die Moral, dann das Fressen, Liebelein.«

Org senkte den Kopf und starrte auf die graue Tischplatte. »Sie haben nichts gegen mich in der Hand«, flüsterte er.

»Ha, Mord. Ist das nichts?«

Org stieß die Luft aus wie ein Wal den Blas. »Das können Sie nicht machen! Ich habe in meinem ganzen Leben noch keiner Fliege etwas zuleide getan. Da können Sie jeden fragen!«

»Und der Schlag ins Gesicht des Schlossdirektors am Samstagabend? War das nichts? Vom gestrigen Angriff auf einen durchtrainierten Thüringer Polizeibeamten einmal ganz abgesehen.«

Org schien sein Selbstvertrauen zurückzugewinnen. »Welchen durchtrainierten Polizisten?«, fragte er mit trotzig vorgeschobenem Kinn.

»Jetzt werd mal nicht frech, Gandhi!« Bernsen schlug mit der flachen Hand auf den Tisch. »Du erzählst mir zuerst mal haarklein, was der Auftritt im Rokokosaal sollte und was danach passiert ist!«

Org stöhnte auf. »Der von Wilden brauchte einfach mal einen Denkzettel. Seit zwei Jahren versucht er, uns aus der Kutscherremise zu vertreiben, angeblich plant er dort ein Luxushotel. Bei jeder Gelegenheit behandelt er uns wie Gesinde. Früher gab es im Schlossbezirk noch so etwas wie Gemeinschaft. Wir haben die Kutscherremise hübsch hergerichtet und den Hain immer sauber gehalten. Schließlich sollen sich die Gäste da oben insgesamt wohlfühlen.«

Bernsen nickte verständnisvoll. Der Mann kam ihm auf einmal auffallend vernünftig vor.

»Und dann kam dieser Wichtigtuer mit seinen elitären Veranstaltungen. Sogar die Barbecue-Messe hat er verboten, weil ihm das wohl zu fußvölkisch war.« Org stand die Empörung ins Gesicht geschrieben. »Nur noch Reiche und Schöne und die sind auch bald die Einzigen, die sich die Eintrittsgelder ins Museum leisten können. Dagegen demonstrieren wir, wann immer wir können.«

»Dann sind Sie also mit Ihren Leuten regelmäßig dort einmarschiert und haben Stunk gemacht?«

»Am Anfang haben wir versucht, normal mit ihm zu reden. Doch er hat überhaupt nicht zugehört.«

»Und deshalb haben Sie sich für diese albernen Demonstrationen entschieden.«

»Ja, irgendwie müssen wir ja auffallen. Die Gäste, die auf das Schloss kommen, haben meistens Zeit. Denen können wir unser Problem erklären.«

»Diese Peinlichkeit wird von Wilden nicht lange mitmachen.«

»Das dachten wir auch. Nur ist der eiskalt und hat sich überhaupt nicht beeindrucken lassen. Stattdessen versucht er, uns zu enteignen.«

»Wie das?« Bernsen zog eine Braue nach oben.

»Die Kutscherremise stand Mitte der 1990er Jahre zum Verkauf. Damals war das Gebäude komplett verfallen. Mein Vater hat es gekauft, und wie sich herausstellte, ist der Ort für meine spirituellen Sitzungen perfekt. Ein Lichtpunkt im Universum.« Orgs Augen leuchteten vor Begeisterung. Er atmete schon viel ruhiger. »Vor zwei Jahren, als von Wilden Schlossdirektor wurde, begann dann der ganze Ärger. Er ließ die Verträge prüfen, und plötzlich sollte mein Vater wegen alter Seilschaften zu wenig für die Remise gezahlt haben. Angeblich wurde der Kauf ohne öffentliche Ausschreibung abgewickelt. Sogar mit Stasigerüchten hat dieser perfide Dreckskerl gearbeitet.«

»Er will unbedingt die Kutscherremise haben. Als ob es da oben nicht genug Platz gibt«, murmelte Bernsen gedankenverloren.

»Eben! Über dreihundertsechzig Zimmer reichen ihm nicht.«

»Und was geschah am Samstagabend?«

Orgs Unterlippe fing an zu beben. Sein Mund verzog sich grimassenhaft. Er kämpfte mit den Tränen. »Mein Vater ist am Tag zuvor mit einem Herzinfarkt ins Krankenhaus eingeliefert worden.«

»Und da sind Ihnen die Nerven durchgegangen?«

»Er ist weit über achtzig Jahre alt. Seine Mutter war Dienstmädchen bei der letzten Fürstin, Anna Luise von Schwarzburg-Rudolstadt. Dort hat sie auch meinen Großvater kennengelernt. Die Kutscherremise ist ein Sinnbild für seine Herkunft, sie bedeutet ihm alles. Und nun hat er nur noch Sorgen deswegen. Dieser von Wilden hat meinen Vater in den Infarkt getrieben.« Er schluchzte.

»Also wollten Sie sich vor dreihundert illustren Gästen dafür rächen. Nicht wirklich clever.«

Org nickte schniefend.

»Das Ganze war schneller vorbei, als Sie erwartet hatten, nehme ich an?«

»Als ich diesem Widerling gerade richtig eine mitgegeben hatte, kam so ein Typ und hat mir fast den Arm gebrochen. Noch brutaler als Sie gestern.«

Bernsen überlegte, ob er den letzten Satz als Kompliment werten konnte. Er entschied sich dafür.

»Und dann?«

»Er hat mich bis vor die Tür geführt und gesagt, wenn er eines nicht leiden könne, dann wäre es unflätiges Benehmen oder so etwas Ähnliches. Und dass sich das nicht gehöre, nicht einmal bei einem so unmöglichen Menschen wie dem Schlossdirektor.«

»Das hat er gesagt?«

»Ja.«

»Und was haben Sie dann gemacht?«

»Ich bin ins Krankenhaus gefahren.«

»Sind Sie an dem Abend noch einmal zum Schloss zurückgekehrt?«

»Nein.«

Bernsen nickte. »Wie geht es Ihrem Vater?«

»Er ist gestern in der Früh gestorben.«

14

Nachdem Bernsen die Befragung beendet hatte, widmete er sich dem Papierkram, der zu den unliebsamen Aufgaben eines jeden Polizeibeamten zählt. Allerdings ließ es sich dabei vortrefflich frühstücken.

Das Telefon klingelte.

»Bernsen«, meldete er sich mit vollem Mund, nachdem er das Telefon auf seinem Schreibtisch gefunden hatte. Irgendjemand musste am Freitagabend einen Pizzakarton darauf abgestellt haben.

»Kohlschuetter hier, guten Morgen! Störe ich beim Frühstück?«

»Mh-hmh. Fischbrötchen von der Nordsee. Die Krabben sind nicht schlecht«, entgegnete Bernsen schmatzend.

»Sie hatten angerufen. Wo liegt so früh am Morgen Ihr Problem? Haben Sie Sehnsucht? Ich brauche nämlich noch ein paar Minuten, bis ich schön genug für einen Tag mit Ihnen bin.«

»Nur bitte nicht wieder den Moschusduft, den verträgt mein Magen nicht.« Bernsen wischte einige Brötchenkrümel von der Schreibtischunterlage, pulte die Salatreste aus seinen Zähnen und griff nach der abgestandenen Cola, um einen großen Schluck davon zu nehmen. Dann hatte der erste Gang die Speiseröhre passiert.

»Schießen Sie endlich los, ich will in die Dusche, den Moschus aufreiben«, erklärte Kohlschuetter gut gelaunt.

»Der Chef hat angerufen. Es geht um den Kirchendiebstahl im Landkreis Sömmerda von letzter Woche. Sie wissen schon, die St. Georgskirche in Großneuhausen mit dem nervigen Pfarrer und seinen verschwundenen Englein.« Ein lautes Aufstoßen folgte der Ansage. Die Krabben schickten einen letzten Gruß.

»Ja, und? Wir haben den Täter gefasst und das Diebesgut sichergestellt. Die Sache ist doch erledigt. Abgesehen davon, dass diese Kinderkacke immer noch nicht zu unseren eigentlichen Aufgaben zählt.«

»Das sieht der Chef aber anders. Und wenn er die Besten

will … Abgesehen davon behauptet der Pfarrer, einer der dicken Engel würde fehlen.«

»Was steht im Protokoll?«, wollte Kohlschuetter wissen.

Bernsen schob den Pizzakarton zur Seite, unter dem die Akte lag, und blätterte darin. Dann las er laut vor: »Zwei Engelsköpfe mit ausgebreiteten Flügeln, Holz, gold und weiß, etwa fünfzig Zentimeter groß, Ende 17. Jahrhundert. Zwei sitzende Engel mit weit ausgebreiteten Flügeln, Holz mit Holzwürmern, gold und weiß, etwa siebzig Zentimeter groß, Ende 17. Jahrhundert.«

»Die haben wir der holländischen Diebesbande doch alle abgenommen.«

»Ja, doch Seine Geistlichkeit behauptet, in seiner Kirche hätte es immer drei Engelsköpfe gegeben, und Nummer drei will er natürlich ebenfalls wiederhaben, wegen des unverkennbaren Hinweises auf die Dreieinigkeit und überhaupt.«

»Und das ist ihm nicht vorher aufgefallen? Als wir stundenlang in seiner Kirche standen, um den Schaden aufzunehmen vielleicht? Außerdem hat er doch das Schadensprotokoll unterschrieben.«

»Angeblich dachte er, das Puttenhaupt läge beim Restaurator. Der ist aber mit seiner Arbeit überhaupt noch nicht so weit gewesen, dass er sich den dicken Knaben hätte holen können. Die Holländer waren schneller. Die Käseköppe behaupten aber, sie hätten nur vier mitgehen lassen, zwei ganze und zwei Häuptlinge.«

»Und die haben sie alle unserem Strohmann angeboten. Kein Mensch, nicht einmal ein krimineller, geht dieses Risiko zweimal ein. So nach dem Motto: Ach, übrigens, ich habe da zufällig noch ein Englein übrig, das muss mir neulich durchgeflutscht sein. Das ist doch Bockmist!«

»Eben.« Bernsen schlürfte an einem Kaffee, den er sich durch emsiges Fingerschnipsen in Richtung einer Kollegin »herbeigerufen« hatte. »Autsch. Scheiße, warum müssen die Weiber den Kaffee immer zu heiß kochen?«

Kohlschuetter am anderen Ende der Leitung verkniff sich offenbar eine Bemerkung und wartete, bis er zu Ende geflucht hatte.

»Ich sage Ihnen, der Pope hat den Engel unter seinem Kopfkissen liegen«, fuhr Bernsen fort.

»Dann hätte er doch jetzt nichts davon erzählt.«

»Alles Masche. Diese scheinheiligen Typen kenne ich. Jeder weiß, dass der Himmelsbote neben den anderen auf dem Altar geklebt hat. Dann wird eingebrochen, und zwei der drei Mondgesichter verschwinden. Warum nicht auch das dritte abmontieren? Die Holländer waren es, haben sie eben eins mehr mitgenommen. Wer glaubt schon ein paar Kirchendieben? Und zack, bleibt ein Köpfchen übrig.«

»Ein Gottesmann, der sakrale Gegenstände aus seiner eigenen Kirche verscherbelt?«

»Alles schon da gewesen.« Bernsen schlürfte noch einmal an seinem Kaffee und griff dann nach der Tüte in seiner Schreibtischschublade. Unter lautem Knistern holte er sein zweites Frühstück daraus hervor.

»Backfisch oder Bismarckhering?«, fragte Kohlschuetter süffisant.

»Natürlich Bismarck«, antwortete Bernsen, ohne zu zögern. »Beeilen Sie sich mal 'n bisschen. Jetzt haben wir nämlich nicht nur einen toten Oberst, sondern auch noch einen kopflosen Engel an der Backe.«

»Ja, ja. Sehen Sie in der Zwischenzeit zu, dass Sie das Alibi und die Fingerabdrücke von Adalbert Grosch überprüft kriegen.«

»Delegieren, das könnt ihr Ossis, aber selbst habt ihr das Arbeiten nicht erfunden, was?«

Glücklicherweise hatte Kohlschuetter da bereits aufgelegt.

15

In der Johannesstraße stieg Kohlschuetter in die Straßenbahn und ließ sich langsam ruckelnd zum Anger chauffieren. Auf dem Weg von seiner Wohnung zur Straßenbahnhaltestelle hatte er mit dem Caterer des Barockfestes telefoniert. Der hatte seine drei Mitarbeiter gegen zweiundzwanzig Uhr dreißig mit den bis dahin abgegessenen Platten nach Hause geschickt und sich selbst um kurz nach halb eins bei von Wilden verabschiedet, als dieser gerade in seine Kutsche steigen wollte. Von Wildens Aussage war damit also bestätigt. Als Kohlschuetter gerade aufgelegt hatte, klingelte sein Handy.

»Kohlschuetter.«

»Rudolstädter Sicherheitsdienst, Sie hatten uns auf den Anrufbeantworter gesprochen und um Rückruf gebeten«, sagte eine tiefe Stimme, die einem unweigerlich das Bild eines Herkules vor Augen führte.

»Ja, natürlich. Kripo Erfurt. Ich hätte ein paar Fragen an Sie.« Kohlschuetter sprach leise und kroch fast in sein Handy. Doch die unzähligen auf ihn gerichteten Augenpaare der anderen Fahrgäste verrieten ihm, dass dieses Telefonat auf einige interessierte Ohren stieß.

»Kann's mir schon denken. Der Tote auf der Heidecksburg.«

»Der Buschfunk funktioniert aber gut bei Ihnen.«

»Thüringen ist ein Dorf und Rolscht sowieso. Wie kann ich Ihnen helfen?«

»Sie haben beim Barockfest die Sicherheitsleute gestellt, wie viele waren es?«

»Zwei.«

»Nur zwei?«

»Dort oben braucht man nicht mehr. Bei den feinen Leuten gibt es keine Randale, und immerhin waren es meine besten Männer.«

»Ein Georg Albert Münster war nicht zufällig dabei?« Kohlschuetter konnte sich die Antwort schon denken, wollte aber ganz sicher sein.

»Nee, einer mit diesem Namen arbeitet hier nicht. Silvio und Ronny waren oben. Letztes Jahr auch schon. Die kennen sich aus.«

»Waren Silvio und Ronny während der Audienz im Rokokosaal?«

»Nur Ronny. Ich weiß schon, worauf Sie hinauswollen. Der Angriff auf Dr. von Wilden.«

Kohlschuetter hörte, wie Herkules einen Schluck trank. Unweigerlich kam ihm ein Eiweißshake in den Sinn.

»Er brauchte nicht einzugreifen. Muss einige gute Tricks draufgehabt haben, der Typ.«

»Ronny?«

»Nee, der Typ, der ihm zuvorkam. Ronny sagte, es hätte sehr professionell ausgesehen, ein bisschen wie ein Einzelkämpfer von der Bundeswehr. Org hätte auch überhaupt keine Späne gemacht, sondern sei gleich verduftet.«

»Sie kennen Herrn Glaser?«

»Na klar, meine Braut macht so einen Esoterikscheiß bei ihm. Alle paar Wochen geht sie zur Selbstfindung in sein Sonnenzentrum. Außerdem waren wir zusammen in der Schule.«

»Die Welt ist klein. Wie sind die Leute aus der Kutscherremise denn so?«

»Vollkommen relaxed. Easy going und für meine Begriffe absolut durchgeknallt. Org ist 'ne arme Sau, aber harmlos.«

»Wann war Ihr Dienst an dem Abend zu Ende?«

»Um eins habe ich meine Jungs abgeholt. Länger geht das Fest nie. Da waren nur noch die zwei Hanseln vom Putzdienst oben im Rokokosaal. Das hat ja auch geschifft wie Sau.«

»Ist schon klar. Holen Sie Ihre Leute immer persönlich vom Dienst ab?«

»Nee, aber meine Braut wollte gucken, die Kleider und so.«

»Wie lange haben Sie geguckt?«

»Gab ja eben nichts mehr zum Gucken. Mann, war die sauer, aber kann ich was dafür, dass schon alle weg waren? Sonst warten die um die Zeit immer noch alle auf ihre Kutschen, aber bei dem Wetter …«

»Ist Ihnen irgendetwas aufgefallen, oder haben Sie vielleicht bekannte Gesichter gesehen?«

»Nee, alles wie immer und niemand, den ich kennen müsste. Wenn da überhaupt noch einer im Kostüm rumlief, hatte der sich auf dem Klo versteckt.«

»Es kann sein, dass ich auch noch mal mit Silvio und Ronny sprechen muss«, sagte Kohlschuetter fast ein wenig enttäuscht. Auch diese Spur schien im Sand zu verlaufen.

»Kein Problem, melden Sie sich einfach«, sagte Herkules. »Wir Sicherheitsleute müssen doch zusammenhalten.« Dann legte er auf.

Kohlschuetter steckte sein Handy weg und grübelte. Entweder hatte von Wilden sie angelogen oder schlichtweg keine Ahnung gehabt, wer da auf seinem Schloss den Sicherheitsdienst machte. Bei seinem Interesse am Fußvolk war Letzteres nicht auszuschließen. Er sprang an der Agentur für Arbeit aus der Straßenbahn und ging die letzten Meter zu Fuß ins Büro.

16

»Ich hänge schon seit fünf Minuten in der Warteschleife«, maulte Bernsen, als Kohlschuetter um kurz nach acht die Tür zu ihrem gemeinsamen Büro öffnete. »Schön, dass Sie auch schon zur Arbeit kommen, nachdem ich mich hier bereits zu Tode schufte.«

Aus dem Lautsprecher des Telefons klang blechern Edvard Griegs »Morgenstimmung«.

»Ihnen auch einen guten Morgen. Was machen Sie so früh überhaupt schon hier?«

»Überstunden. Und wenn die im Krankenhaus nicht bald jemanden finden, der mir Auskunft geben kann, zum letzten Mal.« Bernsen griff nach seiner halb gegessenen zweiten Frühstücksration, die er samt der durchgeweichten Nordseetüte neben sich auf dem Schreibtisch platziert hatte. Es raschelte, und ein beißender Geruch nach saurem Fisch und Zwiebeln machte sich breit. »Die Bismarckbrötchen sind immer noch die besten, kommen noch vor den Krabben«, urteilte er zufrieden. Dann biss er beherzt hinein.

»Wo haben Sie die Brötchen eigentlich her? Die Nordsee am Anger macht doch erst um zehn Uhr auf.« Kohlschuetter öffnete naserümpfend den untersten Schubkasten in seinem Schreibtisch, griff nach dem Raumspray und benebelte die drei Quadratmeter Freifläche, die ihm im gemeinsamen Büro zustanden – die restlichen siebzehn wurden von Bernsen beziehungsweise seinem seltsamen Ablagesystem belegt –, mit dem Duft von frischen Zitronen. Hering am frühen Morgen war für einen waschechten Thüringer kaum zu ertragen.

»Sind vom Samstag«, sagte sein Gegenüber schmatzend. »Eins neunundsiebzig und drei Euro zwanzig schmeiße ich doch nicht aus dem Fenster.«

Kohlschuetter verzog angewidert das Gesicht. »Ich dachte, Ihr Magen …«

»Hält jedem Sturm stand. Übrigens, die Rudolstädter Taxizentrale konnte die Fahrt eines dicklichen rothaarigen Mannes nebst Gattin in der Nacht von Samstag auf Sonntag bestätigen.

Zehn Minuten vor Mitternacht ging der Anruf bei der Zentrale ein, kurz nach der Geisterstunde waren die beiden zu Hause. Die Tochter bestätigt das. Und Mama Macheleidt wollte sogar beschwören, dass ihre Tochter und deren Freundin um kurz nach halb eins zu Hause waren. Ach so, dieser von Wasenburg wohnt ebenfalls in Berlin. Er und Münster haben eine weiße Weste, also, Sie wissen schon, keinen Eintrag bei uns.«

»Fleißig, fleißig, Herr Kollege. Sonst noch was?«

»Ich habe ein Furunkel. Hier untenrum.« Bernsen zeigte mit der linken Hand auf seine Leistengegend. »Das fiese Teil hat mich letzte Nacht um den Schlaf gebracht.«

Kohlschuetter schaute ihn fassungslos an. Kein Wunder, dass Bernsens Rotfeder ihn nicht mehr sehen wollte. Ihm genügte schon das Kopfkino. Aber die arme Frau erlebte das alles live und in Farbe.

»Veselý?« Edvard Grieg wurde von einer rauen Männerstimme unterbrochen.

Bernsen würgte den kalten Fisch hinunter und spülte mit einem Schluck Cola nach. »Kripo Erfurt. Mordkommission.« Ein unterdrücktes Rülpsen. »Können Sie mir bitte sagen, ob ein Herr Glaser am Freitag auf Ihrer Station behandelt wurde?«

»Günther Glaser, Herzinfarkt«, antwortete Dr. Veselý nach einer kurzen Pause mit deutlich hörbarem tschechischen Akzent. »Er wurde Freitagabend eingeliefert und ist Samstagnacht leider verstorben.«

»Wann genau?« Bernsen pulte wieder in seinen Zähnen.

»Drei Uhr zwölf.«

»Können Sie mir sagen, ob jemand bei ihm war?«

»Sein Sohn. Er hat beinahe die ganze Zeit an seinem Bett gesessen.«

»Auch Samstagnacht?«

»Ja, er war am Abend eine Weile weg, kam aber so gegen zehn wieder.«

»Und er hat die Klinik danach nicht wieder verlassen?«

»Nein, er hielt seine Hand, bis der Vater entschlafen war.«

»Und woher wissen Sie das so genau? Haben Sie nur einen Patienten?«

»Ich saß nicht daneben, wenn Sie das meinen. Aber ich kenne

die Familie Glaser schon eine Weile. Wir wussten, dass es nicht mehr lange dauern würde, und ich habe regelmäßig nach den beiden gesehen. Außerdem habe ich den Totenschein ausgestellt.«

Bernsen brummte ein leises »Mist«, bedankte sich und legte auf.

»Das war's dann wohl mit Ihrer Blitzaufklärung«, entgegnete Kohlschuetter. »Fassen wir mal zusammen: Die Angaben von Grosch, Macheleidt, Schall und diesem Org scheinen korrekt zu sein. Die von Schneidersohn und Bleich-Barnitz ebenfalls, dafür hatte die Verkehrskontrolle gesorgt. Von Wildens Heimkehr muss noch überprüft werden. Dass er gegen halb eins das Schloss verlassen hat, wissen wir aber vom Caterer. Münster und von Wasenburg waren bereits am Freitag auf dem Schloss und bekamen dort ihre Karten für das Barockfest geschenkt.«

»Was sie von da an bis zum Samstagabend gemacht haben, wissen wir nicht.« Bernsen befeuchtete seinen rechten Zeigefinger und sammelte von seinem Schreibtisch die Brötchenkrümel auf. Einer nach dem anderen verschwand in seinem Mund.

»Am Samstagabend gehen die beiden zum Barockfest und treffen auf Schneidersohn und Bleich-Barnitz. Münster sucht das Gespräch mit von Wilden. Warum, ist unklar. Doch von Wilden will anscheinend nicht reden, er lässt ihn nach wenigen Sätzen stehen. Später kommt es zu dieser Handgreiflichkeit im Festsaal, und Münster schmeißt Org raus. Das muss so gegen halb zehn gewesen sein.«

»Ich glaube, mit dem Fisch ... äh, könnten Sie den Kerl nach Hause schicken ...« Bernsen sprang auf und verschwand eiligen Schrittes in Richtung Herrentoilette.

Kohlschuetter schüttelte nur verständnislos den Kopf. Dann machte er sich auf, um Org in die Freiheit zu entlassen.

17

Zwanzig Minuten später stand Bernsen mit erleichtertem Grinsen wieder im Büro. »Ach, Kollege, es geht doch nichts über —«

»Ersparen Sie mir die Einzelheiten!«, rief Kohlschuetter entsetzt. Dann wedelte er ungeduldig mit der Hand in der Luft herum. »Wir fahren jetzt noch mal nach Rudolstadt, was Besseres fällt mir momentan nicht ein. Die Lehmann hat die Gästeliste geschickt, ich habe einen Trupp Leute auf die Befragungen angesetzt. Wir kümmern uns weiter um die Hintergründe.« Kohlschuetter stand auf und nahm das vergrößerte Passbild des Toten, das ihm Susi gerade auf den Schreibtisch gelegt hatte. Er stutzte einen Moment, schob es aber gleich darauf in eine Klarsichthülle, verstaute es in seiner Jackentasche und schaute Bernsen erwartungsvoll an. »Wären Sie dann so weit?«

»Wann wollen Sie denn nun eigentlich mit den Leuten vom Bund sprechen?«, fragte Bernsen, als sie den Parkplatz erreicht hatten.

»Ich versuche es gleich noch mal.«

»Vielleicht können die uns ja sagen«, Bernsen riss die Wagentür auf und warf sich schwungvoll auf den Beifahrersitz, »was Münster als Oberst der Bundeswehr in Rudolstadt gemacht hat?«

»Urlaub, verlängertes Wochenende, geheimer Antiterroreinsatz … Die Möglichkeiten sind vielfältig. Zumindest hatte er keinen Nebenjob beim Sicherheitsdienst.« Der Opel verließ im Schritttempo das Gelände der Dienststelle.

»Wochenende?« Bernsen ließ einen tiefen Seufzer hören. »Dann haben Sie mit dem Sicherheitsdienst gesprochen?«

»Wenn er allein lebt, warum nicht? Außerdem war er doch mit diesem von Wasenburg unterwegs. Allerdings ist mir dessen Rolle noch vollkommen unklar. Und ja, das mit dem Sicherheitsdienst hat sich erledigt. Ich sagte es bereits.«

»Wieso meldet sich der von Wasenburg eigentlich nicht? Der müsste doch seinen Freund längst vermissen.« Bernsen war Meister in fließenden Übergängen.

»Wenn es sein Freund war. Vielleicht hat er diesen Münster auch aus dem Fenster befördert.«

»Dann wird er uns kaum anrufen.«

»Eben. Und deshalb sollten wir ihn schleunigst finden.« Kohlschuetter griff zum Telefon, suchte die Nummer des Hotels Adler und wählte. Der Empfangschef bestätigte, dass Herr von Wasenburg letzte Nacht im Hotel gewesen war, zumindest habe er ihn heute Morgen beim Frühstück gesehen. Allerdings wisse er nicht, ob seine Kollegin ihm die Nachricht der Kommissare übergeben hatte. Kohlschuetter bat darum, zu von Wasenburg durchgestellt zu werden, der aber nicht zu erreichen war.

»Wenn der seelenruhig im Hotel schläft, wird er kaum der Mörder sein.«

»Anzunehmen. Trotzdem müssen wir mit ihm reden. Wenn man mit einem Freund unterwegs ist, fällt einem doch auf, dass der andere einfach so zwei Nächte lang verschwindet.«

»Lockere Beziehung? Ein Doppelzimmer hatten die aber nicht, oder?«

»Sie waren doch dabei, als wir Münsters Zimmer durchsucht haben. Welchen Eindruck hatten Sie?«

»Mit einem Furunkel kann ich schlecht denken.«

»Jetzt hören Sie aber mal auf. Jeden Tag haben Sie ein neues Wehwehchen. Was ist das, ein ausgeprägtes Aufmerksamkeitsdefizit? Oder das wehleidige Gejammer eines einsamen Verlassenen?«

Bernsen schwieg. Und mit jeder Sekunde, die er schwieg, wuchsen Kohlschuetters Gewissensbisse. Vielleicht hätte er doch nicht so deutliche Worte finden sollen. Manche Männer konnten mit einer Trennung nun mal schlecht umgehen. Er beschloss, sich auf die Fahrt zu konzentrieren. Auch wenn er die Strecke schon öfter gefahren war, staunte er immer wieder, wie schön es hier eigentlich war. Er steuerte den Wagen durch kleine malerische Dörfer und vorbei an einer lieblichen Landschaft aus Wald- und Wiesenflächen. Zur Linken erstreckte sich das Tannrodaer Waldland. Ein paar Kilometer weiter tauchte rechter Hand der Große Kalmberg, die höchste Erhebung auf der Ilm-Saale-Platte, am Horizont auf. Kohlschuetter erkannte ihn an dem riesigen Antennenmast, der früher zur nationalen Volksarmee und heute zum MDR gehörte. Je näher sie Rudolstadt kamen, umso waldreicher wurde die Gegend. Irgendwann passierten sie das Ortsschild und auf der rechten Straßenseite die beiden frisch restaurierten Löwen am Eingang zum Baumgarten. Sie hatten ihr Ziel beinahe erreicht.

»Ich fahre doch erst zum Marktplatz.« Die Reifen quietschten, und Kohlschuetter bog in Richtung Innenstadt ein. »Das mit dem von Wasenburg lässt mir keine Ruhe.«

Im Hotel Adler stand der Empfangschef Maik Pehring unmotiviert hinter dem Tresen und beäugte die Kommissare herablassend.

»Kripo Erfurt. Wir hätten gern Herrn von Wasenburg gesprochen«, sagte Kohlschuetter knapp.

»Ist mir bekannt. Leider, leider ist Herr von Wasenburg soeben zu einem Besuch ins Schillerhaus aufgebrochen«, entgegnete Pehring tonlos.

Kohlschuetter nahm das kommentarlos zur Kenntnis. »Können Sie mir Herrn von Wasenburg beschreiben?«

Auch Pehring verzog keine Miene. »Groß, schlank, sportlich, über sechzig. Reicht das?«

»Danke«, presste Kohlschuetter angestrengt hervor.

»Schiller auch noch, du liebe Güte«, murmelte Bernsen, als sie das Hotel wieder verließen. »Wollten Sie Mister Bofrost nicht fragen, wo das Schillerhaus ist?«

»Muss ich nicht. Folgen Sie mir.«

Das Schillerhaus war ein aufwendig saniertes zweigeschossiges, gräulich getünchtes Haus mit braunen Fensterläden, zu dessen linker Giebelseite sich ein auffallend gepflegter Garten anschloss, der Bernsen sofort dazu animierte, umständlich zwischen den dunkelbraunen Holzlatten des Zaunes hindurchzuspähen. Über der schmalen Eingangstür des stattlichen Hauses, das heute ein Literaturmuseum beherbergte, hing eine steinerne Gedenktafel. »Erstes Zusammentreffen von Schiller u. Goethe am 7. September 1788« war in golden geschwungener Schrift darauf zu lesen.

»Der auch schon wieder«, knurrte Bernsen beim Eintreten.

Im Eingangsbereich wimmelte es nur so von Schulkindern, die dort voller Ungeduld und unter ohrenbetäubendem Krach auf eine Führung warteten. Kohlschuetter drückte sich an ihnen vorbei auf die Museumskasse zu. Nach zwei kurzen Sätzen und der Präsentation seines Dienstausweises gewährte die vermeintliche Lehrerin ihm den Vortritt. Keine Minute später war er zurück neben Bernsen, der sich desinteressiert durch einen Ständer mit Postkarten wühlte.

»Heute Vormittag sind nur Schulklassen da. Ausnahmsweise. Eigentlich ist Ruhetag«, erklärte Kohlschuetter ärgerlich. »Ein Mann, auf den von Wasenburgs Beschreibung passt, soll aber etwa vor zehn Minuten hier gewesen sein.« Sie hatten ihn schon wieder verpasst.

»Was kann man hier eigentlich sehen, Schillers Nachttopf?«, brummte Bernsen.

»Die Thüringer Museumspädagogen sind da schon etwas weiter, Kollege. Das hier ist das ehemalige Wohnhaus der Familie Lengefeld.« Kohlschuetter schaute prüfend zu Bernsen, doch der machte nicht den Eindruck, als wüsste er, wovon er sprach. »Das ist die Familie von Schillers Ehefrau Charlotte. Hier hat er sich in seine spätere Frau und deren Schwester Caroline verliebt.«

»In beide gleichzeitig?«, fragte Bernsen nun mit sichtbarer Empörung. »Eine Ménage-à-trois bei eurem zweitliebsten Nationalheiligen? Oder hat der sich mit Goethe die Weiber geteilt? Über der Tür stand ja so etwas.«

Kohlschuetter schnaufte resigniert. »Wenn Sie so wollen. Was die beiden Schwestern angeht, soll deren Mutter mit der Dreiecksbeziehung nicht einverstanden gewesen sein. Schiller schließlich nahm dann Charlotte zur Frau.«

»Was Sie alles wissen. Aber das Thema liegt Ihnen ja auch«, bemerkte Bernsen beiläufig.

»Ach, haben wir nach unserem Gejammer von vorhin wieder Oberwasser?«, frotzelte Kohlschuetter, und Bernsen schwieg.

Kurz darauf saßen die beiden wieder im Auto.

Bis sie das Heidecksburger Schlossareal erreicht hatten, blieb es still im Dienstwagen. Dann knallte Bernsens Faust mit voller Wucht auf das Armaturenbrett. »So etwas aber auch!«

Kohlschuetter zuckte zusammen und stieg intuitiv auf die Bremse. Der Wagen kam abrupt auf dem Schlossparkplatz zum Stehen. »Mann, wollen Sie mich zu Tode erschrecken? So eine kleine Meinungsverschiedenheit unter Männern ist doch kein Grund, hier so rumzubrüllen.«

»Welche Meinungsverschiedenheit? Und was regen Sie sich überhaupt so auf? Wir wollten doch ohnehin hier parken.« Bernsen schmiss sich gegen die Beifahrertür und stieg aus. Draußen schlug er ungeduldig mit seiner flachen Hand auf das Autodach.

»Trotzdem müssen Sie mir keine Beulen in das Auto schlagen«, rief Kohlschuetter ihm hinterher. »Die Zentralen verstehen damit keinen Spaß.« Betont langsam öffnete er die Autotür.

Bernsens Kopf tauchte wieder im Wagen auf. »82. Die Zahl 82 bedeutet 8 und 2«, verkündete er triumphierend.

»Was Sie nicht sagen.«

»Mensch, seien Sie doch nicht so begriffsstutzig. 8, der achte, und 2, der zweite Buchstabe des Alphabetes. H und B. Die Abkürzung für Heidecksburg. Ganz eindeutig.« Sein Kopf verschwand, und schwungvoll fiel die Beifahrertür zu. Mit dem federleichten Gang eines Gewinners marschierte Bernsen die kleine Anhöhe hinauf zum Schloss. Auf halber Strecke drehte er sich um. »Nun beeilen Sie sich mal, Kollege. Ich nehme den von Wilden, Sie schauen sich um. Und hören Sie auf zu schmollen. Es braucht eben alles seine Erfahrung.«

»Ich schmolle nicht«, presste Kohlschuetter zwischen schmalen Lippen hervor und machte sich nicht die Mühe, seinen Kollegen einzuholen. Komplette Zeitverschwendung. Stattdessen dachte er darüber nach, wie er Friederike Macheleidt zu einer Aussage bewegen konnte, denn irgendwie wurde er das Gefühl nicht los, dass sie mehr wusste, als sie gestern preisgegeben hatte. Grübelnd steuerte er auf den Museumseingang zu.

In der Porzellangalerie, einem großen Saal mit gotischem Gewölbe, saß nur Fräulein Klauser, die Praktikantin, und blätterte in einer dieser Frauenzeitschriften, die sich dem Leben der Reichen und Schönen verschrieben hatten.

Kohlschuetter blieb in der Tür stehen, als er Friederike Macheleidt zum Nebeneingang hereinkommen sah. Sie ging direkt auf die Praktikantin zu. »Lesen Sie doch wenigstens die Bücher, die wir hier verkaufen. Was sollen denn die Besucher denken?«

Fräulein Klauser schaute nicht einmal auf. »Welche Besucher? Ich dachte, wir haben geschlossen. Außerdem wusste ich doch, dass Sie es sind.« Sie schlug gelangweilt eine Seite ihrer Zeitschrift um.

Friederike Macheleidt stöhnte auf und verdrehte die Augen.

»Entschuldigung.« Kohlschuetter stieg die zwei Stufen in die Porzellangalerie hinab. Frau Klauser sah auf, und ihre Augen begannen zu leuchten. Ein junger hübscher Kommissar war interessanter als eine abgelegte Zeitschrift. »Hätten Sie einen Moment Zeit für mich?«

Friederike Macheleidt fuchtelte nervös mit ihren Händen in der Luft herum. Mit stockender Stimme antwortete sie: »Selbstverständlich, gern.«

»Haben Sie diesen Mann schon einmal gesehen?« Kohlschuetter hielt ihr das vergrößerte Foto unter die Nase. Friederike Macheleidt starrte vollkommen apathisch darauf, als betrachtete sie einen Geist.

»Das ist Georg Albert Münster, der Tote.«

Ihre Hände begannen zu zittern. Mit gequälter Stimme antwortete sie: »Ja.«

»Und wo?«

»Auf meiner Museumsführung am Freitag um halb elf. Ich weiß nicht …« Die kleine, zarte Frau zitterte nun am ganzen Körper. Dabei öffnete sie immer wieder ihren Mund, als ob sie etwas sagen wollte, presste ihre Lippen letztlich jedoch wieder zusammen und blieb stumm.

Kohlschuetter schaute sie mit durchdringendem Blick an. Also doch. Bereits beim ersten Gespräch hätte er schwören können, dass sie auf den Namen des Toten seltsam reagierte. Nur schien sie da noch nicht zu wissen, um wen es sich handelte. Der Mann bei der Führung und Georg Albert Münster waren für sie bis eben nicht ein und dieselbe Person gewesen. Ihr Schock angesichts der Erkenntnis war offensichtlich. Gleichzeitig schien sie mit dem Mann irgendetwas zu verbinden, das jetzt, da das Geheimnis gelüftet war, für sie fast unerträglich war.

Abwesend stammelte sie: »Ich muss … jetzt gehen. Der Direktor, er wird mich … Es ist Zeit.«

»Mein Kollege spricht gerade mit Ihrem Chef, Sie müssen sich also nicht beeilen. Was halten Sie davon, wenn wir gemeinsam eine Schlossführung machen, ganz genau wie am Freitag?« Kohlschuetter wusste, dass er mit einer normalen Befragung auf Granit beißen würde. Friederike Macheleidt war vollkommen durch den Wind. Das Einzige, was helfen konnte, war eine Umgebung, die ihr Sicherheit verlieh. In ihrem geliebten Museum würde ihr bestimmt alles wieder einfallen. Die Chancen, dass sie sich beruhigte, standen jedenfalls nicht schlecht. Einen Versuch war es wert.

Sie nickte, ohne dass Kohlschuetter den Eindruck hatte, seine Worte wären bei ihr angekommen. Wie in Trance lief sie in den hinteren Teil der Porzellangalerie. Kohlschuetter, der glaubte, sie würde jeden Moment in Ohnmacht fallen, folgte ihr dicht. Vor dem Eingang ins Museum blieb sie unschlüssig stehen. Sie zuckte einmal kurz, als ob sie sich das eben Gehörte abschütteln müsste, dann stieg sie die breite Treppe zur Empfangshalle hinauf. Oben angekommen, wandte sie sich zu Kohlschuetter um und sagte lächelnd: »Herzlich willkommen auf Schloss Heidecksburg, dem Residenzschloss der Fürsten von Schwarzburg-Rudolstadt.«

Sie öffnete den Wandschrank mit den Besucherpantoffeln und begann mit der Rückschau auf die Führung am Freitag. »Hier habe ich meinen Witz gemacht, dass jeder nur ein Paar Pantoffeln tragen sollte. Na, wie immer eben.«

Kohlschuetter nickte, als ob er wüsste, wie es sonst immer ablief. »Wie viele Gäste waren dabei?«

Ihre Gesichtsmuskeln verkrampften sich. »Viele waren es nicht.« Sie überlegte. »Ein verliebtes Pärchen, das sich schon in der Eingangshalle mehr für sich selbst als für das Leben und Wirken derer von Schwarzburg-Rudolstadt zu interessieren schien. Dieser schmuddelige Typ konnte seine tätowierten Hände nicht einen Moment bei sich behalten, während das junge Mädchen mit dem knallroten Lockenkopf in einem fort kicherte und ihn mit großen Augen anschaute.« Kohlschuetter traf ein verstohlener Blick. »Dann eine wirklich nette kleine Familie, deren aufgeweckte Zwillinge mich wieder an mein Kinderprogramm erinnerten. Drei Senioren in beigefarbenen Westen und grauen Windjacken, die im ›Baedeker Thüringen‹ blätterten und bereits an der Kasse das Kuchenangebot im Schlosscafé abgefragt hatten.« Pause. Sie schluckte laut hörbar. »Und zwei schlanke, sportliche Herren mittleren Alters, die allein schon durch ihre vornehme

Erscheinung und ihre interessierten Blicke auffielen. Beide waren außerordentlich attraktiv.« Sie schwieg. Dann sagte sie: »Einer davon war dieser Georg Albert Münster. Ich habe zunächst gedacht, dass die beiden wohl im Schwarzatal einen romantischen Kurzurlaub verbringen. Sie kennen doch das Vorurteil, dass die schönsten Männer Männer lieben.« Ihre Wangen färbten sich tiefrot. »Gleich zu Beginn fragte mich eines der Kinder, ob wir die Königin nicht beim Frühstück stören würden, wenn wir einfach so durchs Schloss liefen. Ich verneinte, erklärte dem Kleinen, dass es hier noch nie eine Königin gegeben habe und die Fürstin schon vor fast hundert Jahren ausgezogen sei. Als wir daraufhin gemeinschaftlich feststellten, dass es in Thüringen seit 1918 keine Monarchie mehr gibt und in dem großen Schloss niemand mehr wohnt, löste das bei den Kindern noch mehr Verwirrung aus. Sie zankten sich lautstark. Der rigorose Vater ging irgendwann dazwischen. Die Gruppe lachte.« Friederike Macheleidt gewann mit jedem Wort etwas mehr von ihrer Souveränität zurück. Kohlschuetters Strategie funktionierte.

Mit sicherem Schritt betrat Friederike Macheleidt die einstigen Empfangsräume des Fürsten. Sie befand sich nun wieder in ihrem Element. Wie ein Schulmädchen vor seinem ersten Referat wippte sie gespannt auf ihren langen dünnen Beinen auf und ab, als könnte sie es nicht erwarten, ihrem einzigen Gast das in ihren Augen wohl außergewöhnlichste Ausstellungsstück zu präsentieren.

»Sie sehen hier das ›Schwarzburger Willkomm‹, im Volksmund auch ›Goldene Henne‹ genannt.« Mit nach vorn gerecktem Kinn stand sie am Ende des langen Raumes direkt neben dem einzigen hier befindlichen Exponat. Ihr Blick huschte flink zwischen dem Kommissar und der Henne hin und her.

Kohlschuetter lauschte aufmerksam jedem ihrer Worte und bereute nun fast, der Einladung seiner schönen Floristin zu einer Führung auf der Heidecksburg nie gefolgt zu sein.

»Stellen Sie sich vor, einer der Senioren sah die Henne nicht. Er stand ratlos in diesem ansonsten gänzlich leeren Raum und wusste nicht, wovon ich spreche.« Sie schmunzelte. »Das ›Schwarzburger Willkomm‹ ist ein Trinkgefäß. Darin wurde jenen Gästen, die zum ersten Mal an der fürstlichen Tafel Platz nahmen, ein Willkommenstrunk gereicht. Seit 1558 ist es im Besitz der Schwarzburger. Dem Brauch nach musste die Henne in einem Zug geleert werden. Wenn Sie mich fragen, eine Herausforderung bei eineinhalb Litern Rotwein.« Sie blinzelte ihm amüsiert zu. »Wissen Sie, normalerweise löst das bei allen Anwesenden Erstaunen aus. Nur dieses Mal ... na ja, die beiden Herren reagierten nicht. Ich hatte das Gefühl, dass sie die kleine Anekdote bereits kannten, aber das habe ich in meinen über zwanzig Jahren auf dem Schloss noch kein einziges Mal erlebt. Und dann erkundigte sich Herr Münster nach der Jungfer, das heißt, zu diesem Zeitpunkt wusste ich ja noch nicht, dass er es ist. Aber die Frage hat mich geradezu elektrisiert. Ein fremder Mann weiß von der Jungfer und dass wir sie durch einen Zufall wiedergefunden haben? Und dann auch noch diese Stimme. Ich hatte eine richtige Gänsehaut. Er formulierte seine Worte in sauberem Hochdeutsch und mit einem leicht zackigen, aber angenehmen Unterton.«

Wie bei der Bundeswehr, dachte Kohlschuetter. Aber davon konnte Frau Macheleidt nichts wissen. Oder doch?

»Und dann die Frage! Es gab doch tatsächlich einen Mann auf dieser Welt, der sich über die allgemeine Oberflächlichkeit hinaus für mein geliebtes Fürstenhaus interessierte.« Sie geriet ins Schwärmen. »Erwähnte ich schon sein Aussehen? Exakt gescheitelte blonde kurze Haare. Dazu diese Augen, stechend blau und unheimlich traurig.« Sie schaute Kohlschuetter mit einer Mischung aus Jungmädchenschwärmerei und ehrlicher Fassungslosigkeit an. Ihre Augen füllten sich mit Tränen.

»Sie haben durch Zufall eine Jungfer wiedergefunden? Ich verstehe nicht.«

»Bei der Jungfer handelt es sich um einen schweren Holzklotz, den man aus Schabernack an das ›Willkomm‹ band, um den Trinkenden im wahrsten Sinne des Wortes ›einen heben‹ zu lassen. Er war viele Jahre lang verschwunden und ist vor Kurzem zufällig auf Schloss Sondershausen wiedergefunden worden. Die letzte Fürstin hatte ihn wohl nach der Abdankung ihres Mannes dorthin mitgenommen. Aber auch das wussten die beiden Herren.«

Sicher hatten die beiden in der Ostthüringer Zeitung etwas darüber gelesen. Diese kleinen Sensationen wurden doch immer in der Tageszeitung erwähnt. Kohlschuetter wusste beim besten

Willen nicht, was Friederike Macheleidt im Zusammenhang mit dieser Führung so aus der Fassung gebracht haben könnte, außer dass sie sich offensichtlich in den mittlerweile toten Georg Albert Münster verguckt hatte. Das merkte jeder, außer Bernsen, aber der war glücklicherweise nicht hier.

»Und dann erklärte mir der andere Herr, dass die Erben der Fürstin ihren Anspruch an der Henne formuliert hätten, und murmelte etwas von Familienfideikommiss.«

»Und das bedeutet?«

»Beim Familienfideikomiss eines Fürstenhauses handelt es sich um ein Sondervermögen der Familie, das gestiftet wurde, um den Besitz zusammenzuhalten. Es konnte nach einer bestimmten Erbordnung genutzt, aber nicht geteilt werden. Die spannende Frage bei der Henne war, ob sie zum Privatvermögen der Fürstin oder zum Sondervermögen der Familie gezählt werden muss. Daraus ergibt sich nämlich der Rückübertragungsanspruch. Die Nachfahren der Fürstenfamilie haben auf die Rückgabe der Henne geklagt. Ohne Erfolg, sie wurde dem Sondervermögen zugerechnet. Wir dürfen sie behalten.«

»Gut. Aber ich verstehe noch nicht, was Sie daran so außergewöhnlich finden?«

»Die beiden wussten genau Bescheid. Jede Anekdote, jeder Gegenstand, jede geschichtliche Begebenheit, einfach alles war ihnen bereits bekannt. Als hätten sie die Heidecksburg schon hunderte Male besucht und die Fürstenfamilie intensiv studiert.«

»Vielleicht haben sie das ja auch.«

Friederike Macheleidt zog die rechte Braue nach oben. »Ohne dass ich einen der beiden in meinen fünfundzwanzig Jahren hier jemals zu Gesicht bekommen hätte? Das kann doch nicht sein«, antwortete sie mit leicht beleidigtem Unterton.

Kohlschuetter zuckte mit den Schultern. Ein paar Geschichtsfreaks, warum nicht? Er fand nichts Außergewöhnliches daran. »Wo kommt man da hin?« Er zeigte auf eine tapezierte Tür.

»In unseren Rokokosaal. Wollen Sie?« Friederike Macheleidt drückte ihr spitzes Kinn auf die Brust und blickte ihn mit weit aufgerissenen Augen fragend an.

»Natürlich. Gern.«

Beschwingt öffnete sie die Tür zum Festsaal, steuerte zielsicher auf einen der ehemaligen Dienstboteneingänge neben einer der Büfettnischen zu und verschwand dahinter. Im nächsten Moment wurde der zwölf Meter hohe, traumhaft schöne Rokokosaal von einer herrlichen Musik erfüllt.

Friederike Macheleidt stellte sich mitten in den Saal und schloss die Augen. Dann fuhr sie zu ihm herum. »Und sehen Sie, an dieser Stelle machten die das wieder.«

»Was wieder?«

»Wissen Sie, welches Stück ich hier spiele?«

Kohlschuetter blies unschlüssig die Wangen auf.

»Dann wissen Sie auch nicht, dass Franz Joseph Haydns Sinfonie Nr. 19 eines der Lieblingsstücke des Fürsten Georg Albert von Schwarzburg-Rudolstadt war.«

»Ich weiß weder das eine noch das andere.«

»Sehen Sie. Aber die Herren wussten es.«

»Was passierte dann?«

»Sie unterhielten sich über die prunkvolle Ausstattung der Residenz und darüber, dass sie gern einmal einen Blick auf die Inventarlisten des Museums werfen würden. Und dann sagte der andere, also nicht Herr Münster, so etwas wie: Warte doch den Termin morgen ab. Ab jetzt gilt: Frieda hat das Go.«

»Frieda hat das Go? Sind Sie sicher?«

»Ja. Das hat er gesagt.«

»Wissen Sie, was er damit gemeint hat?«

Sie flüsterte ein »Nein«, das Kohlschuetter mehr von ihren Lippen ablesen musste, als dass er es hören konnte. Friederike Macheleidts Augenlider fingen vor Aufregung an zu flattern, und sie wandte sich um, um die Führung fortzusetzen. In für das polierte Parkett viel zu großen Schritten hastete sie quer durch den Festsaal. Die Büfettnische kam näher, viel zu schnell, um die Kurve zu der schmalen Tür noch zu kriegen. Sie verlor die Kontrolle über ihre Beine und landete rücklings auf dem Parkett, nicht ohne dabei dem Kaminschutz zu ihrer Rechten einen ordentlichen Tritt zu versetzen. Das kostbare Stück aus dem 18. Jahrhundert landete mit einem ohrenbetäubenden Knall direkt neben ihr. Sie rang nach Luft. Unsicher bewegte sie ihre Gliedmaßen. Nichts schien gebrochen zu sein.

»Der Schreck ist das Schlimmste.« Kohlschuetter war ihr sofort zu Hilfe geeilt. Mit einem festen Griff hob er die kleine, zierliche Frau auf.

Friederike Macheleidt atmete zweimal tief durch und sagte, als ob nichts gewesen wäre: »Ich würde Ihnen dann jetzt die Privatzimmer der Fürsten zeigen. Wenn Sie mir bitte folgen wollen?« Auf wackeligen Beinen verließ sie den Festsaal.

Kohlschuetter trottete nachdenklich hinter ihr her. Frieda hat das Go, überlegte er. Was meinen die nur damit? Offensichtlich handelte es sich um ein Codewort für einen Einsatz, ein Projekt oder so etwas Ähnliches. Und Friederike Macheleidt wusste, was damit gemeint sein könnte, oder sie vermutete es zumindest. Die Frau war so nervös, die konnte nicht einmal mehr ihre Schuhgröße sagen.

Dass sie ihm von ihren Beobachtungen so freimütig erzählte, fand er dabei nicht einmal verwunderlich. Viele Zeugen berichteten haarklein, was sie gehört oder gesehen hatten, behielten die Schlüsse, die sie daraus zogen, aber für sich. Manchmal aus Angst, etwas Falsches zu sagen oder einen Unschuldigen zu belasten. Manchmal aber auch schlichtweg aus Unsicherheit. Und Frau Macheleidt war eine zutiefst unsichere Person.

»Gibt es eine Mitarbeiterin auf dem Schloss mit dem Namen Frieda?«

»Nein.«

»Könnte Frieda eine Abkürzung für irgendetwas sein?«

Sie hob und senkte die Schultern und legte noch einen Zahn zu. Nun rannte sie fast durch die fürstlichen Privatgemächer.

Irgendwann fand sie ihre Stimme wieder. »Mein erster Gedanke war, dass man uns das Schloss ausräumen wollte.«

»Diebe?« Irritiert musterte er sie von der Seite.

»Ja, ich dachte, die kundschaften hier alles aus. Ein letzter Gang vor dem Bruch, verstehen Sie? Außerdem kam mir dieser tätowierte junge Mann so seltsam vor. Er hätte ihr Komplize sein können.«

»Und jetzt glauben Sie das nicht mehr?« Kohlschuetters Interesse war geweckt. So abwegig war diese Idee nicht. Diebstähle von Kunstgegenständen hatte es in Thüringen in letzter Zeit häufiger gegeben. Der verschwundene Engelskopf aus Großneuhausen kam ihm in den Sinn. Es würde auch zum Code passen.

Zehn Uhr, Rudolstadt, Heidecksburg. Um zehn Uhr öffnete das Museum. Von einem Termin mit dem Schlossdirektor waren sie ausgegangen, weil Grosch das nahegelegt hatte. Doch der könnte sich geirrt haben. Fragte sich, wie die Sekretärin davon erfahren hatte. Könnten sich die beiden Männer stattdessen zur Führung angemeldet haben? Bei der Sekretärin des Schlossdirektors? Das wäre ungewöhnlich. Und wer kündigt schon sein Kommen an, um dann ein Schloss auszurauben? Trotzdem bot das Barockfest keine schlechte Gelegenheit, den einen oder anderen Gegenstand unbemerkt beiseite zu schaffen. Aber irgendetwas hatte nicht geklappt. Sie wurden erwischt. Jemand ertappte den Dieb auf frischer Tat und warf ihn im Affekt aus dem Fenster.

Das war eine Möglichkeit, die Kohlschuetter bislang nicht bedacht hatte.

»Hatten sich die beiden Männer zu Ihrer Führung angemeldet?«

Sie schüttelte den Kopf. »Das ist nicht notwendig. Es waren so feine Herren«, sagte Friederike Macheleidt fast entschuldigend.

»Der äußere Eindruck kann täuschen.«

»Ja, aber ...«

»Was?«

»Nichts. Ich dachte nur gerade an mein Konzept zu den Themenführungen.«

»Haben Sie schon mit Ihrem Chef darüber gesprochen?«

»Ja, ab nächsten Monat führe ich durch des Fürsten Schlafgemach.«

Kohlschuetter nickte mitfühlend. »Frau Macheleidt, dürfte ich bitte noch Ihre Fingerabdrücke nehmen, reine Routine.«

Sie wirkte durcheinander, streckte ihm aber die gewünschten Finger entgegen.

Er dankte ihr und versuchte sich an einem aufmunternden Lächeln. Dann verschwand er in Richtung Schlosscafé.

18

»Du glaubst nicht, was ich soeben erfahren habe.« Silvia Lehmann klemmte den Telefonhörer zwischen Ohr und Schulter und schnäuzte lautstark in ihr Taschentuch. Die frische Luft aus dem Hain traf sie heute erbarmungslos. Sie hatte gewartet, bis ihr Chef und die beiden Professoren im Beratungsraum verschwunden waren. Zwanzig, höchstens dreißig Minuten, in denen sie sich vor lauter Aufregung über das Gehörte kaum auf das vor ihr liegende Boulevardblatt hatte konzentrieren können. Mit schweißnassen Händen hatte sie sich durch den Klatsch und Tratsch der High Society geblättert, ohne dabei die Babygerüchte um Prinzessin Letizia von Spanien oder den neuen Mann an der Seite von Heidi Klum wahrzunehmen. Ein richtig echter Mord hier auf der Heidecksburg setzte logischerweise deutlich mehr Adrenalin frei als dieses bunte Schmierblatt. In dem Moment, als die Tür hinter den drei Männern zugefallen war, hatte sie es nicht mehr ausgehalten und ihre Freundin in der Rudolstädter Lokalredaktion der Ostthüringer Zeitung angerufen, um die neuesten Nachrichten vom Schloss weiterzutratschen.

Nach dem Telefonat hielt Silvia Lehmann den Telefonhörer noch eine Weile in der Hand und blickte gedankenverloren in das Gesicht von Felipe von Spanien, als draußen jemand zu versuchen schien, die Tür zu ihrem Büro einzutreten. Wie aus dem Nichts stand gleich darauf ein Mann, klein, fast schon dürr und mit einer Frisur wie Art Garfunkel, breitbeinig vor ihrem Schreibtisch.

»Moin, Bernsen, Kripo Erfurt, wir müssten uns einmal unterhalten, Schönheit.«

Das kleine Wort Schönheit reichte aus, um ihre Aufmerksamkeit zu fesseln und dem Verhältnis zwischen Hauptkommissar Friedhelm Bernsen und Silvia Lehmann für alle Zeiten eine ganz besondere Harmonie zu verleihen. Die Sekretärin des Schlossdirektors war kurz davor, dahinzuschmelzen. Sie riss erfreut die Augen auf und lächelte verlegen über den Schreibtisch.

»Wie kann ich Ihnen helfen? Möchten Sie vielleicht eine Tasse

Espresso? Oder doch lieber Kaffee mit Amaretto-Geschmack?«, fragte sie dienstbeflissen.

»Zu einem Espresso sage ich nicht Nein.« Bernsen plumpste ungebeten auf einen der Stühle.

Silvia Lehmann stand auf und schwebte förmlich zu dem kleinen Beistellschrank an der Fensterseite ihres Büros. Die große Frau mit der grobporigen Haut und dem ausladenden Hinterteil, die man landläufig nicht als schön bezeichnen würde, streichelte einmal sanft über den Deckel ihres Wasserkochers, ein Geschenk von Dr. von Wilden zu ihrem fünfundfünfzigsten Geburtstag, und drückte den kleinen roten Schalter nach unten. Mit einem sanftmütigen Lächeln trat sie zurück an ihren Schreibtisch, zog die unterste Schublade auf und nahm zwei Tüten Pulverkaffee heraus.

»Ich bin ja am Donnerstagnachmittag extra noch mal unten in der Stadt gewesen, in der Drogerie.« Sie wedelte mit einem der Tütchen. »Fünf Sorten für nur zwei Euro neunundneunzig, wobei mir die Geschmacksrichtungen Amaretto und Espresso am besten schmecken.«

Bernsen brummte etwas Unverständliches. Er hatte die Cappuccino-, Wiener-Melange- und Latte-macchiato-Packungen auf dem Schrank direkt neben dem Wasserkocher bereits bemerkt.

»Dabei gehe ich sowieso jeden Nachmittag nach unten, schließlich braucht mein Chef seinen geliebten Mohnkuchen.«

»Jeden Nachmittag? Meine Herren, da haben Sie hier aber auch immer einen ganz schönen Stress.« Bernsen nickte voller Anerkennung.

Silvia Lehmann, die davon noch beflügelt wurde, plapperte munter weiter: »Ach, das macht mir nichts. Aber letzte Woche war es wirklich ein bisschen viel. Die Vorbereitungen für das Barockfest und dann auch noch dieser wichtige Termin am Freitag.« Der Wasserkocher hatte sich automatisch abgeschaltet. Langsam schüttete sie den löslichen Kaffee in zwei Tassen, die sie aus einem der Regale nebenan genommen hatte.

»Aber Sie haben doch nur wichtige Termine, Schönheit.« Bernsen zwinkerte ihr freundlich zu.

Das Wasser vermischte sich mit dem Pulver zu einer nach

Kaffee riechenden Flüssigkeit. »Ja, aber am Freitag … Nein, also wirklich, wenn ich daran denke, bin ich jetzt noch ganz aufgeregt.«

Bernsen griff nach der Tasse, die sie ihm reichte, rührte den schwarzen Inhalt einmal um und trank einen Schluck. »Sie meinen den Termin um zehn Uhr?«

Silvia Lehmann hielt einen Moment lang verdutzt inne. Doch der Anflug von Misstrauen und das ungute Gefühl, Bürointerna achtlos auszuplaudern, verloren den Kampf gegen Bernsens Charme, von dem niemand, der ihn kannte, jemals behaupten würde, dass er ihn hatte.

»Ja, genau, der um zehn. Der Millionär mit seinem Anwalt.«

»Der Millionär?« Bernsen horchte auf.

Sie nickte mit wichtiger Miene. »Georg Albert Münster und Claus Ferdinand von Wasenburg, zwei auffallend schneidige Herren.« Sie klimperte mit den Wimpern.

»Und welcher davon war der Millionär?«

»Das weiß ich nicht. Ich war viel zu aufgeregt. Die ganze Nacht hatte ich kein Auge zugetan. Und bis es endlich zehn Uhr wurde, oh Mann! Nur damit ich beschäftigt war, habe ich die Akten zwischen meinem Schreibtisch und dem Schreibtisch meiner Stellvertreterin, die hat es aber nur drei Wochen hier ausgehalten, müssen Sie wissen, hin und her gestapelt. Dann klopfte es, und die beiden Herren traten ein.«

Bernsen spürte noch immer seinen Magen. In seinen Eingeweiden rumorte es wie bei einem Gewitter auf offener See. Das war allerdings nichts gegen das Wummern in seiner rechten Leiste. Ausgerechnet jetzt, wo es mit dieser Dame gerade interessant zu werden schien. Er rang sich ein Lächeln ab. Und sie sprach weiter.

»Ich habe beide gleich zum Chef gebracht, bin sogar ohne anzuklopfen in sein Büro gegangen. Das passiert mir sonst nie.« Sie kicherte wie ein Schulmädchen. »Nur dann wurde es seltsam.«

»Wie, seltsam?« Bernsens Darm schien sich in einem Seemannsknoten zu versuchen.

»Ich war kaum wieder draußen, da rief von Wilden mich an und bat um zwei Tassen Kaffee und eine Tasse weiße Schokolade. Weiße Schokolade!«

Der Kommissar zeigte keine Reaktion.

»Mir blieb ja fast der Mund offen stehen! Er hatte doch tatsächlich weiße Schokolade gesagt.« Sie war sogar jetzt noch sichtlich empört. »Ich war unsicher, ob ich dem Folge leisten sollte. Das konnte nur ein Irrtum sein. Er musste sich versprochen haben.«

»Schönheit, was ist denn das Problem mit dieser Schokolade? Ist er Allergiker und läuft grün an, wenn er sie trinkt? Hatten Sie keine im Schreibtisch, oder fehlte Ihnen das passende Service?«

Sie schien Bernsens unmöglichen Tonfall nicht einmal zu bemerken und redete weiter: »›Weiße Schokolade‹ bedeutet, ich muss unliebsame Gäste unverzüglich unter irgendeinem Vorwand hinauskomplimentieren, wie auch immer. Aber in seinem Büro saß ein Millionär, noch dazu einer, der diesem alten Kasten noch ein paar Lebensjahre mehr bescheren wollte. Nicht dass mich das interessieren würde. Bitte sagen Sie es nicht weiter, aber ich hasse das Schloss, vor allem im Winter, aber auch im Sommer, eigentlich zu jeder Jahreszeit. Mein Chef jedoch liebt es, und wenn diese Typen unbedingt eine Million Euros loswerden wollen, dann bitte. Und nun sollte ich sie für ihn loswerden. Ich bin also in sein Büro gegangen und habe ihm gesagt, dass die Herren von der Feuerwehr da seien, um die Brandschutzmaßnahmen für den Tiefen Brunnen zu besprechen, und dass es wichtig sei.«

Bernsen musste grinsen. Den Brandschutz für einen Brunnen? Einen solchen Kappes hörte man selten.

»Von Wilden stand schon, bevor ich den Satz beendet hatte. Er bat um Entschuldigung und quatschte irgendetwas von ›Sicherheit geht vor‹ und ›auf ein andermal‹. Dann stob er aus dem Zimmer. Dabei hat er mich dann noch angeraunzt, ich hätte seine Termine an Hochstapler vergeben. Können Sie sich das vorstellen? Was kann ich denn dafür? Ich habe doch nur einen Eintrag in den Kalender vorgenommen. Aber wehe, ich hätte es nicht gemacht. Wie bei den Filzgleitern für diese blöde Biedermeiergarnitur in seinem Büro. Also wirklich!« Silvia Lehmann schnaufte vor Empörung. Mit schweren Schritten stapfte sie zum Wasserkocher, um sich noch einen Amarettokaffee zu gönnen.

»Haben Sie danach noch mit den beiden gesprochen?«

»Sie haben sich nur verabschiedet und sind gegangen. Aber wenn Sie mich fragen, haben die beiden ziemlich blöd aus der Wäsche geguckt. So wie die abserviert wurden, absolut verständlich.«

»Kannten Sie die Herren eigentlich?«

»Nein, nie zuvor gesehen.«

»Und wie haben die Herren dann den Termin gemacht?«

Ihre Wangen färbten sich dunkelrot. »Der von Wasenburg hatte mich angerufen und irgendetwas von Zukunft des Schlosses, gemeinsames Interesse und Spende gesagt.« Sie stockte.

»Noch was?«

»Mir ist doch die dumme Sache mit dem Namen passiert«, murmelte sie kleinlaut. Dann fing sie sich schlagartig wieder und keifte: »Was spielt es auch für eine Rolle, ob von Walschenberg oder von Wasenburg? Das kann doch mal vorkommen.«

Bernsen nickte zustimmend. »Was mir allerdings immer noch nicht klar ist: Wieso hat der von Wasenburg Ihnen gegenüber behauptet, dass er Millionär ist, Schönheit?«

Sie riss die Augen weit auf. »Das hat er doch gar nicht. So was braucht man mir doch nicht zu sagen. Pah. Das merke ich doch von selbst. Der Adelstitel. Die sind doch alle Millionäre«, ereiferte sie sich. »Aber sagen Sie mal, wenn einer schon eine Million hat, dann muss man den doch ...« Sie schüttelte energisch den Kopf.

»... melken, bis auch der letzte Tropfen im Eimer gelandet ist, jawohl!« Bernsen stand auf und streckte sich. »Waren Sie eigentlich auch beim Barockfest?«

Silvia Lehmann verzog den Mund. »Leider nein. Meine Katze hatte es am Magen, und ich konnte nicht weg. Mit den Tieren ist es ja wie mit den Männern. Sie können einfach nicht ohne einen sein.« Jetzt lächelte sie zufrieden.

»Tiere wie Männer«, knurrte Bernsen. »Alles klar.« Er gähnte. »Wie ist denn Ihr Verhältnis zu Ihrem Chef?«

»Einen besseren könnte ich mir nicht wünschen. Ein ganz edler Mensch. Für dieses Schloss würde er sich ein Bein herausreißen.«

»So, so. Und wo steckt der Edle gerade? Ich müsste mal ein Wörtchen mit ihm reden.«

»In seinem Beratungszimmer, zur Sitzung der Schlossherren.«
Sie erhob sich und formte die nächsten Worte wie den Namen
eines geheimen Medikaments, mit dem man eine tödliche Krank-
heit heilen konnte. »Ich bringe Sie hin.«

19

Die drei »Schlossherren« – eine Namensgebung der Angestellten – trafen sich nahezu jeden Vormittag in einer Art modernem Herrenzimmer, das von Wilden sich neben seinem Büro eingerichtet hatte. Auf schweren knallroten Ledersesseln saßen sie im Kreis um einen orientalischen Teetisch, dessen fein gravierte Messingauflage Szenen aus der griechischen Mythologie zeigte. Diese scheinbare Unvereinbarkeit, die Schneidersohn gern die widerstreitende Einheit der Gegensätze nannte, bestimmte den ganzen Raum. Dabei hätte man auch einfach sagen können, dass von Wildens Geschmack in Einrichtungsdingen sich durch dieselbe grenzenlose Geschmacklosigkeit auszeichnete wie seine Art, sich zu kleiden. Überraschenderweise ergänzt um ein paar wirklich auserlesene Stücke an den Wänden des Herrenzimmers. Dort hingen zwei Pastell-Porträts aus dem Besitz von Emilie Friederike Henriette von Gleichen-Rußwurm, der jüngsten Tochter von Friedrich und Charlotte Schiller, neben Porträts der Schwestern Prinzessin Caroline und Prinzessin Marie von Schwarzburg-Rudolstadt. Sie waren vor einiger Zeit zur Bereicherung der Gemäldegalerie des Schlosses angeschafft worden, was von Wilden jedoch nicht davon abhielt, sie hier aufhängen zu lassen. »Schließlich bekommen die Gäste der fürstlichen Gemäldegalerie schon genug zu sehen«, hatte er sich damals unter mehrmaligem Aufstampfen eines Fußes echauffiert. Und er habe schlichtweg das Recht auf eine schöne Umgebung. Seitdem begleiteten die Damen die außergewöhnliche Herrenrunde, ohne dass sich jemals jemand über ihre Gegenwart in von Wildens Separee gewundert hätte – außer Friederike Macheleidt und Clementine Schall natürlich.

»Welch fulminante Köstlichkeit bezirzt meine olfaktorische Wahrnehmung?« Verzückt hielt Bleich-Barnitz eine Zigarre direkt unter seine schmale, in ihrer Länge überdimensionierte Nase und sog hörbar ihren Duft ein. Seine Nasenhaare, die seinem Riechorgan in ihren Ausmaßen um nichts nachstanden, schlängelten sich förmlich um die getrockneten Tabakblätter.

»Tabakschuppen, Erde, Leder und Zedernholz. Ein Feuerwerk für die Sinne«, frohlockte er. Dabei ließen seine zuckenden Mundwinkel die eingefallenen Wangen beben.

»Professor, warten Sie erst einmal das Geschmackserlebnis ab. Immerhin halten Sie eine echte Cohiba Coronas Especiales in Ihren Händen.« Von Wilden formulierte diese Worte mit stolzgeschwellter Brust, als würde er verkünden, dass sein Sohn, den er nicht hatte, für den Literaturnobelpreis nominiert worden war.

Die blassen, listigen Augen von Bleich-Barnitz blitzten schelmisch auf. Aufgeregt rutschte er auf dem schweren Ledersessel hin und her. Man konnte ihm die Freude über die gesparten zwanzig Euro, die bei einem Mann seines Geizes zweifelsohne vor dem Genuss kamen, ansehen.

»Ganz klassisch im Colorado-Deckblatt, kaum geädert.« Schneidersohn hatte seine Cohiba bereits getoastet und entzündet. Er paffte, schwenkte den Rauch in seiner Mundhöhle und spürte den Aromen nach. Dann legte er seinen Kopf in den braun gebrannten Nacken und ließ den Rauch genüsslich entweichen. »Weich, cremig und perfekt im Zugverhalten. Sie müssen mir bei Gelegenheit einmal Ihre Quelle verraten.«

»Aber sicher, mein Bester, unbesehen«, entgegnete von Wilden mit seiner viel zu lauten, schrillen Stimme und erklärte: »Sie halten ein Fabrikat der exklusivsten Zigarrenfabrik Kubas in Ihren Händen, meine Herren, El Laguito in Havannas Miramar. Ein Studienfreund von mir arbeitet im benachbarten Konsulat. Er muss also praktisch nur über die Straße gehen, um an diese Schätzchen zu kommen.«

»Ein traumhafter Arbeitsplatz«, säuselte Bleich-Barnitz, der noch immer an seiner Cohiba schnupperte, ohne sie angezündet zu haben.

»Aber den haben wir doch auch, meine Herren. Immerhin thronen wir in einer der schönsten barocken Residenzen des Landes.« Wie in Zeitlupe schlug von Wilden sein rechtes Bein über das linke, streckte den rechten Fuß wie eine Ballerina und ließ ihn in der Luft kreisen, als würde er einer Gruppe von Fußmalern angehören. Sein Hosenbein gab den Blick auf ein paar schwarz-pinke Socken mit Rautenmuster frei.

Schneidersohn, dessen klassisch-modischer Kleidungsstil das krasse Gegenteil war, schaute interessiert.

»Englische Marke, trägt sogar die Queen«, sagte von Wilden lakonisch, als er seinen Blick bemerkte.

Schneidersohn lächelte. Sein Interesse hatte eher der eigenwilligen Kombination gegolten. Von Wilden trug die schwarzpinken Socken zu einer hellgrünen Tweedhose und einem fliederfarbenen Seidenhemd inklusive gelbem Paisley-Einstecktuch.

Bleich-Barnitz nickte anerkennend dazu. Sein Gesichtsausdruck verriet, dass er keine Ahnung hatte, was von Wilden mit der englischen Marke gemeint haben könnte und was das Fragliche wohl kostete, wenn es vom englischen Königshaus favorisiert wurde. Doch da er nie nachfragte, schließlich sollte bei seinen Gesprächspartnern nicht der Eindruck entstehen, dass er einen Teil der Unterhaltung nicht mitbekommen hatte – was bei seinem phlegmatischen Wesen durchaus öfter vorkam –, erfuhr er es nie.

»Na ja, so traumschön ist es hier ja momentan nun auch wieder nicht.« Trotz seiner siebenundfünfzig Jahre zeigte Schneidersohns Gesicht nicht die kleinste Falte. Und obwohl er wie die beiden anderen tief in seinem Sesselungetüm verschwunden war, saß er athletisch, stilecht und ohne seinem BOSS-Anzug auch nur den kleinsten Schaden zuzufügen.

Niemand reagierte auf seine Bemerkung.

»Ich meine den Mord, meine Herren«, erläuterte er eindringlicher. Ihm widerstrebten oberflächliche Gespräche unter Menschen, die im normalen Leben nicht einmal durch dieselbe Blutgruppe verbunden waren.

»Nun«, entgegnete Bleich-Barnitz nach einer etwas zu langen Denkpause, »sind wir denn sicher, dass es Mord war?« Er griff nach dem Porzellanaschenbecher in der Mitte des Tisches und zog ihn ein Stück zu sich heran. Als er den Blick senkte, um ein wenig Asche von seiner Cohiba zu streifen, stachen ihm ein paar griechische Jünglinge, deren Vergnügen recht eindeutig und ohne Details auszulassen, auf der Messingplatte wiedergegeben war, ins Auge. Hastig und mit knallrotem Kopf gab er dem geschwungenen Porzellan einen Stoß, sodass es die schönen Jünglinge verdeckte. Die Asche landete auf dem Parkett.

»Also wirklich, Bleich-Barnitz, wieso sollten die Kommissare denn sonst hier herumlaufen?« Beim Sprechen ließ Schneidersohn etwas Rauch aus seinem Mund entweichen.

Von Wilden sah ihn an und antwortete in einem Tonfall, der an Dramatik kaum zu überbieten war: »Man wollte mich umbringen!«

Bleich-Barnitz atmete mit einem Schrei des Entsetzens ein, verschluckte sich und hustete. »Sie?«

»Dieser seltsame Kommissar mit dem norddeutschen Dialekt …«

»Ein Landsmann von mir.« Bleich-Barnitz lächelte, als hätte er in der Wüste das letzte menschliche Wesen getroffen. »Es ist immer wieder schön, die heimatlichen Klänge zu hören.«

»Auch das. Er sagte jedenfalls, der Tote habe mein Kostüm getragen. Also, das heißt, einen billigen Abklatsch davon.«

Bleich-Barnitz rutschte leicht auf seinem Sessel nach vorn. »Aber das hatten Sie doch an?«

»Ein im Aussehen identisches Kostüm, Professor, identisch.« Schneidersohn nahm einen ungeduldigen Zug von seiner Cohiba. Fast hätte er den Rauch inhaliert.

»Soll das heißen, Sie sind in Gefahr, mein Lieber? Das ist ja furchtbar. Was, wenn der Mörder zurückkommt? Ich darf gar nicht daran denken.«

»Wichtige Menschen leben gefährlich. Das ist in meinem Job nun einmal so.«

Schneidersohn hob sarkastisch beide Brauen. »Sie sind Schlossdirektor auf der Rudolstädter Heidecksburg.«

»Genau deswegen! Positionen wie die meine sind rar in Deutschland. Noch dazu hat man, wenn man mit meinem Talent gesegnet ist, unzählige Feinde.«

»Aber Sie haben doch noch nicht einmal habilitiert.« Kaum dass die Worte aus seinem Mund gedrungen waren, färbten sich die Wangen von Bleich-Barnitz rot.

Auf von Wildens Stirn zeigten sich Zornesfalten. Er wollte gerade etwas entgegnen, da klopfte es energisch an die Tür zum Beratungszimmer, und von Wildens Gesichtszüge entspannten sich wieder. »Immer herein, wenn es kein Mörder ist.« Sein Humor war schwärzer als der Schacht zum Tiefen Brunnen.

»Nein, nur ein friedlicher Schutzmann.« Bernsen lachte über sein Wortspiel, stockte aber, als er bemerkte, dass die drei Herren es wohl nicht so witzig fanden, und schmiss sich unaufgefordert in einen der freien roten Sessel. Er verschwand bis zum Kinn darin. »Ach du dicker Hecht, was sind das denn für Teile?«, rief er verwundert aus. Dabei hüpfte er mit dem Hintern hoch und runter, als ob ihn das in dem Ledermonstrum größer erscheinen ließe.

»Darf ich Ihnen auch eine Cohiba anbieten?« Von Wilden beugte sich über das Tischchen und deutete mit ausgestreckter Hand auf den Humidor.

Bernsens Blick streifte das Holzkästchen nur kurz. Die Gravuren auf der Tischplatte waren interessanter. Die Gelenkigkeit dieser Bürschchen war beeindruckend. »Ich rauche nicht«, murmelte er, ohne den Kopf zu heben.

»Eine sehr feine Arbeit, habe ich einmal bei einem der besten Antiquitätenhändler in Mumbai erstanden«, sagte der Schlossdirektor stolz.

Pause.

Schneidersohn räusperte sich laut.

»Ach so, ja. Also gut, meine Herren.« Bernsen hatte sich offensichtlich sattgesehen. »Es gibt da noch ein paar Dinge, die ich nicht so ganz verstehe.«

»Wir sind ganz Ohr«, säuselte von Wilden. Schneidersohn nickte, und Bleich-Barnitz schaute ängstlich von einem zum anderen. Dabei massierte er seine Unterlippe auf eine eher unvorteilhafte Weise.

»Wir sind uns mittlerweile nicht mehr sicher, ob Sie, Herr von Wilden, tatsächlich das bedauernswerte Opfer sein sollten.«

Der enttäuschte Blick des Schlossdirektors war nicht zu übersehen. Das Grinsen seiner beiden Kollegen auch nicht.

»Vielleicht liegen die Dinge ja ganz anders. Wir wissen nämlich, dass der Tote schon am Freitagvormittag hier bei Ihnen auf dem Schloss war.« Bernsen machte eine bewusste Pause. »Genau um zehn Uhr saß er bei Ihnen, mein lieber Herr von Wilden, im Büro. Und mich würde nun brennend interessieren, was er eigentlich hier wollte?«

Sekundenlang herrschte Schweigen. Dann verpasste sich von

Wilden aus heiterem Himmel einen Klaps auf seinen rechten Oberschenkel und sagte: »Wie konnte ich das nur vergessen? Ich bin untröstlich. Natürlich. Der Termin am Freitag, zehn Uhr.«

»Was wollte er hier?«, wiederholte Bernsen gelangweilt ob der schlechten Schauspielerei.

»Na, unserem Schloss eine Million spenden«, schoss es unvermittelt aus Bleich-Barnitz heraus. Als er die Blicke seiner Kollegen sah, presste er die Lippen fest zusammen und schaute beleidigt auf seine spitzen Knie.

Auch Bernsen war überrascht. Natürlich nicht wegen der Million, sondern weil er nicht damit gerechnet hatte, dass von Wilden so freimütig darüber sprechen würde. »Kommt es öfter vor, dass jemand Sie so beglücken will, vor allem in dieser Höhe?«

»Nein, leider. Normalerweise spenden die Leute Centbeträge an der Schlosskasse oder vielleicht mal ein paar hundert Euro bei unserem Unternehmerverein.« Er schüttelte enttäuscht den Kopf. »Die Vorbereitungen für das Barockfest haben mich in diesem Jahr so sehr in Anspruch genommen und dann der Schock über das Unglück – ich hatte es am Sonntag schlichtweg vergessen zu erwähnen«, antwortete von Wilden überzeugend.

»Und die Herren Professoren?« Bernsen sah von Schneidersohn zu Bleich-Barnitz. »Sie wussten doch von diesem Termin?«

»Von einem Zehn-Uhr-Termin mit einem Millionär. Seinen Namen hatte von Wilden in dem Zusammenhang nicht erwähnt«, antwortete Schneidersohn mit ruhiger Stimme. »Wir konnten also nicht ahnen, dass er der Tote ist.«

Bleich-Barnitz nickte zustimmend.

»Nun gut, dann sind wir ja jetzt alle gemeinsam im Bilde. Jetzt aber mal unter uns Pastorentöchtern: Wie ist das Gespräch denn gelaufen? Haben Sie die Million bekommen, bevor der zu Bedauernde mit dem Gesicht gebremst hat?«

Bleich-Barnitz und Schneidersohn schauten von Wilden mit weit aufgerissenen Augen an. Anscheinend kannten sie die Antwort auch noch nicht und platzten vor Neugier.

»Er und sein Kompagnon waren billige Hochstapler, die mir meine kostbare Zeit geraubt haben, nichts weiter.« Die Cohiba landete im Aschenbecher. Von Wilden schäumte nun vor Wut.

Bleich-Barnitz und Schneidersohn sackten enttäuscht zusammen und ließen die Schultern hängen.

»Aber wie kommen Sie darauf, dass die Herren, sagen wir mal, nicht ganz koscher waren? Was wollten die denn dann von Ihnen, wenn nicht spenden?«, hakte Bernsen nach.

»Ja, nichts, das ist es ja eben, eine nette Unterhaltung, mehr nicht. Die haben nur meine Zeit vergeudet, wobei ich den Eindruck hatte, die beiden wollten einfach mal dem leibhaftigen Schlossdirektor der Heidecksburg gegenübersitzen. Es gibt doch solche Groupies. Und wenn meine Vorzimmerdame denken könnte, hätte sie diesen Termin nie angenommen. So etwas prüft man doch vorher. Stattdessen erzählt die mir das Märchen vom Millionär. Wer weiß, aus welchem Schmierblatt sie diese dummen Phantasien hat.«

»Schade eigentlich. Aber einen edlen Spender befördert man ja auch nicht aus dem Fenster«, sagte Bernsen grinsend. »Billige Hochstapler dagegen vielleicht schon.«

Von Wilden verlor für einen Moment die Selbstbeherrschung. Der in Bernsens Rede deutlich angeklungene Mordverdacht gegen ihn ließ ihm die Gesichtszüge entgleiten.

»Wie lange haben sich die beiden Herren bei Ihnen aufgehalten?«

Von Wilden schien zu überlegen, ob er sich diesem Verhör noch weiter aussetzen sollte. Mit hasserfülltem Blick schaute er durch Bernsen hindurch und rang offenbar mit sich, denn die Antwort ließ einige Zeit auf sich warten. »Etwa zehn Minuten. Dann informierte mich Frau Lehmann über die Feuerwehrübung am Tiefen Brunnen.«

Schneidersohns Blick konnte man entnehmen, dass ihm das ebenfalls neu war. Bleich-Barnitz sah man gar nichts an, er schaute verwundert, als würde er immer noch über die Bedeutung der verpassten Millionenspende nachgrübeln.

»Sind die Männer Ihnen danach noch einmal begegnet, am Freitag, meine ich?«

»Nein.«

Pause.

»Wenn Sie mich dann entschuldigen würden, die Pflicht ruft, ein wichtiger Termin.« Von Wilden stand auf und schaute

Bernsen verächtlich an. Die beiden Professoren erhoben sich ebenfalls.

»Na gut, die Herren, zuvor hätte ich aber gern von jedem noch einmal ein Fingerchen.«

Überraschenderweise blieben die Proteste aus.

»Auf ins Schlosscafé.« Zufrieden steckte Bernsen das Stempelkissen wieder ein und stand auf.

Als er durch das Büro von Silvia Lehmann ging, rief er: »Schönheit! Augen und Ohren offen halten und den guten Friedhelm anrufen, Tag und Nacht.« Er tippte sich an einen imaginären Hut und ging weiter den Gang hinunter.

Sie lächelte versonnen.

20

Das Schlosscafé befand sich auf der unteren Terrasse im ehemaligen Schlossgarten. Bernsen lief am Schönen Brunnen vorbei die Stufen zur mittleren Terrasse hinunter, ließ die eingerüstete ehemalige Reithalle hinter sich liegen und nahm die nächsten Stufen mit kleinen Sprüngen.

Die Befragungen hatten länger gedauert als erwartet, zumal er das Büro des Schlossdirektors nicht sofort nach ihrer Ankunft auf der Heidecksburg aufgesucht hatte. Die Renovierungsarbeiten der an der Nordseite der mittleren Gartenterrasse befindlichen ehemaligen Reithalle hatten ihn etwas abgelenkt.

Nun wollte er seinen jungen Kollegen oder besser: eine anständige Fischmahlzeit aber nicht länger warten lassen.

Kohlschuetter saß an einem Tisch auf dem langen Balkon, der die komplette Außenseite des modernen Glaskastens einnahm, und blickte in die Stadt hinunter. Die Sonne war auch jetzt im September noch so stark, dass die Eiswürfel in seinem Wasserglas nach kurzer Zeit zu schmelzen angefangen hatten. Irgendwo in der Ferne jaulte die Sirene eines Krankenwagens. Ein paar Hunde bellten. Sein Magen knurrte.

Hinter ihm knallte es. Das musste die Eingangstür gewesen sein. Ohne seinen Blick abzuwenden, rief Kohlschuetter: »Es gibt hier keinen Fisch!«

»Woher wussten Sie, dass ich es bin?« Stuhlbeine quietschten.

»Ich bin bei der Kripo.« Kohlschuetter wandte seinem Kollegen das Gesicht zu. »Schon wieder Hunger?«, fragte er breit grinsend, als Bernsen, kaum dass er saß, nach der Speisekarte griff und diese aufmerksam studierte.

»Wirklich kein Fisch?«, jammerte er hinter dem Ledereinband hervor. »Schiet!«

»Sie hatten doch heute schon Ihre tägliche Ration.«

»Und auch keine Bratwürste?«

»Wie wäre es einmal mit etwas vollkommen anderem? Die Thüringer Küche hat durchaus noch einige Facetten mehr als die fünfzehn Zentimeter lange, mittelfeine rohe oder gebrühte Wurst, deren verpflichtende einundfünfzig Prozent an Thüringer Zutaten Sie Ihrem wählerischen norddeutschen Magen so gern zuführen.«

»Schmeckt mir aber nicht.«

»Seit 1404 ist es noch nicht vorgekommen, dass jemandem die Thüringer Spezialitäten nicht schmecken. Auch ich habe in meinem ganzen Leben noch keinen Menschen getroffen, der nicht für unsere Küche schwärmte.«

»Schmeckt mir nicht!«

»Sie könnten es doch wenigstens einmal versuchen.« Die Bedienung war an den Tisch herangetreten, um ihre Bestellung aufzunehmen.

»Ich bin ein Norddeutscher. Wir sind von Natur aus nicht experimentierfreudig«, lamentierte Bernsen hinter der Karte.

»Wenn dem so wäre, hättet ihr als Seemänner auf den sieben Weltmeeren wohl kaum überlebt.« Die junge Dame war schlagfertig, das musste man ihr lassen.

Als Bernsen realisierte, dass es nicht allein Kohlschuetter war, mit dem er da gerade diskutierte, ließ er die Speisekarte fallen und sagte: »Fischstäbchen mit Kartoffelbrei als Männerportion für den Seemann!« Dabei lächelte er, zufrieden darüber, bei den Kindergerichten doch noch etwas Fischiges gefunden zu haben. an. »Und danach ein Stück Donauwelle.«

»Wenigstens etwas, was einen an die Heimat erinnert«, witzelte Kohlschuetter. »Die Welle, meine ich«, ergänzte er, als er Bernsens Stirnrunzeln sah.

Der murmelte so etwas wie: »war nicht witzig«, und schaute demonstrativ über die Balkonbrüstung hinweg in die Ferne.

»Ich hätte gern die Ofenkartoffel und einen kleinen Salat.«

»Und danach den Selterskuchen?« Die Bedienung zwinkerte Kohlschuetter verschwörerisch zu.

»Was ist das denn?«, platzte Bernsen heraus. »Wasser mit Streuseln?«

»Nein, danke«, sagte Kohlschuetter, während er ein Lachen unterdrückte.

Die Bedienung nahm die beiden Speisekarten, blinzelte Kohlschuetter noch einmal zu und verschwand mit einem »Ich dachte mir doch gleich, dass das ein Wessi ist«-Lächeln in die Küche.

»Seltsame Vorlieben habt ihr hier«, konstatierte Bernsen.

»Genau, und deswegen jetzt zu unserem Toten. Was haben Sie herausbekommen?«

»Den Zehn-Uhr-Termin am Freitag bei von Wilden gab es. Das Schätzchen von Sekretärin war in Plauderlaune. Und der Direktor konnte sich auf einmal auch wieder erinnern. So viel zum Code.«

»Um was ging es?«

»Angeblich um eine Spende, eine Million Euro. Zumindest hat das die Sekretärin naiv hineininterpretiert und damit den Schlossdirektor auf ein falsches Pferd gesetzt. Der ist unter dieser Voraussetzung in das Gespräch mit den beiden gegangen und war dann ziemlich sauer, als sich herausstellte, dass die Herren nichts dergleichen im Sinn hatten.«

»Und was wollten sie dann bei ihm?«

»Angeblich nur reden. Er vermutet, dass sie gekommen sind, um ihn zu bewundern, quasi eine Ehrerbietung.«

»Seltsam. Wer macht denn so etwas?«

»Allerdings. Jedenfalls scheint das halbe Schlosspersonal vorher gewusst zu haben, dass dieser vermeintlich großzügige Spender am Freitag auf dem Schloss sein würde.«

»Die Lehmann, von Wilden und wer noch?«

»Die beiden Professoren und natürlich dieser Grosch. Und wer weiß, wo die Sekretärin das noch alles rumgetratscht hatte.«

»Friederike Macheleidt schien davon nichts zu ahnen. Sie hat die beiden Herren um halb elf durch das Museum geführt. Die Macheleidt kam auf den Gedanken, dass die Herren ihr die Hütte ausräumen wollten. Außerdem sollen sie perfekt informiert gewesen sein und quasi über jeden Pups des Fürstenhauses Bescheid gewusst haben.« Dass sie sich offensichtlich in Georg Albert Münster verguckt hatte, verschwieg Kohlschuetter lieber. Die dummen Sprüche seines Kollegen wollte er ihr und sich einfach ersparen.

»Dann hätte Susilein im Hotelzimmer dieses Münster unseren Engelskopf finden können?« Bernsen« grinste.

»So ungefähr.«

»Die Herren machen auf vornehm und schleichen sich als angebliche Gönner ein, mit richtigem Namen noch dazu. Und dann räumen sie die Hütte aus? Das ist doch totaler Quatsch. So blöd ist doch kein Mensch. Außerdem wussten die beiden erst am Freitag, dass sie zum Barockfest gehen werden.«

»Die Herren.« Die Bedienung brachte die dampfenden Teller. »Guten Appetit.«

»Moment, bitte.« Kohlschuetter zog das Bild aus der Jackentasche und zeigte es ihr. »Haben Sie diesen Mann schon einmal gesehen?«

Sie musste nicht lange überlegen. »Ja, der war Freitagmittag und noch mal am Samstagnachmittag hier. Er hat fünf Euro Trinkgeld gegeben.«

»War er allein?«

»Nein, zusammen mit einem anderen Herrn, seinem Lebensgefährten, nehme ich an.«

»Wieso, wie kommen Sie darauf?«

»Nur so ein Gefühl. Die Attraktivsten sind doch immer schwul.«

Kohlschuetter und Bernsen schauten sich betreten an.

Sie lächelte und verschwand in Richtung Kuchenvitrine.

»Schwule Dauergäste, die schöner sind als wir Heteros. Was ist das nur für eine Welt«, sagte Bernsen schmatzend. »Ich gebe den jetzt zur Fahndung raus, wir können dem ja nicht ewig wie einer läufigen Hündin nachlaufen.« Bernsen kramte nach seinem Handy.

Kohlschuetters Blick fiel auf das Foto des Toten, das noch immer neben ihm auf dem Tisch lag. Irgendwie kam ihm dieses Gesicht bekannt vor. Wenn er nur wüsste, woher.

21

Bernsen hatte sich in rasantem Tempo ein Fischstäbchen nach dem anderen einverleibt, als Kohlschuetters Telefon klingelte.

»Herr Professor Kalder, wie schön, Ihre Stimme zu hören.« Kohlschuetter legte sein Besteck zur Seite und beobachtete die junge Bedienung. Nicht ganz sein Fall, aber nicht von schlechten Eltern.

»Nun ja, ach, Herr Kohlschleuder, schön, schön. Nein, Stimmen höre ich noch nicht.« Der Rechtsmediziner kicherte mit hoher Stimme. »Obwohl, das ist ja keine Frage des Alters, nun gut. Wie kann ich Ihnen helfen?«

»Sie hatten *mich* angerufen, Professor.« Kohlschuetter verdrehte die Augen. Wieso konnte der Kalder nicht einfach mit seinem Motorrad durch die Gegend fahren und seiner Assistentin Melanie Anders das Feld überlassen? Die war wenigstens nicht schwerhörig.

Bernsen schaute nur kurz von seinem Kartoffelbrei auf und schüttelte grinsend den Kopf.

»Hatte ich, hatte ich. Aber … Was wollte ich?« Kohlschuetter hörte Papier rascheln. Kalder schien in seinen Akten zu blättern. »Ah, jetzt weiß ich es wieder. Die Leiche von der Heidecksburg. Genau. Was wollen Sie wissen?«

»Alles, Herr Professor, alles, was Sie haben.«

»Nun ja, alles, junger Freund. Wer weiß schon alles?«

Kohlschuetter atmete ungeduldig aus. Er hasste kalte Ofenkartoffeln.

»Ein Mann in den besten Jahren, von dessen Gesicht nicht mehr viel übrig ist, würde ich einmal sagen. Der Sturz hat ihn ganz schön entstellt, nun ja. Und das, obwohl er einmal ein gut aussehender Mann gewesen sein muss, das sagt zumindest die gute Frau Anders.« Er kicherte wieder. »Trümmerbruch der Gesichtsknochen, einige von den Splittern haben Sie ja bereits am Tatort gesehen. Die Knochenbruchstücke durchspießten die Haut von innen heraus.«

Kohlschuetter schob die Reste seiner Ofenkartoffel beiseite.

»Das kommt bei solchen Stürzen häufig vor. Die zerrissene Kopfschwarte auch. Einen Teil seines Gehirns haben wir in seinem Haaren gefunden.«

»Daran ist er gestorben?«

»Nun ja, ich habe noch keinen gesehen, der damit herumgelaufen ist.«

»Keine weitere Gewalteinwirkung? Er könnte nicht bereits tot gewesen sein, als er auf dem Schlosshof landete?«

»Nun ja, nein. Ich dachte, Sie haben ihn tot gefunden.«

»Ja, natürlich. Aber könnte er schon vor dem Sturz gestorben sein?«, wiederholte Kohlschuetter etwas lauter.

»Keinesfalls, die Verletzungen sind eindeutig. Auch die zwei Rippenbrüche stammen von dem Aufprall. Er ist durch diesen Sturz gestorben.«

»Haben Sie sonst noch etwas Auffälliges gefunden?«

»Er war ein athletischer Mann, gut durchtrainiert für sein Alter und kerngesund, ein echtes Bürschchen eben. Aber das war ich vor rund dreißig Jahren auch.«

Das Bürschchen, von dem du da redest, war Mitte fünfzig, dachte Kohlschuetter.

»Aber nun ja, na ja, etwas komisch ist das schon.«

»Was?«

»Die Narben im Bauchraum, schon etwas älter, aber nicht alltäglich.«

»Ich verstehe nicht.«

»Die Narben«, schrie der Professor in Kohlschuetters Ohr, »die Narben im Bauchraum. Sie stammen von einem Messer und sehen aus, als hätte ein Messerwerfer versucht, seine Milz zu treffen.« Die Stimme des Rechtsmediziners war mit jedem Wort lauter geworden. »Haben Sie mich jetzt verstanden?«

»*Ich* bin nicht schwerhörig«, antwortete Kohlschuetter gelassen. Er hielt das Telefon inzwischen nicht mehr ans Ohr, sondern auf Brusthöhe vor seinen Mund. Bernsen zog sich den Teller mit der Ofenkartoffel rüber.

»Nun ja, ich dachte schon. Das ist ja keine Frage des Alters«, krächzte es aus dem Lautsprecher. »Es war übrigens ein guter Messerwerfer, seine Milz ist raus.«

»Wie lange wird das her sein?«

»Nun ja, schwer zu sagen. Die Narben sind gut verheilt. Einige Jahre bestimmt. Ach, und ein wenig Blutalkohol, aber unerheblich. Das lag wohl an dem Champagner, den wir in seinem Magen gefunden haben. Die anderen toxikologischen Untersuchungen muss ich noch machen. Ich bin ja so schon schneller, als die Polizei erlaubt.« Er kicherte wieder.

Kohlschuetter lehnte sich zurück und schaute in den blauen Himmel. Ein paar dünne Wolken schoben sich langsam von links nach rechts.

»Ich war ja noch nie auf dem Barockfest. Erzählen Sie mal. Wie war es denn?«

»Keine Ahnung. Wir kommen immer erst, wenn es zu spät ist.«

»Aber junger Freund, bei einem solchen Ereignis kommt man doch nicht zu spät. Ein so feines Fest, mit Lachshäppchen. Sein ganzer Magen war voll davon.«

»Wann ist er genau gestorben?«

»Nun ja, so zwischen ein und zwei Uhr, schätze ich. Um die Zeit muss es bei Ihnen furchtbar geschüttet haben. Der arme Kerl war ja vollkommen durchnässt. Hier in Jena hat es überhaupt nicht geregnet, obwohl es dringend nötig wäre.«

Kohlschuetter, der keine Lust auf den Wetterbericht des Professors hatte, wollte nicht unhöflich erscheinen, also antwortete er nichts darauf.

»Nun ja, mehr weiß ich jetzt auch nicht. Viel Glück bei Ihren Ermittlungen. Ist sicher nicht leicht, ohne nachgewiesene Fremdeinwirkung. Man kann ja auch einfach mal so aus dem Fenster fallen.«

»Ich weiß. Derartige Tötungsdelikte kommen eher selten vor.«

»Jeden Tag stirbt jemand.«

»Weil er aus dem Fenster stürzt oder gestoßen wird?«

»Nun ja, nein. Da habe ich Sie wohl nicht richtig verstanden.«

»Kein Problem, Professor. Wenn Sie noch etwas für uns haben, melden Sie sich bitte.«

»Ich bin in Jena gemeldet, Zwätzengasse. Auf Wiederhören!«

Kohlschuetter stöhnte laut und legte auf. Der Professor war wirklich speziell, aber immer hilfreich, das musste man ihm lassen. Genau wie Bernsen, vor allem, wenn es um Restebeseitigung ging. Der Teller war bis auf das letzte Salatblatt leer, sein Kollege hatte offensichtlich kein Problem mit kalten Kartoffeln. Nun kaute er an der Donauwelle, die ihm gerade gebracht worden war.

»Lassen Sie mich raten: Verletzungen nur vom Sturz, keine Krankheiten, nicht betrunken, keine Hinweise auf einen aktuellen Kampf und bei dem Körperbau schon überhaupt nicht ohne Gegenwehr.«

»Der Kandidat hat hundert Punkte. Dafür fehlt die Milz. So, wie ich den Kalder verstanden habe, als Ergebnis einer Messerstecherei.«

»Die war nicht zufällig letzten Samstag? Bitte tun Sie mir den Gefallen. Ich bin ein kränkelnder alternder Polizist kurz vor der Pensionierung und wünsche mir nichts sehnlicher.«

»Vergessen Sie's, montags erfülle ich grundsätzlich keine Wünsche. Die Narben sind alt. Und wir wissen genauso viel wie vorher.«

»Dann müssen wir jetzt noch mal bei den Bundis anrufen. Irgendetwas muss an dem Typ doch dran sein. Wollen wir knobeln, wer das macht?«

»Da wir auf eine freundliche Behandlung hoffen, muss ich das wohl übernehmen.«

»Ein Thüringer, ein Wort!«

22

Die beiden Kommissare liefen durch das Nordtor hinaus zum Parkplatz, als ihnen ein grauer Kastenwagen der »Rudolstädter Putzteufel« entgegenkam. Bernsen blieb an der schmalsten Stelle zwischen Nordflügel und den Remisen stehen und bedeutete der Fahrerin, dass sie anhalten sollte.

Die junge Frau stoppte und kurbelte das Fenster hinunter. »Hab ich hier falsch gemacht?«, fragte sie mit osteuropäischem Akzent.

»Nee, wie kommen Sie darauf?« Bernsen lehnte sich an die Fahrertür.

Kohlschuetter genoss den Anblick der dunkelhaarigen Schönheit, die er auf höchstens fünfunddreißig Jahre schätzte.

»Sie von Polizei und mich anhalten.« Sie schob eine Haarsträhne unter ihr geblümtes Kopftuch. »Ich sehen sofort.«

Bernsen fragte: »Sind Sie für die Reinigung des Schlosses zuständig?«

Die junge Frau schaute ihre Beifahrerin an, eine Blondine, etwa im selben Alter. Dann prusteten beide los. »Polizei meint, wir putzen über dreihundertsechzig Zimmer allein«, jauchzte sie.

»Jetzt krieg dich mal wieder ein, Täubchen. Wer ist bei euch Putzteufeln der Chef? Seid ihr die einzige Firma, die hier putzt, und wer hat nach dem Barockfest den Rokokosaal gewienert?« Bernsen zeigte sich von seiner besten Seite.

»Ich bin Chefin und zehn Frauen. Ja, guter Auftrag für uns. Ich verstehe nicht. Was ist ›gewienert‹?«

»Putzen«, mischte sich Kohlschuetter ein.

»Gut, wir beide, Nancy und ich, war nicht schlimm. Leute anständig.«

»Nancy wer?«

»Kaminski«, tönte die Kollegin vom Nachbarsitz.

»Und Sie heißen?«

»Nada Babic.«

»Gut, dann müssen wir uns einmal unterhalten. Bitte steigen

Sie aus«, forderte Bernsen die beiden Damen in etwas zu scharfem Ton auf.

»Wir verhaftet, Nancy. Ich gleich gewusst«, wisperte Nada Babic. Sie öffnete die Autotür und sprang heraus.

Kohlschuetter musterte sie von oben bis unten. Dabei bemühte er sich nicht einmal, sein Wohlgefallen zu verbergen.

Nancy stieß ihre Chefin schmunzelnd an. Doch die suchte in ihrer Handtasche verzweifelt nach den Fahrzeugpapieren. »Ich Papiere hier drin. Scheiß!«

»Wir sind nicht von der Verkehrspolizei«, brummte Kohlschuetter mit einer sonoren Stimme, die Nancy zu gefallen schien. Sie flirtete ihn ungeniert an. »Wir sind von der Mordkommission.«

Pause.

Kohlschuetter wusste, was bei den Frauen wirkte.

Nancy entfleuchte ein »Geil!«, während Nada erschrocken ausrief: »Du lieber Güte. Jetzt wir auch noch Mörder.«

»Nein, nein«, beschwichtigte Kohlschuetter sie. »Wir hätten nur ein paar Fragen zu Samstagnacht. Ist Ihnen da etwas Besonderes aufgefallen?«

Beide Frauen zuckten mit den Schultern, wobei Nancy den jungen Kommissar anhimmelte, während dieser versuchte, Nadas Aufmerksamkeit zu erhaschen.

»Es war alles wie immer«, erklärte Nancy gelassen. »Wir kommen, wenn die Party vorbei ist. Leeren die Mülleimer, wischen den Boden, die Toiletten, na, Sie wissen schon.« Sie kramte eine Zigarette aus ihrer Minihandtasche und schaute in die Runde. »Hat einer der Herren vielleicht Feuer?«

»Polizisten rauchen nicht«, antwortete Bernsen, der nicht mitbekommen hatte, dass sie nur nach einem Grund suchte, um etwas näher an Kohlschuetter heranzurücken. Der hatte aber ausschließlich Augen für Nada Babic und überließ Bernsen die Befragung.

»Wann sind Sie hier gewesen?«

»Wir waren für ein Uhr bestellt. Um die Zeit endet das Fest.«

»Wie lange haben Sie gearbeitet?«

»Zwei Stunden. Die Gäste dürfen ja nicht in das gesamte Schloss.«

»Wo haben Sie angefangen?«

»Im Rokokosaal, dann Toiletten, Gänge und Treppen. Ist immer die Folge.« Nada hatte die Papiere gefunden und hielt sie Bernsen strahlend unter die Nase.

»Ist Ihnen dabei irgendjemand aufgefallen? Oder haben Sie etwas gehört, ein Geräusch, vielleicht einen Schrei?«

Nancy starrte Kohlschuetter an.

Nada überlegte. Nach einer Weile sagte sie: »Nein, alles ruhig. Niemand mehr da. Wachmänner auch weg.«

»Sie haben einen Schlüssel?«

»Ja, für Westflügel.«

»Und Sie haben alles gut wieder abgeschlossen?«

»Was glauben Sie denn von Putzteufeln?« Nadas Augen begannen zu funkeln. Ihre Stimme bekam etwas Keifendes. »Wir anständiges Firma.«

»Wir haben nichts anderes vermutet, Frau Babic. Beruhigen Sie sich.« Kohlschuetter war offensichtlich wieder in der Lage, sich auf das Gespräch zu konzentrieren. »Wir möchten nur wissen, ob etwas anders war als sonst.«

»Eines vielleicht. Ich weiß aber nicht, ob das wichtig ist«, mischte sich Nancy mit pflichtschuldiger Miene ein.

»Bei einem Mord ist alles wichtig!«, belehrte Bernsen sie.

»Ein Fenster stand offen.«

»Wo?«, fragten die Kommissare wie aus einem Munde.

»Im zweiten Obergeschoss, auf dem Flur neben dem Musikantenbalkon des Rokokosaals, ganz hinten. Als wir die Treppen gewischt haben, schlug die Tür durch den Durchzug ins Schloss. Wir haben nachgesehen und es zugemacht.«

»Sie haben *was*?« Wieder sprachen die beiden Kommissare im Duett.

»Es hat in Strömen geregnet, und außerdem sind wir angehalten, die Sicherheitsmaßnahmen zu beachten«, antwortete Nancy, als müsste sie sich für einen Fehler rechtfertigen.

»Ja, nein, das war schon richtig so«, beschwichtigte Kohlschuetter sie. »Ist Ihnen dabei etwas aufgefallen? Haben Sie aus dem Fenster geguckt?«

»Nein, es war eine dunkle Nacht und dann der Regen. Der Fußboden vor dem Fenster war schon ganz nass.«

»Sie haben ihn doch nicht etwa gewischt?«, polterte Bernsen harsch. Es hätte Kohlschuetter nicht gewundert, wenn er ein »Sie dumme Kuh« nachgeschoben hätte.

»Hallo?« Nancy wurde sauer. »Vielleicht ist das unsere Aufgabe, schon mal darüber nachgedacht?«

»So ein Schiet!« Bernsen stampfte mit dem Fuß auf. »Tragen Sie Handschuhe beim Putzen?«

»Wir machen immer ohne. Ist besser zu arbeiten«, mischte sich Nada ein.

»Das darf doch wohl nicht –«

Kohlschuetter hielt seinen Kollegen zurück. »Frau Babic, Frau Kaminski, dürften wir bitte Ihre Fingerabdrücke nehmen?«

»Jetzt wir doch Mörder?«

»Nein, nur zwei übergenaue Putzen, die uns die Spuren versaut haben«, knurrte Bernsen.

Etwa eine Stunde später waren die beiden Kommissare zurück im Büro. Bernsen hatte sich noch immer nicht beruhigt. Mit einer schnellen Armbewegung stieß er den leeren Pizzakarton von seinem Schreibtisch. Ein paar Servietten mit dem Nordseelogo flatterten hinterher.

»Sie könnten Ihren Saustall ruhig mal aufräumen.« Kohlschuetter setzte sich an seinen Schreibtisch. Vor ihm lagen die persönlichen Sachen aus der Brieftasche des Opfers. Mürrisch griff er nach dem Truppenausweis und betrachtete ihn von allen Seiten.

»Ein Oberst, stationiert in Torgelow in Mecklenburg-Vorpommern, Panzergrenadierbrigade 41«, murmelte er. Mit zwei Klicks spuckte sein Computer die Telefonnummer der Kaserne aus, die er gestern schon vergeblich angerufen hatte.

»Wie meinen?«

»Ach, nichts.«

Bernsen zuckte desinteressiert mit den Schultern. »Aufräumen. Aufräumen. Vielleicht soll ich auch noch putzen, was? Den Boden wischen?« Er trat gegen seinen Schreibtischstuhl, der wegrollte und erst an einem der Aktenschränke zum Halten kam.

»Kollege, es scheint Kalder zufolge keinen Kampf gegeben zu haben, meinen Sie wirklich, der Mörder könnte trotzdem irgendwelche verwertbaren Spuren am Tatort hinterlassen haben? Da wäre an der Kleidung des Opfers sicher mehr zu finden als am Boden vor dem Fenster.«

»Die Putze macht den Fall noch komplizierter.« Der Schreibtisch bekam ebenfalls einen Tritt.

»Unsinn. Da kann die Frau doch nichts dafür.«

»Ich bringe Susi die Fingerabdrücke. Vielleicht hat sie ja inzwischen irgendwas für uns analysiert, was nicht dem Pril anheimgefallen ist.«

»Dem Fit, Kollege. Wir befinden uns diesseits der Grenze.«

»Halten Sie die Klappe!« Die Tür fiel lautstark hinter Bernsen ins Schloss. »Wenn schon, dann *jenseits* der Grenze«, grölte er durch den Flur.

Kohlschuetter wählte die Nummer der Ferdinand-von-Schill-Kaserne in Torgelow. Nach kurzem Klingeln meldete sich eine Frau. Ihre Stimme klang norddeutsch und ein bisschen wie die Telefonseelsorge, freundlich, offen, mit viel Herz und irgendwie bemüht, den Anrufer nicht aus der Leitung zu lassen. Kohlschuetter rasselte sein Sprüchlein herunter und bat darum, zum Kommandeur durchgestellt zu werden. Nach einem gefühlt zehnminütigen Werbejingle für das Dienen im Heer klackte es in der Leitung, und jemand nahm den Hörer ab.

»Von Klaaßen.«

»Kohlschuetter, Kripo Erfurt. Sind Sie der Chef der Panzergrenadierbrigade 41?«

»Brigadegeneral von Klaaßen, richtig.«

»Ich rufe wegen Oberst Georg Albert Münster an. Er ist bei Ihnen in Torgelow stationiert.«

»Er *war* in Torgelow stationiert, als Stabschef der Panzergrenadierbrigade. Wir sind vor zwei Wochen nach Neubrandenburg umgezogen, Tollense-Kaserne. Da sind Sie jetzt auch rausgekommen. Mit der Bundeswehrreform sind die Tage der schweren Kampfpanzer in Torgelow gezählt.«

Der Kommandeur klang spröde, aber nicht unfreundlich.

»Na ja, ich habe Sie ja gefunden.« Kohlschuetter räusperte sich und sagte: »Ich muss Ihnen leider mitteilen, dass Oberst Münster in der Nacht von Sonnabend auf Sonntag in Rudolstadt zu Tode gekommen ist. Er ist aus einem Fenster der Heidecksburg gestürzt, höchstwahrscheinlich wurde er ermordet, zumindest können wir es nicht ausschließen. Können Sie mir sagen, ob er in Thüringen im Urlaub war?«

»Nein. Er war beim Umzug nach Neubrandenburg bereits nicht mehr bei der Truppe. Oberst Münster ist seit einem halben Jahr pensioniert.«

»Muss man seinen Ausweis da nicht abgeben?«

»Na ja, sollte man schon. Aber vielleicht hat in diesem Fall die Sentimentalität gesiegt. Außerdem dürfte das Dokument ja abgelaufen sein.«

Kohlschuetter betrachtete den Ausweis. Der Kommandeur hatte recht. »Wie lange war er in Torgelow stationiert?«

»Als Stabschef der Panzergrenadierbrigade zwei Jahre.«

»Kannten Sie ihn persönlich?« Kohlschuetter schoss nun eine Frage nach der anderen ab.

»Nein. Wir haben uns erst bei seiner Verabschiedung kennengelernt.«

»Sagt Ihnen der Name Claus Ferdinand von Wasenburg etwas?«

»Oberstleutnant des Panzerbataillons 413.«

»In Neubrandenburg?«

»Nein, nach wie vor in der Ferdinand-von-Schill-Kaserne Torgelow. Bis Ende des Jahres wird aus dem Panzerbataillon 413 aber das Jägerbataillon 413. Wie gesagt, die Zeit der Panzer in der Ueckermünder Heide ist vorbei. Von Wasenburg ist ebenfalls seit einem halben Jahr außer Dienst.«

»Also waren beide in der gleichen Einheit?« Damit hatte Kohlschuetter nicht gerechnet.

»Nein, in der gleichen Brigade. Oberst Münster diente in der Stabskompanie und Oberstleutnant von Wasenburg im Panzerbataillon. Brigaden bestehen aus mehreren Bataillonen, und Bataillone gliedern sich in Einheiten.« Die Stimme des Kommandeurs hatte sich nicht verändert. Nur Kohlschuetter kam sich ziemlich blöd vor bei seinem Anfängerkurs Bundeswehr.

»Haben Sie Oberstleutnant von Wasenburg persönlich kennengelernt?«

»Leider nein, auch vor meiner Zeit. Aber beide hatten einen ausgezeichneten Ruf. Sehr bedauerlich, die Sache mit Oberst

Münster. Natürlich werde ich das melden. Ich denke aber, wir können Ihnen hier nicht weiterhelfen.«

»Einen Moment noch, bitte. Wird Ihre Panzergrenadierbrigade im Ausland eingesetzt?«

»Ja, natürlich. Beide Kameraden waren häufig im Ausland, ohne besondere Vorkommnisse. Darauf zielte doch Ihre Frage ab?«

Kohlschuetter wusste selbst nicht, warum er das wissen wollte. Aber irgendetwas sagte ihm, dass er das Mordmotiv nicht nur im Umfeld des Schlosses suchen sollte. Münsters und von Wasenburgs Karriere bei der Bundeswehr war immerhin ein Ansatzpunkt.

»Ja, darauf wollte ich hinaus. Eine Frage hätte ich außerdem noch. War einer der beiden Herren Millionär?«

Der Kommandant lachte dunkel. »Da kann ich Ihnen leider nicht helfen, tut mir leid. Beide Herren haben Jura studiert, aber ob sie so vermögend waren, das weiß ich nicht. Allerdings gibt es einen Menschen, der Ihnen das im Fall von Oberst Münster vielleicht beantworten könnte. Pauline Prinzessin zur Lippe. Sie war viele Jahre an seiner Seite.«

»Seine Freundin?«

»Nein, seine Sekretärin.«

»Arbeitet die Dame noch bei Ihnen?«

»Nein, sie ist vor zwei Wochen in den Ruhestand gegangen. Sie wohnt in Berlin. Viel Erfolg!«

Kohlschuetter bedankte sich und legte auf.

»Prinzessin zur Lippe. Du große Güte, was für ein Fall«, nuschelte er, während er sich an den Zwischenbericht machte. »Und wirklich schlauer bin ich jetzt auch nicht.«

Etwa eine halbe Stunde später, er polierte gerade gedankenverloren einen Granny Smith an seinem T-Shirt, stieß Bernsen die Bürotür auf.

»Können Sie nicht einen deutschen Apfel essen? Immer diese Importscheiße!« Seine Laune schien sich nicht gebessert zu haben. Wütend warf er schon von Weitem sein Mobiltelefon auf den Schreibtisch.

Kohlschuetter hielt inne und schaute auf den glänzenden Apfel. Dann auf seinen mürrischen Kollegen. »Na, welche Sorte wird denn im Alten Land angebaut?«

Während Bernsen zu seinem Schreibtisch ging, predigte er: »Holsteiner Cox, Elstar, Braeburn …« Abrupt hielt er inne. Offensichtlich suchte er nach seinem Schreibtischstuhl. Die Hand zur Faust geballt, schaute er sich um, fand das gute Stück am Aktenschrank, schimpfte wieder und zog das abgewetzte Sitzmöbel mit Schwung zu sich heran. Die Federn quietschten, als er sich unsanft darauf niederließ.

Kohlschuetter biss kraftvoll in den Fruchtimport. Der Saft spritzte über den Schreibtisch, und Bernsen wischte sich demonstrativ das linke Auge, obwohl der Apfelsaft niemals die Zwei-Meter-Marke übersprungen haben konnte.

»Was sagt die Spusi?«

»Ach, hören Sie mir bloß mit denen auf. Die haben nichts, überhaupt nichts. Das Einzige, was die mir sagen konnten, war, dass einer der Fingerabdrücke vom Fensterknauf nunmehr erwartungsgemäß von Nancy Kaminski stammt. Als ob wir das nicht längst wussten! Schiet!«

»Na super. Und wir beide haben keine Ahnung, warum in Gottes Namen sie diesen Münster aus dem Fenster geworfen hat«, sagte Kohlschuetter sarkastisch.

Griesgrämig beäugte Bernsen den Apfel. »Das ist doch Blödsinn«, murrte er. »Aber sicherheitshalber lasse ich den Putzteufel durch unseren Computer laufen. Und mit ihr reden sollten wir auch noch mal.«

»Hat Susi sonst noch etwas gesagt?«

»Nee, nur dass sie im Hotelbett unserer Leiche unterschiedliche Haare gefunden hat«, nuschelte Bernsen.

»Nein!«, rief Kohlschuetter mit gespielter Empörung. »Lassen Sie mich raten. Die einen waren von Münster und die anderen von jemandem mit flachsblonden strohigen Naturlocken?« Er biss herzhaft in seinen Apfel.

»Konnte doch nicht ahnen, dass die das merken«, knurrte Bernsen. »Und was heißt überhaupt strohig?«

Kohlschuetters klingelnder Dienstapparat unterbrach die Unterhaltung. Schnell schluckte er ein unzerkautes Stückchen Apfel hinunter, wischte sich einmal mit dem Handrücken über den Mund, als könnte der Anrufer ihn sehen, und hob den Hörer ab.

»Kohlschuetter.«

»Polizeiinspektion Rudolstadt. Meier. Wir haben gerade Ihre Fahndungsmeldung hereinbekommen.«

»Und?«

»Vor etwa einer Stunde war der gesuchte Claus Ferdinand von Wasenburg bei uns und hat seinen Freund als vermisst gemeldet.«

»Georg Albert Münster?«

»Ja.«

»Welche Adresse hat von Wasenburg angegeben?«

»Hotel Adler in Rudolstadt.«

»Das gibt es doch nicht. Danke, Kollege. Sie haben uns sehr geholfen.« Der Hörer flog auf die Gabel. »Auf nach Rudolstadt, Kollege, Ihre Fahndung war erfolgreich.«

Bernsens blonder Wuschelkopf schnellte nach oben. »Ich hatte es im Urin.« Ein breites Grinsen überzog sein vom Wetter gegerbtes Gesicht. »Polizistenurin lügt nicht.«

Kohlschuetter schüttelte sich. »Gott schütze uns vor Sturm und Wind und Männern, die wie Bernsen sind«, lamentierte er und griff nach den Autoschlüsseln.

23

Claus Ferdinand von Wasenburg saß auf der Terrasse des Hotels Adler und wartete. Gleich nach dem Anruf eines Herrn Kohlschuetter von der Kriminalpolizei hatte er sein Zimmer verlassen und draußen an einem der freien Tische Platz genommen, in der Hoffnung, so schnell wie möglich etwas Neues von seinem Freund Georg Albert zu erfahren. Um ihn herum gingen die Menschen all den Dingen nach, die man an einem Montagnachmittag so tat. Die goldene Herbstsonne hatte das Interesse am Eiscafé nebenan in die Höhe schnellen lassen. Im gegenüberliegenden Friseursalon trat soeben eine korpulente Dame aus der Tür, die es mit der roten Farbe ihrer Haare etwas zu gut gemeint hatte. Eilig wandte sie sich nach rechts, stoppte abrupt vor einem großen Schaufenster, prüfte eingehend den Sitz ihrer Frisur und stakste dann in Richtung der Post davon. Vor der Touristeninformation auf der anderen Seite des Marktes gestikulierten ein paar Senioren wild über einem ausgebreiteten Stadtplan, und nur wenige Meter weiter, direkt unter dem Erker des Rathauses, tobte sich eine Schulklasse die von der Lehrerin auferlegte Führung durch die Rudolstädter Stadtverwaltung aus dem Leib. Von Wasenburg bemerkte von all dem nichts. Für ihn stand die Zeit still. Nur ab und zu schaute er auf, ließ seinen leeren Blick ziellos umherwandern, um ihn kurz darauf wieder zu senken. Dann griff er nach der Speisekarte, blätterte darin und legte sie kurz darauf unverrichteter Dinge wieder zurück. Die Bedienung, die anfangs noch damit rechnen durfte, wenigstens ein Getränk servieren zu können, hatte längst entnervt aufgegeben.

»Herr von Wasenburg?« Kohlschuetter, dem der stattliche Mann schon von Weitem aufgefallen war, trat an den Tisch.

»Ja!« Von Wasenburg blinzelte gegen die Sonne, sprang aber sofort auf, um die Kommissare höflich zu begrüßen.

Bernsen musterte ihn ungeniert. So sah also ein Mann aus, auf den die Weiber flogen. Nun gut, wenn gefühlte zwei Meter, perfekt gescheitelte silbergraue Haare, ein sportlich durchtrainierter und wohlgebräunter Körper, vortreffliche Manieren und ein formvollendetes Auftreten das Kriterium waren. Und natürlich die Kleidung. Ein leichtes Sommersakko in der Farbe der Saison, dessen linke Brusthälfte ein seidiges Einstecktuch zierte, dessen Ton wiederum von der baumwollenen Chinohose aufgegriffen wurde. Dazu trug von Wasenburg braune Slipper, deren kleine silberne Zierschnallen beim genauen Hinsehen die Initialen CFW erkennen ließen. Bitte schön, wenn die Frauen auf das alles standen. Bei diesen Gedanken umspielten ein paar tiefe Neidfalten Bernsens Mundwinkel.

»Kohlschuetter mein Name, Kripo Erfurt, und das ist mein Kollege Bernsen. Sie haben eine Vermisstenanzeige aufgegeben?«

»Setzen Sie sich doch bitte. Darf ich Ihnen eine Tasse Kaffee bestellen?« Von Wasenburg winkte eine junge Dame heran, die am Eingang des Restaurants auf Gäste zu warten schien.

»Ein Wasser, vielen Dank.«

»Und einen Schwatten«, orderte Bernsen.

»Was bitte?« Die Bedienung schaute irritiert.

»Einen schwachen Kaffee mit Zucker und zwei Zentiliter Korn pro Tasse – eine norddeutsche Spezialität«, klärte von Wasenburg sie auf.

Bernsen wippte zufrieden mit dem Oberkörper.

»Und für mich bitte einen Türkischen Kaffee und eine große Flasche Wasser, wenn Sie so freundlich wären.« Von Wasenburg lächelte die junge Dame an, sodass sie überhaupt nicht anders konnte, als freundlich zu sein. Nachdem sie sich vom Tisch entfernt hatte, sagte er: »Wissen Sie, wo sich mein Freund aufhält?«

»In der Tiefk–« Bernsen bekam unter dem Tisch einen energischen Tritt, der sich noch tagelang als blauer Fleck auf seinem dürren Schienbein abzeichnen würde.

»Es tut mir sehr leid. Aber wir haben Herrn Münster am Sonntagmorgen tot auf der Heidecksburg gefunden. Es gibt Grund zu der Annahme, dass er gewaltsam aus dem Fenster gestoßen wurde.« Kohlschuetter hatte die deutlich passenderen Worte gefunden.

Von Wasenburg zeigte keine Regung. Er atmete ruhig und gleichmäßig. »Wie kann ich Ihnen behilflich sein, den Mörder zu finden?« Nicht einmal seine Stimme verriet, was gerade in ihm vorging.

»Wenn Sie uns zunächst einmal erzählen könnten, warum Sie in der Stadt sind«, bat Kohlschuetter.

Bernsen schaute von Wasenburg unverwandt an. Er ärgerte sich immer noch darüber, dass die Weiber auf sein Gegenüber flogen, eine Anziehung, die ihm vollkommen unbegreiflich war. Doch dann staunte er über diesen Mann. Ein solches Maß an Selbstbeherrschung hatte er noch nie erlebt. Allerdings gelang es ihm nicht, von Wasenburgs Benehmen eindeutig einzuordnen. Entweder hatten sie es hier mit einem trauernden Freund und Kollegen zu tun, dessen Erziehung und militärischer Drill ihm jegliches Zurschaustellen seiner Emotionen verboten, oder der Mann war ein kalter Fisch.

»Wir hatten am Freitag, 1000, einen Termin bei Herrn Dr. von Wilden, dem Direktor der Heidecksburg.«

»Und warum?«, fragte Bernsen.

»Georg suchte den Kontakt zum Schloss.« Von Wasenburg lehnte sich zurück und nickte der Bedienung, die den Türkischen vor ihm abgestellt hatte, freundlich zu. »Es war ihm sehr wichtig.«

»Meister, Klartext. Niemand sucht einfach so Kontakt zu einem Schloss.« Bernsen schlürfte den Schwatten.

»Georg schon.« Von Wasenburg schaute die Kommissare mit durchdringendem Blick an. Als die keine Miene verzogen, fügte er hinzu: »Sie wissen es also nicht?«

»Ja, Himmel, Arsch und Zwirn, jetzt spucken Sie es schon aus!«, blaffte Bernsen ihn an.

Von Wasenburg zeigte sich angesichts dieser saloppen Umgangsformen in keiner Weise irritiert. Er antwortete schlicht: »Georg Albert Münster ist der Ururenkel von Mathilde Oppel.«

»Und? Jeder hat eine Ururgroßmutter. Das haut mich nicht um.«

»Mathilde hatte eine Tochter, Frieda Gertrud, Georgs Urgroßmutter. Sie ist die einzige Nachfahrin des Fürsten Georg Albert von Schwarzburg-Rudolstadt aus seiner illegitimen Verbindung mit besagter Mathilde Oppel, der Tochter des fürstlichen Tiergärtners.«

Der Kaffeelöffel flog auf die Untertasse. »Alter Schwede! Jetzt kippe ich aber gleich aus den Pantinen!«

»Frieda hat das Go«, stellte Kohlschuetter gedehnt fest. »Jetzt verstehe ich.«

Claus Ferdinand von Wasenburg nickte leicht. »Sie kennen unseren Decknamen für die Aktion?«

Kohlschuetter bejahte. »Die Geschichte würde mich aber einmal genauer interessieren.«

»Darf ich dazu etwas ausholen? Ich denke, es ist im Interesse meines Freundes Georg, dass Sie die Hintergründe erfahren.«

Kohlschuetter beugte sich interessiert nach vorn und nippte an seinem Wasser. Bernsen schwang die Beine auf den leeren Nachbarstuhl und ruckelte sich zurecht, bis er bequem saß. Schließlich konnte das hier länger dauern.

»Georg Albert von Schwarzburg-Rudolstadt wurde 1838«, von Wasenburgs Blick fiel auf die Heidecksburg, die sich majestätisch über den Häuserzeilen der Töpfergasse erhob, »hier auf dem Schloss geboren, eigentlich nicht als Thronfolger. Doch der Tod des Erbprinzen, seines Cousins Friedrich Günther Leopold, versetzte der schwarzburgischen Erbfolgeregelung gemäß den Bruder des regierenden Fürsten, also Georgs Vater und damit irgendwann Georg selbst, in die Regierungsnachfolge. So geschehen 1869. Der schönste Fürst, den die Rudolstädter je hatten, übernahm die Regierung.« Von Wasenburg räusperte sich. »Natürlich ist dieses Empfinden rein subjektiv, aber wenn Sie meinen Freund Georg gesehen hätten, der seinem Ururgroßvater fast wie aus dem Gesicht geschnitten war, glauben Sie diese Überlieferungen.«

»Er war der vorletzte Fürst in den Reihen der Schwarzburg-Rudolstädter«, murmelte Kohlschuetter. »Das zweite Bild von rechts.«

»Kollege, Suaheli versteht hier am Tisch niemand.« Bernsen veränderte ungeduldig die Beinstellung.

»Ich schon. Aber das spielt keine Rolle.« Von Wasenburg rückte seine Krawatte zurecht.

Bernsen rümpfte die Nase und verteilte missbilligende Blicke.

»Ich spreche von der Ahnengalerie in Grolschs Vereinszimmer im Saalfelder Schokoladenwerk. Das zweite Porträt von rechts zeigt den vorletzten Fürsten, Münsters Urahn. Als Susi mir das Foto von Herrn Münster brachte, kam mir sein Gesicht bekannt vor, aber ich wusste nicht, woher. Warum bin ich bloß nicht gleich darauf gekommen? Die Ähnlichkeit ist … verblüffend.«

»Ja, ich weiß.« Von Wasenburg trank hastig ein paar Schlucke. »Jedenfalls, Georgs Ururgroßvater war ein sehr beliebter und moderner Fürst. Sein Fürstentum hatte ihm viel zu verdanken. Aus diesem Grund ignorierte man vielleicht auch seine Eskapaden mit dem weiblichen Geschlecht. In den Akten im Schlossarchiv finden sich so einige Andeutungen über die Beziehungen des Fürsten zu nicht ganz standesgemäßen Damen.«

»Ich vermute, Mathilde Oppel gehörte dazu«, stellte Kohlschuetter fest.

»Richtig. Die Tochter des fürstlichen Tiergärtners aus der sogenannten Oppelei, dem direkt an der Schwarza gelegenen alpenländischen Haus zwischen Blankenburg und Schwarzburg, das nach der Affäre nur noch ›Schweizerhaus‹ genannt werden durfte. In den Zimmern des Fürsten, in denen die beiden ihre Schäferstündchen abgehalten haben, bekommen Sie heute ausgezeichnete Thüringer Küche serviert. Wie dem auch sei, nach dreizehn Jahren gipfelte das Verhältnis 1883 in einer Tochter – Frieda Gertrud.«

Bernsen verschränkte die Arme vor der Brust. »Damals gab es eben noch keinen Fernseher. Was sollten die auch sonst machen?«

Von Wasenburg ließ sich von diesem Einwurf nicht stören. »Mit der Schwangerschaft kam es dann zum Zerwürfnis zwischen den beiden Liebenden.«

»Klaro, der Kerl wollte die Biege machen.«

»Kollege, jetzt lassen Sie ihn doch bitte einmal ausreden!«

Von Wasenburg wandte sich Kohlschuetter zu und schlug dankbar die Augenlider nieder. Nachdem er wieder zum Wasser gegriffen hatte, erzählte er weiter. »Ganz im Gegenteil. Der Fürst wollte die Beziehung aufrechterhalten. Doch Mathilde scheute sich vor der Schande eines unehelichen Kindes und suchte nach einem Vater. Den fand sie in Karl Münster, einem Lokomotivführer aus Wenigenjena, den sie 1886 auch heiratete. Der ließ die 1883 geborene kleine Frieda Gertrud dann als ehelich erklären.«

»Münster«, brummte Bernsen. »Da kommt doch keiner auf eine Verbindung zu dem Fürstenhaus.«

»Normalerweise nicht, nein. Ich bin da nach den vielen Jahren unserer Freundschaft vielleicht etwas zu sensibel und denke, allein die Ähnlichkeit, die beiden Vornamen und etwas Kenntnis der Regionalgeschichte …« Von Wasenburg bedeutete der Bedienung, dass er noch einen Wunsch hatte.

»Da haben Sie wohl recht. Ich bin mir auch ziemlich sicher, dass es einigen Mitarbeitern des Schlosses tatsächlich so ergangen ist«, sagte Kohlschuetter. »Allerdings hat uns keiner ein Wort davon gesagt.«

»Ich hätte gern einen Cherry und noch eine Flasche Wasser.« Von Wasenburg schaute auf die beiden Kommissare. »Und die Herren?«

»Thüringer Waldquell, medium.«

»Pizza Tonno und eine Cola. Coca-Cola, und nicht das heimische Gebräu.«

»Vielleicht wussten sie es ja wirklich nicht. Wir dürfen nicht zu viel Interesse an Georgs Person voraussetzen«, fuhr von Wasenburg fort.

»Aber wenn einer eine Million Euro spenden will, dann fragt man doch, warum«, stellte Bernsen fest.

Von Wasenburg neigte den silbrig glänzenden Kopf zur Seite. »Wieso eine Million? Wo sollte Georg denn eine Million herhaben?«

»Von Wilden sagte uns so etwas«, erklärte Kohlschuetter. »Der Termin am Freitag drehte sich doch um die Spende, oder nicht?«

»Von einer Spende war nie die Rede. Übrigens auch nicht von Georgs Stammbaum. Wenn ich es mir recht überlege, gab es überhaupt kein richtiges Gespräch. Wir wurden nach fünf Minuten unsanft hinauskomplimentiert.«

»Etwas ausführlicher, Meister«, verlangte Bernsen.

»Da gibt es nicht viel zu berichten. Der Schlossdirektor bat uns, Platz zu nehmen, und bot uns einen Kaffee an. Er selbst bestellte eine weiße Schokolade. Kurz darauf stand seine Sekretärin im Zimmer und erzählte irgendetwas von einer dringenden Feuerwehrübung. Dann verschwand er, ohne sich zu verabschieden.«

»Und er hat überhaupt nicht gefragt, was Sie von ihm wollten?«

»Nein.«

»Und was wollten Sie von ihm?« Kohlschuetter hielt das Glas lange an die Lippen, ohne davon zu trinken.

»Dazu müsste ich wieder etwas ausholen.«

»Nur zu.« Bernsen machte eine einladende Handbewegung.

»Georg wusste natürlich um seine ungewöhnliche Abstammung. Seine Familie hat nie einen Hehl daraus gemacht, allerdings aus historischem und nicht aus monetärem Interesse. Doch erst machte es ihm die deutsche Teilung mit dem unsäglichen sozialistischen Misstrauen gegenüber hochrangigen Bundeswehrangehörigen unmöglich, das Schloss zu besuchen, und dann seine Frau Katharina, die ihm die Reise nach Rudolstadt verwehrte.«

»Immer die Weiber«, bekräftigte Bernsen.

»Ich finde Diktaturen deutlich schlimmer als das andere Geschlecht«, sagte Kohlschuetter naserümpfend. »Wieso seine Frau?«

»Sie wollte es nicht. Sie fand es unanständig und unredlich, hier 1990 als westdeutscher Bundesbürger einzufallen und nur allein schon dadurch den Anschein zu erwecken, absahnen zu wollen. Und dass ein aus dem Nichts auftauchender fürstlicher Nachfahre in den Köpfen der Menschen genau diesen Gedanken hervorrufen würde, davon war sie felsenfest überzeugt. Ich glaube, sie wollte ihn nur schützen.«

Kohlschuetter öffnete den Mund, um etwas zu sagen, schwieg aber.

»Im letzten Jahr starb sie in seinen Armen. Den Kampf gegen den Krebs konnte sie nicht gewinnen. Und in ihm kam die alte Sehnsucht wieder auf, die Heimat seiner Vorfahren kennenzulernen.« Von Wasenburgs Stimme wurde leiser. Die Erinnerung schien ihn einzuholen. »Nächtelang haben wir diskutiert, immer und immer wieder die Möglichkeiten abgewogen, verschiedene Szenarien durchgespielt. Und dann, als wir hier ankamen, bekam er, der erfahrene Soldat, der zehn Jahre lang in den gefährlichsten Krisenherden auf der ganzen Welt Dienst getan hatte, kalte Füße. Ich glaube, im tiefsten Inneren fühlte er sich wie ein Verräter, ein Gefühl, das er bis dahin nicht kannte. Seine Katharina war wohl auch noch im Himmel stärker als jede feindliche Linie.«

»Warum sind Sie also hergekommen?«, fragte Kohlschuetter nun doch.

»Entschuldigung. Ich bin ein wenig vom Thema abgekommen.« Er räusperte sich verlegen, griff nach seinem Glas, leerte es und sagte: »Georg wollte das alles hier kennenlernen. Deswegen haben wir am Freitag und Samstag fast den gesamten Tag auf der Heidecksburg verbracht. Und er wollte für die Sanierung der Reithalle spenden. Hunderttausend Euro, keine Million.« Von Wasenburg verstummte. Doch es war deutlich spürbar, dass er noch etwas hinzufügen wollte. Es dauerte eine Weile, dann fuhr er fort: »Eigentlich wünschte er sich nichts sehnlicher, als eine der Pferdezeichnungen seines Ururgroßvaters sein Eigen nennen zu können. Aber ich glaube, ihm war durchaus bewusst, dass diese Hoffnung unerfüllt bleiben würde.«

Die Bedienung brachte das Essen.

»Das war alles, und dafür musste er sterben? Das haut doch dem Hai die Flosse weg.« Bernsen stürzte sich auf die Pizza, als hätte er tagelang nichts zu essen bekommen.

»Vor allem macht es keinen Sinn. Außerdem wissen wir noch nicht, weswegen er sterben musste«, verbesserte Kohlschuetter. »Erzählen Sie uns bitte, was am Freitag noch passierte.«

»Nicht viel. Wir hatten wie gesagt den Termin bei von Wilden. Danach sprach uns ein Herr Grosch an und schenkte meinem ›Diener‹, wie er glaubte, und mir zwei Karten für das Barockfest. Danach gingen wir in das Museum, in die Ausstellungen ›Rokoko en miniature‹ und zur Schwarzburgischen Geschichte. Anschließend aßen wir im Schlosscafé und verbrachten den Nachmittag im Schlossarchiv. Gegen Abend gingen wir zurück in die Stadt und beendeten den Tag mit einem Essen und einem Absacker im Hotel. Am nächsten Morgen wanderten wir von Bad Blankenburg aus durch das Schwarzatal nach Schloss Schwarzburg, herrlich, sehr zu empfehlen. Auf dem Rückweg kehrten wir im ›Schweizerhaus‹ ein. Nachmittags machten wir eine Führung durch Rudolstadt, und danach tranken wir noch einen Kaffee auf dem Schloss. Gegen 1800 holte uns eine Kutsche zum Barockfest ab.« Von Wasenburg zog ein weißes Stofftaschentuch hervor und wischte sich über seine Stirn und den Hals. Das wiederholte er mehrfach, denn der Schweiß lief ihm aus allen Poren.

»Sie haben sich eine Kutsche bestellt?« Bernsen rutschte ein Stückchen Pizza von der Gabel, es landete auf seiner Hose. »Schiet. Ich habe nur die eine!«

»Nein, wir hatten weder die Kutsche bestellt noch die Kostüme, die ab Nachmittag auf unseren Zimmern bereitlagen.«

»Das heißt, Ihr Freund hat sich seine Kleidung für diesen Abend nicht selbst ausgesucht?«, fragte Kohlschuetter nach.

Bernsen hob den Kopf und warf Kohlschuetter einen alles sagenden Blick zu. Mit seinen Lippen formte er das Wort »Grosch«.

»Nein. Bis zum Freitagvormittag wussten wir ja nicht einmal, dass wir auf dem Fest sein würden. Wir hatten vermutet, dass es dieser Herr Grosch gewesen sein könnte, der uns ja schließlich eingeladen hatte, aber auf meine Nachfrage am Abend hat er nur ausweichend reagiert.«

Bernsen versuchte, mit dem Daumen die Flecken aus seiner Jeans zu reiben. »Und dann?«, presste er ohne aufzuschauen gequält hervor.

»Wir haben uns köstlich amüsiert, es war ein wunderbar inszeniertes Fest. Zunächst befanden wir uns in der Gesellschaft von Herrn Grosch nebst Gattin. Beide machten keinerlei Anstalten, Georg auch nur eines Blickes zu würdigen oder ihm vielleicht sogar die Hand zu reichen. Sie hielten ihn ja für meinen Diener. Georg hatte seinen Spaß daran, er beäugte diesen Fauxpas mit sichtlicher Freude. So war er eben. Herr Grosch unterhielt uns noch dazu mit äußerst befremdlichen Ansichten, wie ›im Adel liegt die Zukunft der Heidecksburg, ja sogar die Zukunft unseres ganzen Landes‹. Er wäre ein Garant für Fortschritt mit Niveau und solchen Blödsinn. Irgendwann flüsterte er mir zu, das blaue Blut der Schwarzburg-Rudolstädter würde fließen und er könne sie auf fünf Kilometer Entfernung riechen. Sie werden unsere Erheiterung sicherlich nachvollziehen können.«

»Dieser Hein Blöd für Adlige«, muffelte Bernsen mit vollem Mund.

Von Wasenburgs Blick sprach Bände.

»Was ich nicht auf Anhieb zuordnen konnte, muss für ihn und die Mitarbeiter im Schloss eine offensichtliche Ähnlichkeit gewesen sein.« Kohlschuetter rieb sich den Dreitagebart. »Warum hat ihn während Ihres Besuchs im Schloss und später auf dem Fest wohl niemand darauf angesprochen?«

»Ganz einfach, weil natürlich niemand damit rechnete. 1971 verstarb der letzte Stammhalter der Schwarzburg-Rudolstädter Fürsten – Friedrich Günther – in München. Und es gibt zwar noch einige Nachfahren vonseiten der letzten Fürstin Anna Luise, die man auf dem Schloss kennt. Schließlich lief der Rechtsstreit über das Schwarzburger Willkomm einige Jahre. Aber ein illegitimer Nachkomme ist doch im Grunde durch und durch uninteressant.« Von Wasenburg nahm einen Schluck von seinem Cherry.

»Das mag wohl stimmen. Was ist dann passiert?«

Der Oberstleutnant schwieg einen Moment und schaute auf den essenden Bernsen. »Georg hat noch einmal versucht, mit dem Schlossdirektor zu reden. Doch der hat ihn eiskalt abblitzen lassen. Wir haben dann der Audienz im Rokokosaal beigewohnt. Was dort passierte, wissen Sie sicherlich bereits. Von Wilden wurde von einem jungen Mann geohrfeigt, und Georg ist dazwischengegangen. Ich wollte ihm noch sagen, er solle das lassen. Aber Georg konnte einfach nicht aus seiner Haut.«

»Er hat ihn aus dem Schloss geworfen.«

»Ja, ja. Georg konnte es nicht ertragen, wenn schwächere Menschen vorgeführt werden, obwohl er von Wilden als eine vollkommen impertinente Person empfunden hat.«

»Er hielt von Wilden für einen schwachen Menschen?«

»Nach dessen Auftritt am Morgen? Allerdings.«

Bernsen ließ von seiner Pizza ab und schaute nachdenklich in die Runde. Dem Schlossdirektor musste die Ähnlichkeit aufgefallen sein, und er hatte Angst bekommen. Nur so war sein Verhalten zu erklären.

Von Wasenburg, der Bernsens Gedanken anscheinend erraten hatte, seufzte schwer. »Was hat von Wilden denn von dem Urenkel eines unehelichen Fürstenkindes zu befürchten? Glauben Sie mir, in ganz Thüringen fließt auch heute noch das blaue Blut der Schwarzburg-Rudolstädter, ganz so, wie dieser seltsame Herr Grosch es sagt. Aber was hat das schon zu bedeuten? Da kommt doch keiner mehr nach. Nehmen wir nur mal Fürst Friedrich Günther, den Onkel von Fürst Georg Albert. Drei uneheliche Kinder mit Friederike Thorwart – und der arme Macheleidt, mit dem sie eine Scheinehe führte, hat sie nach der Hochzeit alle anerkannt. Jetzt rechnen Sie einmal hoch, wie viele Nachkommen da über die Generationen rauskommen.«

Bernsen lachte mit vollem Mund. »Ich sagte es doch, die hatten keinen Fernseher.«

Kohlschuetter sah verwundert auf und wollte etwas sagen, doch von Wasenburg redete bereits weiter. »Die Fürstenhäuser haben diese Fälle stets mit der gebotenen Diskretion geregelt und Erbansprüche für alle Zeit ausgeräumt. Die Mütter bekamen die Vormundschaft und Abfindungszahlungen. So lief es auch bei Georgs Ururgroßmutter. Sie musste auf Drängen des Staatsministers Bertrab innerhalb weniger Tage das Land verlassen und bekam dafür tausendfünfhundert Reichsmark. Georg Albert wollte das nicht, doch er hat sich seinem Hofstaat gebeugt. Sein Ruf war zwar durch seine vielen Eskapaden schon ruiniert, zumindest bei der adligen Damenwelt, aber das Volk liebte ihn. Und der Hof wollte wohl nichts riskieren.«

»Für die damaligen Verhältnisse keine kleine Summe«, konstatierte Kohlschuetter und lehnte sich mit nachdenklicher Miene in seinem Stuhl zurück.

»Angesichts des Vermögens der Schwarzburger war das gar nichts. Nehmen Sie allein das Domänenvermögen, also den Grundbesitz an Land und Wald. Im Jahr 1921 wurde der Wert auf insgesamt zweihundert Millionen Mark geschätzt. Irgendwie verständlich, dass Mathilde Oppel noch viele Jahre nach dem Tod des Fürsten auf weitere Zahlungen geklagt hat. Meines Wissens 1901 letztmalig. Doch aufgrund der einmal unterschriebenen Regelung blieb sie erfolglos.«

»Also hatte auf dem Schloss niemand etwas zu befürchten?«, wollte Bernsen kauend wissen.

Von Wasenburg trank das Glas mit einem Schluck leer. »Nein, zumindest nicht, was die Rückübertragungsansprüche angeht. Die hatte Georg Albert als illegitimer Nachfahre ganz sicher nicht.«

»Die hätten aber als Mordmotiv herhalten können«, meinte Kohlschuetter verdrießlich.

»Genau!« Bernsen warf das Messer auf den Teller und knallte die Faust auf den Tisch. »Die Thüringer Waldbauern haben es nämlich faustdick hinter den Ohren.« Ein verschluckter Rülpser. »Erst verjagen sie ihre Fürsten, krallen sich deren Hütten, um damit rumzuprotzen, und dann bringen sie die armen Blaublüter Jahrzehnte später auch noch um die Ecke. Schöne Sitten.«

»Eben nicht!« Kohlschuetter verdrehte die Augen.

»Fällt Ihnen ein anderer Grund ein?«, fragte von Wasenburg. Die Worte kamen ein wenig bissig. Überhaupt wirkte der Oberstleutnant fahrig und war nicht mehr so ganz bei der Sache. Der Kragen seines weißen Hemdes war mittlerweile komplett durchgeschwitzt. Sein Gesicht glänzte fiebrig. Irgendwie sah er auf einmal aus wie ein alter, in sich zusammengefallener Mann.

»Momentan leider nicht«, entgegnete Kohlschuetter unzufrieden. Dann hing er für ein paar Sekunden seinen Gedanken nach.

Bernsen, der die Pizza restlos verschlungen hatte, blinzelte von Wasenburg kritisch an. »Die Sache mit der Milz würde mich noch interessieren, Meister.«

Von Wasenburgs Körper schien sich schlagartig wieder ein wenig zu straffen. »1999, Sarajevo, Bosnien-Herzegowina. SFOR-Einsatz. Wir waren auf Patrouille, eine Gruppe Jugendlicher stand am Straßenrand. Ein paar Mädchen waren auch dabei. Eines schien angegriffen worden zu sein. Ihr Kleid war zerrissen. Sie beschimpften sich und schlugen scheinbar wahllos aufeinander ein. Die Situation war unklar, und eigentlich hatten wir Order, bei so etwas zurückhaltend zu agieren. Aber Georg ging dazwischen, allein. Er wollte schlichten. Da zog einer ein Messer, ohne erkennbaren Grund, einfach so.«

»Ist so etwas öfter vorgekommen?«

»Es kann immer passieren. Wir kommen als Friedenstruppen, sollen das Land stabilisieren und die Menschen voreinander schützen. Das kommt nicht bei allen Einheimischen gut an. Nehmen Sie zum Beispiel Afghanistan, 2012/2013. Es war unser letzter Auslandseinsatz. Meine Männer befanden sich auf Patrouille, als sie plötzlich mit Gewehrfeuer und Granaten beschossen wurden. Als sie dem Angriff durch Flucht in die einzig mögliche Richtung entkommen waren, gerieten sie fünf Kilometer weiter in einen zweiten, massiveren Hinterhalt. Die Granateneinschläge waren so heftig, dass ein Gefreiter starb und vier weitere verletzt wurden.« Von Wasenburg stockte einen Moment. »Die Bilanz dieses Jahres: sieben tote und einundfünfzig verletzte deutsche Soldaten. Das will hier natürlich keiner hören. Die politischen Diskussionen um die Mandate der Bundeswehr sind umstritten genug.«

Die Kommissare nickten schweigend.

»Für Georg ist die Sache damals gut ausgegangen. Er hatte Glück. Es gab danach eine Untersuchung. Die Jugendlichen behaupteten, wir hätten uns den Mädchen genähert. Die Massenvergewaltigungen zu Kriegszeiten haben ihre Spuren in den Köpfen hinterlassen, das können Sie mir glauben. Soviel ich weiß, hat sich der junge Mann kurz nach dem Angriff auf uns das Leben genommen.«

Kohlschuetter brummte etwas Unverständliches.

»Das ist dort keine Seltenheit«, redete von Wasenburg weiter. »Krieg traumatisiert, nicht nur die Soldaten. Vor allem für junge Leute ist es schwierig. Sie mussten mit ansehen, wie ihre Väter zu Mördern mutierten, wie ihr Land in Schutt und Asche gelegt wurde. Die Startchancen in einer zerrütteten Gesellschaft sind schlecht.«

»Wie lange sind Sie in diesen Krisenregionen geblieben?«

»Vier Monate, manchmal auch sieben.«

»Sie und Georg Albert Münster waren immer zusammen im Einsatz?«

»Nein, aber soweit es möglich war. Wir haben uns beim Studium in der Bundeswehrakademie Hamburg kennengelernt. Georg war damals zwanzig und ich neunzehn Jahre alt. Ich komme aus einer alten Militärfamilie. Na ja, und Georg irgendwie auch.« Von Wasenburg zwang sich ein Lächeln ab. »Immerhin war sein Ururgroßvater preußischer General und Träger des Schwarzen Adlerordens.«

Die Blicke der beiden Kommissare verrieten, dass sie keinen Schimmer hatten, was das bedeutete.

»Das war der höchste preußische Orden«, ergänzte von Wasenburg.

»Sie kannten sich also fast vierzig Jahre, wenn ich richtig gerechnet habe.« Bernsen schnippte eine Fliege von seinem Arm.

Von Wasenburg erwiderte nichts.

»Wann haben Sie das Barockfest verlassen?«

Er zögerte. »Ich bin kurz nach Mitternacht gegangen. Hin und wieder überkommt mich dieser Kopfdruck, vor allem bei Luftdruckveränderungen. Es hat ja den ganzen Abend und die halbe Nacht gewittert.«

»Haben Sie eine Kutsche oder ein Taxi genommen?«

»Nein, ich bin gelaufen, über den Weg namens Himmel und Hölle, den dritten Schlossaufgang. Es ist doch nicht weit bis zum Hotel. Außerdem tat die frische Luft gut.«

Bernsen stöhnte beim Gedanken daran. »Bei dem Regen? Kann das jemand bestätigen?«

Von Wasenburg nickte. »Die Dame an der Rezeption, die mir den Schlüssel gegeben hat. Von ihr hatte ich mir bei unserem Aufbruch am frühen Abend auch den Schirm geborgt. Wir wussten ja nicht, ob uns die Kutsche auch wieder zurückfahren würde.«

»Sie haben das Hotelzimmer in der Nacht nicht mehr verlassen?«

»Nein. Auch das wird die Dame bestätigen können. Die Rezeption ist vierundzwanzig Stunden geöffnet. Außerdem war mir wirklich nicht nach einem nächtlichen Streifzug durch die Gemeinde. Das können Sie mir glauben.«

»Warum wollte Ihr Freund noch bleiben? Das Fest war beinahe zu Ende.«

»Wenn ich das wüsste. Ich glaube, es gefiel ihm da oben. Als ich ging, unterhielt er sich gerade angeregt.«

»Mit wem?«

»Ich kannte die Dame nicht.«

»Wie sah die Braut denn aus? Das werden Sie doch noch hinkriegen?« Bernsen schnäuzte in die Serviette.

»Klein, dunkle, halblange Haare und eine ungewöhnliche Brille. Der Rahmen war rot-weiß kariert oder etwas in der Art. Ich glaube, ich hatte sie am Freitag schon einmal im Archiv gesehen, allerdings trug sie dort eine andere Brille.« Von Wasenburg blickte zu Boden. »Wenn ich nicht gegangen wäre, würde Georg noch leben. Ich habe ihn noch nie im Stich gelassen, und dann das …«

Das Vibrieren seines Handys holte den Oberstleutnant a.D. in die Realität zurück. Wie hypnotisiert starrte er auf das Display. Sein markantes Gesicht verfinsterte sich. »Das ist eine alte Freundin von uns. Ich muss es ihr sagen.« Er schob seinen Stuhl zurück und stand auf. »Bitte lassen Sie uns morgen weiterreden, wenn Sie nichts dagegen haben. Mir ist nicht wohl.«

»Ja, natürlich, wir melden uns.« Kohlschuetter erhob sich ebenfalls und gab ihm die Hand. Bernsen begnügte sich mit einem schwachen Kopfnicken. Von Wasenburg legte einen Fünfzig-Euro-Schein auf den Tisch und ging in das Hotel.

Kohlschuetter schaute ihm nach, bis er verschwunden war. »Beeindruckender Mann. Das muss man schon sagen.«

»Pah!« Die Füße des Korbstuhls kratzten über das Pflaster, als Bernsen sich bewegte. »Alte Militärfamilie. Denen haben sie doch Zucker in den Hintern geblasen. Mein Urgroßvater war ein Freiwilliger bei der großen Sturmflut am 13. März 1906.«

»Kleine Männer ...«, murmelte Kohlschuetter leise.

Bernsens Handy klingelte. Mürrisch zog er das Gerät aus seiner Gesäßtasche. Als er den Namen des Anrufers auf dem Display sah, veränderte sich sein Gesichtsausdruck. »Rotfeder, meine Rotfeder ist dran«, säuselte er. Dann räusperte er sich und nahm den Anruf an. »Meine Rotfeder, wie schön –« Weiter kam er nicht. Die Worte sprudelten aus Frau Bernsen heraus wie eine Maschinengewehrsalve.

Kohlschuetter, der nur etwa zwei Meter Luftlinie entfernt war, hörte ihre Stimme deutlich, verstand aber kein Wort Plattdeutsch.

Bernsens Gesicht nach zu urteilen, ging es diesem nicht so. Bis auf Blau zeigte es so ziemlich alle Nuancen der Primärfarben. »Aber, ich ... nun wirklich ... nein ...«, stotterte er.

Doch vergeblich. Kohlschuetters bedauernswerter Kollege bekam keinen Stich.

Mit einem klagenden »Wie kann sie mir das nur antun?« legte er auf, nachdem seine Frau das Gespräch für beendet erklärt hatte.

Kohlschuetter presste ein unbeholfenes »Das wird schon wieder« zwischen seinen Lippen hervor. Doch den Kommentar hätte er sich lieber verkniffen. Bernsen wurde fuchsteufelswild.

»Überhaupt nichts wird wieder! Dieses störrische alte Friesenweib! Hätte ich die bloß nicht geheiratet, dann säße sie heute mit ihrem Jan auf seinem Fischkutter. Immer muss sie mir die alte Geschichte vorhalten. Hätte sie den Sausack doch genommen, diesen Fischer. Ach Quatsch.« Er machte eine abwertende Handbewegung. »Die EU hätte ihm den Kahn längst stillgelegt. Dann müsste sie von der Stütze leben, und ihr Fischer würde den ganzen Tag neben ihr auf dem Sofa sitzen. Das will sie doch. Einen, der rund um die Uhr um sie herumscharwenzelt. Und nun hat sie ihn, bitte schön! Die soll bloß nicht meinen, dass ich wieder angekrochen komme. Das kann sie aber schön vergessen.« Bernsen lief zeternd hinter Kohlschuetter her über den Rudolstädter Marktplatz und lamentierte auch im Wagen weiter. Noch als sie wieder vor der Heidecksburg standen, spuckte er wütende Wortfetzen aus.

24

»Was wollen wir denn hier schon wieder? Ich habe die Nase von diesen Spinnern gestrichen voll«, blaffte Bernsen gereizt.

»Schon vergessen? Wir haben einen Fall zu lösen. Und Marie Clementine Schall, die adrette Archivarin, war anscheinend nicht nur die Letzte, die mit dem Toten gesprochen hat, sie und ihre Freundin haben auch die Ähnlichkeit mit dem Fürsten bemerkt, da bin ich mir sicher«, entgegnete Kohlschuetter.

»Das hat doch wohl Zeit bis morgen«, raunzte Bernsen bissig.

»Nö, hat es nicht. Aber wenn Störtebekers Gehirn durch die Verdauung des Thunfischs gerade lahmgelegt ist, mache ich die Befragung eben allein«, giftete Kohlschuetter zurück.

Die Stimmung im Dienstwagen hätte herzlicher sein können, doch die berühmte Suche nach der Nadel im Heuhaufen – und das ganz ohne ein erkennbares Mordmotiv – ließ die Laune der beiden Kommissare in den Keller rutschen.

Bernsens Klingelton durchbrach die Eiszeit. Beim ersten Laut zuckte er zusammen, als hätte man ihn bei etwas Unanständigem ertappt.

»Na, der fehlte heute auch noch«, knurrte er angeschlagen, nachdem er die Nummer auf dem Display erkannt hatte. »Ist der Kapitän.« Er ging ran, und seine Begrüßung klang fast schon überschwänglich. Doch seine Antworten blieben einsilbig. Wenig später bedeutete ein schmallippiges »Gut« das Ende des Gesprächs.

»Und?« Kohlschuetter zog den Zündschlüssel ab und schaute ihn fragend an.

»Das ist heute einfach nicht mein Tag«, jammerte Bernsen mit schier grenzenloser Verzweiflung. Dabei rieb er sich die Augen wie nach einem Sandsturm.

»Überstunden gestrichen?«, fragte Kohlschuetter mit weicher Stimme.

»Die Rübe von dem Putten ist immer noch nicht wieder aufgetaucht, und da der Schwarzkittel sich vor Sehnsucht verzehrte, hat er sich Trost beim Innenminister geholt. Schließlich sind die beiden früher mal zusammen in die Schule gegangen. Da erinnert man sich in schweren Zeiten doch gern aneinander, noch dazu, wenn es darum geht, ein paar heillos überarbeiteten Polizisten eins vor die Flanke zu geben. Was ist schon so ein zartes Engelsköpfchen gegen einen hinterhältigen Mord?« Bernsens Stimme wechselte die Oktaven, dass einem schwindlig werden konnte. Ein Stoß mit dem Ellenbogen, und die Autotür flog auf. Schon stand er auf dem Parkplatz, und ehe Kohlschuetter einschreiten konnte, schloss er das Blech mit einem festen Tritt seines linken Fußes. Der Wagen wackelte.

»Kollege.« Kohlschuetter kroch langsam hinter dem Lenkrad hervor. Er bemühte sich um einen verständnisvollen Gesichtsausdruck. »Das kommt in den besten Familien vor, dass einem die Frau durchbrennt. Deswegen müssen Sie doch nicht gleich die Nerven verlieren.«

Bernsen, der wie ein Getriebener um das Auto gerannt war, stockte und warf Kohlschuetter einen verständnislosen Blick zu. »Der Chef sagt, wir müssen nach Großneuhausen oder wie das Kaff heißt, zu diesem Popen, und den Himmelsboten auftreiben. Er klang nicht gerade freundlich. Eher würde ich sagen, er hat die Hosen voll bis zu den Gürtelschnallen. Wenn der Engel nicht in vierundzwanzig Stunden wieder über die Gemeinde wacht, hat das dienstrechtliche Konsequenzen.« Er hielt einen Moment inne, ließ seine Schultergelenke kreisen und wetterte lautstark los: »Und wenn ich jeden Misthaufen einzeln umdrehe, meine letzten vier Jahre, einhundertzehn Tage und dreißig Minuten im Dienst gehe ich nicht in die Bußgeldstelle Artern. Nicht wegen dieses hässlichen fetten Engels und des Pfaffen Connections zum Innenminister-Gott aus der Erfurter Steigerstraße!«

»Bernsen, eins nach dem anderen.« Kohlschuetter blieb vollkommen ruhig und gelassen. Der Mord an Georg Albert Münster wog mehr als eine alte Männerfreundschaft des Innenministers. Außerdem kriegte sich der Chef schon wieder ein. Und so schnell landete man auch nicht in Artern. Ihm kamen die Cocktails mit Doreen aus dem Diebstahl neulich in den Sinn. Manchmal hatte es doch auch etwas Gutes, wenn der Chef ihnen Sonderaufgaben gab. Wie die trinken konnte. Er schmunzelte in sich hinein und beschloss, die junge Kollegin bald mal wieder anzurufen.

Bernsen schluckte, trat einen Schritt an seinen Kollegen heran und klopfte ihm mehrmals auf die Schulter. Dabei murmelte er immer wieder: »Guter Mann.«

Gemeinsam liefen sie zum Schloss.

»Meinen Sie, die Archivarin ist noch da? Schließlich dürfte hier doch lange Feierabend sein«, meinte Bernsen, der sich nach Kohlschuetters Ansprache wieder gefangen zu haben schien.

»Ich verwette meine Briefmarkensammlung darauf, dass die Schall noch da ist, und die Macheleidt sitzt neben ihr. Bin gespannt, was uns die Damen zu erzählen haben.«

»Kollege, nicht die Briefmarken. Die kann man immer gebrauchen«, erwiderte Bernsen mit einem dreckigen Grinsen.

»Stimmt«, antwortete Kohlschuetter. Dann knarrte die alte Flügeltür, und sie betraten das Archiv.

»So, ihr Schätzchen, jetzt lasst mal was gucken!«, sagte Bernsen triumphierend, als er im Lesesaal stand.

Die beiden Damen, die, der leeren Packung nach zu urteilen, gerade Schokoriegel verdrückt hatten, schauten ihn mit weit aufgerissenen Augen an.

»Na, Sie haben ja Humor, mein Lieber«, flötete Marie Clementine Schall gänzlich unbeeindruckt. Friederike Macheleidt hingegen lächelte schmal und unsicher. Ihr Blick verriet, dass sie ahnte, was jetzt kommen würde.

»Meine Damen, wir möchten Sie bitten, uns nach Erfurt zu begleiten. Die Behinderung eines laufenden Ermittlungsverfahrens und wissentliche Falschaussagen sind kein Kavaliersdelikt.« Kohlschuetter schwang entgegen seiner sonstigen Art die ganz große Keule. Und es wirkte.

Die zart besaitete Friederike Macheleidt vergoss erste Tränen. Ihre impulsive Freundin wurde hektisch. »Ich muss doch sehr bitten!«, antwortete sie heftig, aber mit zittriger Stimme.

»Wir bitten, und zwar um die Wahrheit, Ladys, oder es geht ab in die Zelle«, schnauzte Bernsen und wies in Richtung Tür.

»Ich wusste nicht, dass der Georg Albert Münster, nach dem Sie uns fragten, und der Mann beim Barockfest ein und dieselbe Person sind, erst, als Sie mir das Bild gezeigt haben. Das müssen Sie mir glauben!«, rief Friederike Macheleidt und schluchzte auf. Die Archivarin schob ihre fliederfarbene Brille mit den schmalen Gläsern nach oben und nickte.

»So weit sind wir auch ohne Ihre Hilfe gekommen«, bemerkte Kohlschuetter spitz. »Aber auch wenn Sie seinen Namen zunächst nicht wussten, Sie haben ihn erkannt. Ihnen ist die Ähnlichkeit mit seinem Urahn aufgefallen, und als Sie dann von uns den Namen hörten, haben Sie eins und eins zusammengezählt. Und es uns nicht gesagt.«

»Ich hatte doch nur eine vage Vermutung. Die blonden Haare, die sanftmütigen blauen Augen und überhaupt, diese Statur. Nur der Zwirbelbart fehlte, aber den trägt man ja heute nicht mehr. Und wenn man sich auch nur ein bisschen mit der Geschichte der Schwarzburger auskennt ... Aber dann dachte ich, das sei unmöglich.« Friederike Macheleidt verhaspelte sich. Nervös zupfte sie am Kragen ihrer weißen Bluse.

»Wieso wollten Sie mir den Bären mit dem Diebstahl aufbinden?«, knurrte Kohlschuetter sichtlich sauer.

Sie seufzte tief und suchte verzweifelt nach den richtigen Worten. »Ich dachte das wirklich. Der arme Georg Albert, Entschuldigung, Herr Münster, hat doch keine Ansprüche auf das Erbe seiner Familie. Da dachte ich, er besorgt sich die wertvollsten Stücke auf diesem Weg. Ich wusste es doch auch nicht besser. Diese seltsame Unterhaltung, von der ich Ihnen erzählt habe, genau so war es. Das müssen Sie mir glauben ...« Sie schaute Kohlschuetter mit flehendem Blick an. Der zuckte nicht mit der Wimper, und sie setzte nach: »Das passte in meiner Vorstellung alles irgendwie zusammen. Ach, ich weiß doch auch nicht.«

»Danach sind Sie aber gleich ins Archiv gelaufen, um es hier brühwarm rumzutratschen«, tönte Bernsen vorwurfsvoll.

»Wir sind keine Waschweiber«, fauchte Marie Clementine Schall. »Wir haben uns die Akte zu dem Fall Oppel gehoben und ...«

»... nachgesehen, ob sich die Angelegenheit mit der Abfindungszahlung erledigt hatte«, sagte Kohlschuetter.

»Nein! Das stimmt nicht. Wir wollten etwas über die Ururgroßmutter des Toten herausbekommen. Das ist doch spannend«, verteidigte sich Friederike Macheleidt.

»Und außerdem hätten Sie uns doch ohnehin nicht geglaubt, nur allein auf den Verdacht hin«, fügte Marie Clementine Schall schmallippig hinzu.

Bernsen machte eine abwertende Handbewegung. »Was meinen Sie: Wusste von Wilden, wer dieser Mann ist?«

Die Archivarin schaute ihn über ihren Brillenrand hinweg an. »Wenn er sich ausnahmsweise mal mit seinem Gegenüber und dem Schloss und nicht bloß mit sich selbst beschäftigt hat.« Die Giftpfeile waren tödlich.

»Na, Sie zumindest scheinen sich auf dem Fest höchst intensiv mit Georg Albert Münster beschäftigt zu haben. Es ist durchaus denkbar, dass Sie zu den Menschen gehören, die ihn zuletzt lebend gesehen haben. Vielleicht waren Sie sogar *die* Letzte.« Kohlschuetter konnte die Funken, die jetzt aus den Augen der Archivarin sprühten, problemlos aushalten.

Friederike Macheleidt schlug sich mit einem lauten Aufschrei die rechte Hand vor den Mund und riss entsetzt die Augen auf. »Als wir gingen, war er noch am Leben«, beteuerte sie. »Was hätten wir denn für einen Grund gehabt, diesem armen Mann, der noch dazu ein Spross unserer Fürstenfamilie war, so übel mitzuspielen?« Wieder schluchzte sie. Dabei kauerte sie auf ihrem Stuhl wie ein Häufchen Elend.

»Sagen *Sie* es uns«, verlangte Bernsen kaltschnäuzig. »Vielleicht haben die Damen ja nicht genau hingesehen. Und hoppla, da spritzte das blaue Blut über den Hof.«

Beide Frauen heulten nun.

»Kollege, bitte.« Kohlschuetter bedachte Bernsen mit einem mahnenden Blick. »Ich kann mir nicht vorstellen, dass Frau Macheleidt ihren Großgroßcousin oder so ähnlich aus dem Fenster geworfen hat. Stimmt's, Friederike?«

Friederike Macheleidt heulte auf wie ein getretener Hund, während das Gesicht von Marie Clementine Schall schlagartig die Farbe wechselte.

»Was soll das denn nun wieder?«, zischte Bernsen Kohlschuetter zu. »War der Nitratgehalt in Ihrem Wasser zu hoch?«

Doch da legte die Macheleidt bereits ihre Hände vor das schmale Gesicht, beugte sich tief über ihre Knie und weinte hemmungslos.

25

»Was war das denn für eine Nummer?« Bernsen trat beim Hinausgehen verärgert über den Alleingang seines Kollegen gegen die Taschenfächer im Flur des Archivs. Es schepperte.

»Das war gepokert. Und manchmal habe ich eben nicht nur in der Liebe Glück«, sagte Kohlschuetter sichtlich gelöst. »Ich sage nur: Tonno-Lethargie bei Thüringer Polizeibeamten.«

»Hä?«

»Von Wasenburg hat uns doch vorhin von einem Herrn Macheleidt erzählt, der bei seiner Scheinehe mit einer Bürgerlichen namens Friederike die drei illegitimen Kinder eines der Rudolstädter Fürsten mitgeheiratet hat. Dämmert's jetzt?«

Bernsens Mund stand offen. Er zögerte einen Moment, dann sagte er: »Sie meinen, die Macheleidt hat, war, ist ...«

»Ja, eine Nachfahrin der Blaublüter.« Kohlschuetter nickte. Das erklärt auch, warum ihr die Führung durch des Fürsten Schlafgemach so unangenehm ist, dachte er.

»Abgefahren. Aber die beiden Schnallen waren es nicht. Das ist so klar wie das Wasser im rechten Nebenarm der Weser. Die waren ja zur Tatzeit nicht einmal auf dem Schloss. Das ist doch Möwenkacke!«

»Genau! Es ergibt keinen Sinn. Außerdem hatten die beiden viel zu viel Achtung vor diesem Münster, trotz der Einbrechernummer. So ein edler Mann und immerhin sind er und die Macheleidt ja irgendwie verwandt. Wenn das mit der Abfindungsregelung stimmt, hatten die hier oben auch überhaupt nichts von ihm zu befürchten, im Gegenteil. Das Schloss hätte von seinen sentimentalen Familienbanden noch profitiert, und auch das wusste die Macheleidt.«

»Und die werfen den aus dem Fenster.«

»Vielleicht doch ein Unfall?«

»Mittlerweile denke ich es auch. Aber was, wenn nicht?«

»Scheiße.«

»Sage ich doch.«

»Wir müssen ins Kultusministerium und mit jemandem reden,

der Ahnung von Restitutionsansprüchen der Fürstenhäuser hat. Vielleicht schmeißen die hier alle nur Nebelbomben, und wir tappen wie die Idioten hinein.«

»Die Idee hätte von mir sein können. Sie gucken sich ja langsam wirklich etwas ab. Nicht schlecht«, lobte Bernsen gönnerhaft.

Kohlschuetter reagierte nicht darauf. Er hatte Schneidersohn und Bleich-Barnitz erspäht, die in einiger Entfernung über den Hof liefen. Die waren zuerst fällig, dann kam Bernsen dran.

Er hob die Hand zum Gruß und wollte gerade ihre Namen rufen, als Bernsen seinen Arm wieder nach unten riss. »Heute nicht! Wir sprechen erst mit den Erfurtern. Wenn wir was in der Hinterhand haben, ist es einfacher.«

»Sehr gut, Kollege. Die Idee hätte von mir sein können. Nicht schlecht«, konterte Kohlschuetter.

Bernsen schaute, als hätte man ihm puren Essig eingeflößt, und Kohlschuetter klopfte ihm lachend auf den Rücken. »Nichts für ungut, Kollege.«

»Übrigens, was ich Ihnen noch sagen wollte: Der Alte ist stinkesauer auf Sie«, nuschelte Bernsen fast schon kleinlaut.

»Auf mich? Wieso denn das?«

»Sie sind der Einzige in der Abteilung, der auf die Einladung zu seiner Geburtstagsfeier nicht geantwortet hat.«

»Welche Einladung?«

»Die, die letzte Woche Freitag im Posteingang lag.«

»Die habe ich doch überhaupt nicht zu Gesicht bekommen?« Bernsen war jetzt kaum noch zu verstehen. »Irgendjemand muss wohl ein Fischbrötchen darauf abgelegt haben. Und mit den Fettflecken …«

»Na super. Ich habe Ihnen schon Hunderte Male gesagt, Sie sollen nicht auf der Post essen. Auch nicht auf Akten und Gesetzestexten.« Kohlschuetter wurde richtig wütend.

»Ach, verdammt, das war doch bloß so eine bescheuerte Karte von einem Photoshop-Dilettanten. Jetzt haben Sie sich nicht so.«

»Der Dilettant, wie Sie ihn nennen, ist unser Chef. Ihm habe ich meinen Platz in diesem Team zu verdanken.« Er neigte seinen Kopf zur Seite. »Aber vielleicht haben Sie recht, wenn man das in die Rechnung miteinbezieht, dürfte ich nie im Leben zu seinem

Geburtstag gehen oder überhaupt noch einmal ein Wörtchen mit ihm wechseln.«

»Nun machen Sie mal halblang. Sie können außerdem auch ohne Rückmeldung dort erscheinen ...«

»Nachdem ich jetzt endlich davon erfahren habe ...«, schimpfte Kohlschuetter.

»Sonst riecht ihr Ossis doch schon auf etliche Kilometer, wenn es etwas umsonst gibt, und kommt angerannt. Auch ohne eine Extraeinladung. Wie beim Begrüßungsgeld damals.«

»Ich weigere mich, auf diesem Niveau mit Ihnen zu diskutieren. So tief kann ich mich gar nicht bücken, um dahin zu kommen.«

»Sie müssen sich auch nicht bücken. Sie müssen einen Termin im Kultusministerium organisieren, da gibt es gar keine Diskussion.«

Während der Rückfahrt nach Erfurt lief die Freisprechanlage des Dienstwagens heiß. Kohlschuetter hatte sich in den Kopf gesetzt, unbedingt heute noch mit jemandem im Kultusministerium zu sprechen. Schon allein, weil er es Bernsen zeigen wollte. Und er hatte Glück. Gegen zwanzig Uhr passierten beide Kommissare den Poller zum Regierungsviertel »Am alten Steiger« in der Erfurter Werner-Seelenbinder-Straße.

»Eine Frage hätte ich noch, bevor wir dort hinaufgehen«, sagte Bernsen und hüstelte etwas unbeholfen. Die Sache mit der versauten Einladung schien ihm tatsächlich etwas unangenehm zu sein. »Wie haben Sie es geschafft, dass wir zwei um diese Zeit im Zentrum der Macht empfangen werden?«

»Weil ich ein Super-Cop bin, ganz einfach.« Kohlschuetter schaute so unbedarft wie möglich.

»Die Lady gerade am Telefon ist doch dahingeschmolzen wie Butter in der Sonne, als Sie sich gemeldet haben.«

»Tja, manche haben es, und manche haben es nicht.«

Bernsen überlegte einen Moment. »Sie kannten sich?«

»Oberflächlich.«

Bernsen stieß die Glastür auf und marschierte schnurstracks auf den offenen Fahrstuhl zu. Kohlschuetter besänftigte noch kurz den Portier und folgte ihm dann. Der Aufzug surrte und spuckte die Kommissare eine Minute später in der sechsten Etage aus.

»Dass die Herrschaften immer ganz oben sitzen müssen«, brummte Bernsen. »Irgendwie brauchen die das wohl fürs Ego.«

Am Ende des Ganges stand eine junge Frau und winkte ihnen freundlich zu. Sie trug ein schmal geschnittenes feuerrotes Kostüm, dessen Rock knapp oberhalb der Knie endete. Dazu schwarze Strümpfe und hochhackige Pumps. Ihre leuchtend blonden Haare hatte sie elegant nach oben gesteckt. Sie lächelte.

Kohlschuetter beschleunigte seinen Gang. »Annekathrin, schön, dich zu sehen. Danke für deine Hilfe.« Dem Küsschen auf die rechte Wange folgte eines auf die linke.

»Für dich immer gern«, entgegnete sie sanft, während sie sich ihm auf Zehenspitzen entgegenreckte.

»Wenn die Herrschaften dann einmal genug gefummelt hätten? Ich würde gern anfangen. Schließlich habe ich schon seit zwei Stunden Feierabend«, sagte Bernsen unwirsch und schob sich an den beiden vorbei in das Büro.

»Das ist übrigens mein Kollege Friedhelm Bernsen. Er ist immer so«, sagte Kohlschuetter trocken.

Annekathrin folgte ihm ins Büro und streckte die Hand aus. Bernsen sprang von dem Beistelltisch hoch, auf dem er gerade Platz genommen hatte, und hielt ihr seine rechte Wange hin. Sie lachte piepsig, drehte ab, setzte sich an ihren Schreibtisch und blätterte in einer dicken grünen Akte.

»Ich habe schon alles zu den Rudolstädtern herausgesucht. Leider ist es nicht viel.«

Kohlschuetter schloss die Tür. »Das heißt?«

»Der Freistaat Thüringen hat vor einigen Jahren mit drei Fürstenhäusern die Rückgabeansprüche verhandelt: dem Groß-herzogtum Sachsen-Weimar-Eisenach, dem Herzogtum Sachsen-Coburg-Gotha und dem Herzogtum Sachsen-Meiningen. Dabei ging es um Werte von insgesamt eins Komma fünf Milliarden Euro.«

»Die wollten ihre Buden wiederhaben?« Bernsens Beine baumelten gegen die Schranktüren.

»Nein. Immobilien sind nach dem Ausgleichsleistungsgesetz von 1994 von der Rückgabe ausgeschlossen, zumindest für deutsche Staatsbürger. Es ging nur um Mobilien, also Kunst-gegenstände, Möbel und so weiter. Wobei ›nur‹ hier wirklich stark untertrieben ist. Ich erinnere mich noch an die öffentlichen Diskussionen um die Ansprüche von Prinz Michael von Sachsen-Weimar-Eisenach. Er hätte sogar die Särge von Goethe und Schiller aus der Weimarer Fürstengruft abholen dürfen.«

»Alter Schwede. Das stell sich mal einer vor. Was steht denn da bei euch im Keller? – Ach, Mensch, das sind die eingesargten Dichterfürsten. Total abgefahren. Dann wären sie weg gewesen, die Nationalheiligen. Mann, hättet ihr blöd aus der Wäsche geguckt.« Bernsen stand die Schadenfreude ins Gesicht geschrieben, er schlug sich vor Lachen auf die Schenkel. Dabei fiel ihm auf, dass die Nougattütchen immer noch in seiner rechten Hosentasche steckten. Obwohl sie in der Wärme des Tages irreparablen Schaden genommen hatten, fummelte er sogleich eine aus dem klebrigen Goldpapier heraus und steckte sie sich in den Mund.

»Für die Thüringer Museen ist das nicht so lustig. Selbst wenn das Gesetz ein zwanzig Jahre dauerndes Nießbrauchrecht an mobilem Eigentum einräumt.«

»Die sind doch nun auch langsam rum«, warf Kohlschuetter ein.

»Eben. Das kann für die öffentlichen Kunstsammlungen in den neuen Ländern ein richtiges Problem werden. Nur ist das in der Öffentlichkeit kaum bekannt.«

»Die feinen Pinkel fahren mit dem Möbelwagen vor und räumen euch die Hütten aus.« Bernsen grinste.

»So ungefähr, in einigen Fällen ist es zumindest denkbar.« Annekathrin machte eine besorgte Miene.

»Bei den drei genannten Fürstenhäusern aber nicht mehr?«, hakte Kohlschuetter nach.

»Nein. Da ist alles erledigt. Unser alter Staatssekretär hat damals die Verhandlungen geführt. Am Ende hat man sich auf eine Entschädigung von einunddreißig Komma fünf Millionen Euro für die drei Adelshäuser geeinigt. Damit ist Thüringen für alle Zeiten von weiteren Rückgabebegehrlichkeiten dieser Herzogtümer befreit.«

»Mein lieber Herr Gesangsverein, wie hat der das denn hinbekommen? Knallharter Bursche, was?«

Annekathrin zwinkerte Bernsen zu.

»Was ist mit den übrigen vier Fürstenhäusern, vor allem mit unseren Rudolstädtern?«, wollte Kohlschuetter wissen.

»Da verhandeln die Städte beziehungsweise die Landkreise zum Teil selbst. Manches steht heute noch aus. Bei den Schwarzburg-Rudolstädtern ist die Sache meines Wissens beendet. Der letzte Gegenstand, um den man sich mit den Nachfahren vor Gericht gestritten hat, war das Schwarzburger Willkomm, ein goldenes Trinkgefäß, das …«

»Ich kenne es«, sagte Kohlschuetter sanft.

»Nun. Das Verwaltungsgericht Gera hat die Klage der Nachfahren gegen das Landesamt für offene Vermögensfragen des Freistaats Thüringen abgeschmettert. Das Willkomm bleibt also auf dem Schloss.«

»Ist mir auch bekannt.«

»Na, dann brauchst du mich ja überhaupt nicht.« Annekathrin warf ihm einen koketten Blick zu.

Bernsen pfiff leise die Melodie von »Ich bin die fesche Lola« und verstummte erst, als er zwei Augenpaare auf sich ruhen sah.

»Bitte sprich weiter«, sagte Kohlschuetter und wandte sich wieder Annekathrin zu.

»Die Verhandlungen mit den Fürstenhäusern erweisen sich erfahrungsgemäß als etwas schwieriger. Nach dem Ausgleichsleistungsgesetz muss zunächst einmal jeder Antragsteller für jeden Gegenstand nachweisen, dass er zwischen 1945 und 1949 sein Eigentum war. Das ist nicht immer einfach, schließlich sind die Thüringer Landesherren mit der Novemberrevolution von 1918 entmachtet worden, was natürlich auch mit Enteignungen einherging. Für euch sind die Gesetze vom 22. November 1918 relevant. Darin geht es um das Fürstlich Schwarzburg-Rudolstädtische Familienfideikommissvermögen und um die Abfindung des Fürstlichen Hauses nach dem Niederlegen der Regierungsgeschäfte. Interessant ist hier vor allem, dass der Großteil des Familienfideikommisses auf das damalige Land Thüringen überging. Das war bei dem Streit um das Willkomm der springende Punkt.«

»Annekathrin, vielen lieben Dank für deine Mühen, aber für uns ist vor allem interessant, was den illegitimen Nachfahren des Fürstenhauses zusteht.«

»Nur das, was seinerzeit vereinbart wurde. Die Mütter wurden

179

meist mit einmaligen Zahlungen oder testamentarischen Regelungen abgefunden. Das findet ihr aber alles im Schlossarchiv. Ich habe bloß mal gelesen, dass Fürst Friedrich Günther seine drei unehelichen Töchter nach seinem Tod mit vierzigtausend Talern in Papieren bedacht hat. Eine für die damaligen Umstände sehr großzügige Geste.«

Bernsen nuschelte etwas Unverständliches.

»Die Erbfolge in den Fürstenhäusern ist klar geregelt. Glaubt mir, da ist kein Platz für nicht standesgemäße Nachfahren.«

26

Am nächsten Morgen, die Uhr am Rudolstädter Rathausturm schlug gerade acht, lehnte Bernsen an der Beifahrertür des Dienstwagens und beobachtete eine Gruppe Spatzen, die sich um ein angebissenes Brötchen balgten, das jemand unter den drei Fahnenmasten weggeworfen zu haben schien. Europa, Thüringen und der Landkreis Saalfeld-Rudolstadt hingen schlaff herab. In der Mitte Deutschlands fehlte einfach die steife Brise, die Bernsen so sehr mochte. Mürrisch atmete er die frische Luft des beginnenden Spätsommertages ein. Dabei verfluchte er seinen Kollegen und dessen ostdeutsche Frühaufsteher-Mentalität. Seit geschlagenen zehn Minuten war Kohlschuetter nun schon in der benachbarten Sparkassenfiliale, um sich ein paar Kontoauszüge und etwas Geld zu ziehen. Entweder spuckten die Automaten nichts aus, oder die moderne Technik war zu viel für den Kollegen.

Bernsens Blick aus müden Augen wanderte von den frühstückenden Vögeln langsam über den Marktplatz hin zum Marktbrunnen und blieb an der Brunnenfigur hängen, aus der das Wasser plätscherte. »Haben die Leute hier kein fließend Wasser aus der Wand, oder warum stehen die da Schlange?«, murmelte er und setzte sich behäbig in Bewegung. Die berufsbedingte Neugier schlug die Müdigkeit. »Hey, gibt es Bananen, oder was machen Sie hier?«, rief er in die kleine Menschentraube hinein.

Der hasserfüllte Blick einer älteren Dame mit dunkelrot angemalten Lippen traf ihn. »Die Ossis warten auf Bananen? Das war vor zwanzig Jahren schon nicht mehr witzig«, fauchte sie.

Bernsen hätte zu gern etwas darauf erwidert, doch just in diesem Moment drehte sich ein junger Mann zu ihm um und presste ein schwaches »Hier liegt ein toter Mensch« hervor.

Der Kommissar schubste sich den Weg frei. Dann sah er ihn.

»Schiet!« Er zog sein Handy hervor und wählte Kohlschuetters Nummer.

Keine Minute später stand der mit einem dicken Stapel Kontoauszüge in der Hand neben ihm. »Na, wenn das nicht der Traum eines jeden Kriminalbeamten ist«, schnaufte er.

»Hier gibt es nichts zu sehen. Bitte gehen Sie. Wir sind von der Polizei«, rief Bernsen wieder und wieder in die neugierigen Gesichter der Rudolstädter, doch es schienen immer mehr zu werden. Mit weit ausgestreckten Armen ging er auf die Zuschauer zu. Die meisten von ihnen folgten seiner Ansage auch brav, aber es kamen sogleich neue hinzu. Ein paar ganz Hartnäckige positionierten sich in Sichtweite und beobachteten den Tod, als sei er ein öffentliches Vergnügen.

Kohlschuetter bückte sich, legte den Zeige- und den Mittelfinger seiner rechten Hand auf die Halsschlagader des Toten. »Der ist tot, nichts zu machen«, sagte er erschüttert.

»Jetzt sagen Sie mir bloß nicht, dass das alles Zufall ist«, sagte Bernsen und stöhnte theatralisch, während er die Nummer von Susanne Summer wählte. Die Kollegin nahm sofort ab.

»Guten Morgen, meine Lieblingskollegin«, säuselte Bernsen betont freundlich. »Bitte kommen Sie zum Marktplatz von Rudolstadt, wir warten direkt am Marktbrunnen. Mit einer neuen Leiche.«

»Scheiße! Scheiße! Scheiße!«, fluchte Kohlschuetter laut dazwischen.

»Das war nur mein junger unerfahrener Kollege. Lassen Sie sich davon nicht stören. Und natürlich können Sie Ihren Kaffee austrinken.«

Susanne Summer, die noch nicht einmal zu Wort gekommen war, murmelte ein leises »Okay« und legte auf.

»Junger Freund, ich rate Ihnen, zügeln Sie Ihr Temperament. Das mögen die Frauen nicht.« Bernsen fummelte bereits wieder an seinem Handy herum. Irgendwo hatte er doch die Nummer der hiesigen Polizeiinspektion abgespeichert.

»Seit wann wissen *Sie*, was Frauen mögen?«, erwiderte Kohlschuetter bissig, um dann ein weiteres »Scheiße!« nachzuschieben.

»Kollege, ich verstehe schon. Claus Ferdinand von Wasenburg liegt zusammengefaltet vor Ihnen auf den Stufen des Brunnens. Sie standen auf den Typ, gut. Aber das ist kein Grund, jetzt einen auf sentimental zu machen.«

Der Rudolstädter Kollege war bereits am Telefon und hatte alles mit angehört. Fünf Minuten später war er bei ihnen und zog ein rot-weißes Absperrband mit der dicken schwarzen Aufschrift »Polizei« quer über den Marktplatz.

Kohlschuetter kniete neben dem Toten, dessen Brieftasche er gerade sichergestellt hatte. Von Wasenburg lag auf der rechten Seite, quer über den beiden Sandsteinstufen. Seine Beine waren angewinkelt, den rechten Arm hatte er ausgestreckt, als wollte er nach dem unteren Brunnenbecken greifen. Sein Gesicht war seltsam verzerrt, fast schon entstellt. Der Mund stand leicht offen, die Pupillen waren klein und wirkten glasig.

»Er ist noch warm, also kann er noch nicht lange hier liegen.«

Bernsen brummte zustimmend. Er ließ seinen Blick über die Fensterreihen der angrenzenden Häuser wandern. »Dann machen wir heute mal wieder auf Klingelmännchen. Ich bin begeistert. Sonst noch was?«

»Nichts, was man auf den ersten Blick sehen könnte.« Kohlschuetter richtete sich langsam wieder auf, hielt inne und stutzte. »Allerdings trägt er exakt die gleiche Kleidung wie bei unserem gestrigen Treffen.«

»Na und, ich trage meine manchmal wochenlang«, verkündete Bernsen nicht ohne einen gewissen Ausdruck von Renitenz in seinem Blick.

Kohlschuetter zog angewidert die Oberlippe hoch. »Das müssen Sie mir nicht noch sagen.« Er schüttelte sich. »Claus Ferdinand von Wasenburg war kein Mann, der an zwei aufeinanderfolgenden Tagen mit demselben Klamotten das Haus verlässt.«

»Dann hat er im tiefsten Osten eben mal eine Ausnahme gemacht. Da ist doch ohnehin alles etwas wilder. Außerdem kannte den hier sowieso keiner.«

»Wie bitte?« Kohlschuetter neigte nur fassungslos den Kopf über so viel Unsinn. »Er war ein Mann mit Prinzipien. Und was heißt überhaupt ›tiefster Osten‹?« Er erhob sich und machte einen Schritt von dem Toten weg, nur um sofort wieder einen Fuß nach vorn zu setzen und sich über den Toten zu beugen. »Sehen Sie den Rand hier, am Kragen seines Hemdes? Das Hemd ist definitiv von gestern. Niemals wäre er freiwillig so vor die Tür gegangen.«

Bernsen setzte ein lautes »Paah!« ab und zog gleichgültig die Schulterblätter nach oben. »Meinetwegen können die Kerle sich doch alle auftakeln.«

»Sind Sie noch nicht wach? Oder fehlt der morgendliche Omega-3-Fettsäuren-Kick aus der Nordsee?«

Ausdrucksloses Schweigen.

»Von Wasenburg hat sich seit unserem gestrigen Treffen nicht umgezogen. Nicht einmal für die Nacht. Irgendetwas muss passiert sein, das ihn daran gehindert hat.«

»Klar, man hat ihn umgebracht«, stimmte Bernsen zu.

»Ja, aber bevor er sich den Schlafanzug anziehen konnte, Mensch. Er muss die ganze Nacht unterwegs gewesen sein.«

»Der wird irgendwo versackt sein. Irgendeiner Ihrer Landsleute wird ihn auf ein Jever eingeladen haben. Trinken könnt ihr Ossis doch. Und der Gute hier ist dabei auf der Strecke geblieben.«

»Jever, ja? Und was hat er gefeiert, den Tod seines besten Freundes vielleicht?«

Das ohrenbetäubende Geräusch eines Martinshorns unterbrach die Diskussion. Direkt neben dem Brunnen kam ein Krankenwagen zum Stehen.

»Seid ihr bekloppt oder was?«, blaffte Bernsen den ausgestiegenen Fahrer an. »Der Typ ist lange in die ewigen Jagdgründe abgetaucht, da müsst ihr mit eurem Krawall nicht noch den Rest der Rudolstädter auf den Marktplatz locken.«

Der Sanitäter, ein kleiner rundlicher Mann um die zwanzig, schaute beleidigt, wagte aber nichts zu entgegnen. Derweil öffnete sich in Zeitlupe die Beifahrertür, und Frau Stulnitz stieg aus dem Wagen. Sie trug wieder Rot, nur dieses Mal die Premium Warnweste EN 471 für Rettungsdienste mit der dazu passenden Hose.

»Verehrteste, hätte ich gewusst, dass Sie es sind …«, frotzelte Bernsen und hielt ihr seinen rechten angewinkelten Arm hin, als wollte er die Medizinerin zu ihrem Patienten geleiten. Frau Stulnitz' Wangen glühten, als sie ihren Koffer abstellte und einen schüchternen Morgengruß stammelte.

»Jetzt ist der Tote in guten Händen«, stellte Bernsen fest und widmete sich wieder seinem Kollegen, ganz so, als ob seine Fürsorgepflicht hier nun nicht mehr gebraucht würde. »Ich hatte übrigens noch kein Frühstück, falls Sie das vorhin meinten.«

»Hier gibt es keine Nordsee.«

»Aber ein Hotel Adler und die haben eine ausgezeichnete Pizza

Tonno. Einer muss sich doch das Zimmer anschauen, das Personal befragen ...« Leichtfüßig entschwand Bernsen in Richtung Hotel. Kohlschuetter blieb zurück.

Nachdem er ein paar Minuten unschlüssig neben der Leiche gestanden hatte, setzte er sich etwas abseits auf die Stufen des Brunnens und ließ das gestrige Gespräch mit von Wasenburg gedanklich noch einmal Revue passieren. Neben ihm hantierte einer der Streifenbeamten mit dem Sichtschutz. Frau Stulnitz begann damit, den Toten zu entkleiden. Vereinzelt wurden Fenster des Rathauses geöffnet, und einige Mitarbeiter streckten ihre Köpfe heraus, zogen sie aber schnell wieder zurück. Ein paar störrische Schaulustige hielten die Stellung.

Irgendwann kam der Wagen der Kriminaltechnik die Marktstraße heraufgefahren.

»Timo, alles klar bei dir?«, rief Susanne Summer, kaum dass sie ausgestiegen war. Eilig kam sie zu ihm herübergelaufen. »Timo.«

Kohlschuetter zuckte zusammen. Er hatte sie nicht kommen sehen.

»Wer ist das?« Susi schaute ihn besorgt an. Sein Gesichtsausdruck sprach Bände.

»Das ist Claus Ferdinand von Wasenburg, der Freund von Georg Albert Münster. Wir haben uns gestern mit ihm getroffen und wollten das Gespräch heute fortführen«, sagte er sichtlich betroffen.

»Na, das wusste aber jemand zu verhindern«, antwortete Susi ruhig. »Ärgere dich nicht, hörst du? Das kann immer vorkommen. Niemand konnte das wissen.«

»Er war ein beeindruckender Mensch, irgendwie passte auf ihn der Ausdruck Edelmann, wenn du weißt, was ich meine.« Kohlschuetters Blick verlor sich irgendwo in den Werbebannern der gegenüberliegenden Tourist-Information.

Susi nickte so verständnisvoll, wie es nur Frauen tun konnten.

»Hast du was für mich?«

»Nur seine Papiere und eine Karte vom Dönerladen am Kleinen Damm. Ach, und Susi, ich weiß, dass es nicht dein Job ist, aber könntest du dich bitte um die Rudolstädter Kollegen kümmern? Die Befragung der Anwohner anleiern, du weißt schon. Irgendjemand muss etwas bemerkt haben, doch wir können unmöglich alle ablaufen, zumal hier niemand Bernsens Humor versteht.« Er reichte ihr die Beweismitteltüte mit den Sachen. »Ich geh dann mal meinen umgänglichen Kollegen im Zaum halten«, sagte er, nachdem sie eingewilligt hatte.

Susanne Summer schaute ihm noch einen Moment lang nach und machte sich dann an die Arbeit.

27

Bernsen hatte unter den Augen des erstaunten Restaurantpersonals ausgiebig gefrühstückt. Einen Teller Rühreier mit Lachs und Krabben, drei Brötchen, zwei Gläser Orangensaft und eine große Kanne Kaffee. Und wenn das Seniorenkränzchen am Nachbartisch ihm nicht die letzten Heringsröllchen vom Büfett geklaut hätte, wären auch die noch in seinen Magen gewandert. Stattdessen hatte er sich mit einer Banane als Wegzehrung begnügen müssen, die nun aus der linken Gesäßtasche seiner Jeans herausragte. Nach dem Frühstück hatte er der Dame an der Rezeption die Sachlage gänzlich charmefrei und ohne Auslassen von Details vorgetragen, worauf sie kreidebleich in den hinteren Büroräumen verschwunden war. Jetzt befand er sich mit dem Zimmerschlüssel Nummer acht auf dem Weg in die erste Etage des Hotels.

Sein Lieblingslied summend übersprang er ein um die andere Stufe. Als er gerade bei der Zeile »Meine Braut ist die See …« angelangt war, kam ihm auf der Treppe der schnöselige Empfangschef Maik Pehring entgegen. Bernsen grüßte kurz, und fast war es ihm, als ob Mister Cool für den Bruchteil einer Sekunde ein zynisches Lächeln auf dem Gesicht gehabt hätte. Aber er konnte sich auch irren. Im nächsten Moment war der Typ auch schon an ihm vorbei und Bernsen bei der Nummer acht angekommen. Die Tür war nur angelehnt, er schob sie mit dem Ellenbogen auf und trat ein. Der Zimmerschlüssel steckte von innen. Die große goldene Acht, die am Schlüssel hing, schlug gegen das Holz der Tür.

Das Zimmer sah aus, als hätte ein zugedröhnter Rockstar darin eine wilde Orgie gefeiert. Das Bettzeug war zusammengeknüllt auf dem Fußboden im Raum verteilt. Neben dem Nachtschränkchen lagen zwei leere Flaschen Thüringer Waldquell medium und die Scherben eines Glases. Darüber schwebte die Tischlampe, die nur noch von ihrem Kabel gehalten wurde. Der Hörer des Telefons baumelte daneben.

Bernsen stieg über einen umgefallenen Stuhl und öffnete die

Tür ins Badezimmer. Ein widerwärtiger Geruch von Erbrochenem drängte ihm entgegen. Er hielt den Atem an und schaute sich um. Auf den Fliesen verteilten sich die Kosmetika. Ein teures Aftershave war in dem breit geschmierten Haufen Mageninhalt gelandet. »Das hilft auch nicht«, murmelte er angeekelt und verließ die Nasszelle.

»Was war denn hier los?« Kohlschuetter stand plötzlich im Zimmer. »Sieht nach Kampf aus.«

»Oder nach Alkoholexzess«, meinte Bernsen. »Der Kotze nach zu urteilen.«

Kohlschuetter zog ein frisches Papiertaschentuch aus seiner Hose, griff damit nach einer der Wasserflaschen und hob sie an seine Nase. Nichts. Dann wiederholte er die Prozedur mit der zweiten. Wieder nichts. Mit einem großen Schritt stand er vor der Minibar, öffnete die Tür und warf einen Blick hinein. Sie war randvoll gefüllt.

»In den Flaschen war nur Wasser. Haben Sie Alkohol gefunden?«

Bernsen schüttelte den Kopf und öffnete den Kleiderschrank. Darin bot sich der gleiche Anblick wie bei Georg Albert Münster. Kasernenordnung.

Ein Handy klingelte. Die Männer schauten sich suchend um.

»Es kommt vom Bett.« Bernsen griff nach dem einzigen darauf verbliebenen Kissen und zog es zur Seite. Fehlanzeige. Er beugte sich über die Matratze. »Ich sehe es. Es liegt genau unter der Besucherritze am Boden. Haben Sie etwas Langes für mich? Ich komme so nicht ran.«

Kohlschuetter erspähte einen Stockschirm, der an der kleinen Garderobe lehnte, und warf ihn seinem Kollegen zu. Der fing den Schirm gekonnt auf, schmiss sich auf die Knie und verschwand bis zu den Gesäßtaschen seiner abgewetzten Jeans unter dem Bett. Kurz darauf tauchte er wieder auf und hielt Kohlschuetter ein teures Smartphone hin. Der Anrufer hatte bereits aufgegeben.

Kohlschuetter grinste über Bernsens Körpereinsatz. Dann versuchte er, dem Telefon den letzten Anrufer zu entlocken. Glücklicherweise hatte von Wasenburg sein Handy nicht mit einer PIN geschützt. Er wählte die letzte Nummer. Eine Frauenstimme meldete sich.

»Zur Lippe. Guten Morgen, lieber Claus Ferdinand.«

»Kohlschuetter, Kripo Erfurt. Sie haben soeben versucht, Herrn von Wasenburg zu erreichen?«

Die Dame stockte und sagte dann betont vornehm: »Ja, das habe ich. Bitte, dürfte ich erfahren, warum Sie an das Telefon von Herrn von Wasenburg gehen?«

»Bitte sagen Sie mir zuerst, wer Sie sind und warum Sie Herrn von Wasenburg angerufen haben«, antwortete Kohlschuetter.

»Ich bin Pauline Prinzessin zur Lippe, eine alte Freundin. Herr von Wasenburg hat gestern Abend mehrfach versucht, mich zu erreichen. Bei meinen Konzerten habe ich aber das Handy nicht dabei. Könnte ich ihn jetzt bitte sprechen?«

»Es tut mir leid, Herr von Wasenburg ist tot. Wir haben ihn gerade auf dem Marktplatz gefunden.«

»Tot? Auf dem Marktplatz? Aber wie? Jetzt also auch noch er. Das bestürzt mich sehr. Würden Sie mir bitte sagen, wie ich Ihnen behilflich sein kann?«

Kohlschuetter zuckte zusammen. In ihrer Reaktion lag die gleiche emotionale Distanz und Kühle wie gestern bei von Wasenburg. Dabei wurde er das Gefühl nicht los, dass es die Dame vor Trauer fast zerriss. Ihre kurzen Atemzüge verrieten sie.

»Frau zur Lippe …«

»Prinzessin zur Lippe, bitte.«

»Prinzessin zur Lippe, darf ich Sie etwas später noch einmal zurückrufen? Ich weiß noch nichts Genaues.«

Mit einem »Jederzeit« verabschiedete sie sich von ihm.

»Prinzessin, Prinzessin«, äffte Bernsen, der während des Telefonats am Hoteltelefon herumgespielt hatte, Kohlschuetter nach. »Ich schlage vor, wir machen hier den Schuh, und die Spusi-Susi nimmt den Laden auseinander. Dann können Sie sich in Ruhe Ihrer königlichen Hoheit widmen. Und stecken Sie das Telefon ein. Wir scheinen es brauchen zu können.«

»Ich bin kein Anfänger«, zischte Kohlschuetter. Kurz darauf verstaute Bernsen den Hotelschlüssel in einer Plastiktüte, verschloss die Tür und trampelte geräuschvoll zur Rezeption. Sein Kollege folgte ihm nachdenklich.

»Schönheit! Kundschaft«, brüllte Bernsen durch das Foyer.

Unsicher und immer noch etwas weiß um die Nasenspitze

kam der scharfe Biber mit den flammenden Locken um die Ecke. Kohlschuetters Laune besserte sich schlagartig.

»Punkt eins: Keiner betritt die Nummer acht. Die KTU wird jeden Moment da sein. Punkt zwei: Wer hatte gestern Abend Dienst? Punkt drei: von wann bis wann? Punkt vier: Ist Ihnen heute Morgen hier oder vor dem Hotel etwas Ungewöhnliches aufgefallen? Punkt fünf: Name und Anschrift aller Gäste des Hotels. Punkt sechs: das Ganze im Schnelldurchgang.«

Die eisblauen Augen der Dame bewegten sich hektisch hin und her. Um ihren zart geschminkten Mund hatten sich ein paar Schweißperlen gebildet. Ihre Oberlippe zitterte leicht, und sie schien mit den Antworten einige Schwierigkeiten zu haben.

Kohlschuetter lächelte sie sanftmütig an.

Bernsen ließ die flache Hand auf den Tresen niedersausen, dass es knallte. »Punkt sechs vergessen?«

»Ich … nein. Punkt eins: in Ordnung, zwei: Herr Pehring, drei: von sechs bis sechs, vier: nein, alles wie immer, fünf: keine.« Dabei überschlug sich ihre Stimme fast.

»Wie, keine?«

»Die letzten Gäste sind gestern Vormittag abgereist. Erst am Freitag erwarten wir wieder eine Reisegruppe.«

Bernsen schien damit zufrieden zu sein. Nachdem ihm die junge Frau auch noch verraten hatte, dass Herr Pehring gerade nach Hause gegangen war, und die Adresse für ihn notiert hatte, verschwand er grußlos in Richtung Herrentoilette.

Kohlschuetter verabschiedete sich freundlich und verließ das Hotel.

28

Als sich Kohlschuetter dem Toten näherte, wackelte Frau Stulnitz ihm bereits mit kleinen Schritten entgegen.

»Schon fertig?«, fragte er überrascht.

Sie wurde rot.

»Helga ist der Hammer. Die findet alles. Echt klasse.« Susi gesellte sich zu ihnen.

»Wer ist Helga?«

Das Gesicht der Notärztin hatte jetzt die Farbe eines Feuermelders.

Susi hob eine Augenbraue und deutete mit dem Kopf auf Frau Stulnitz. Dabei raschelte ihr Plastikoverall. »Jetzt sag schon, Helga«, forderte sie.

Vorsichtig ergriff die Aufgeforderte das Wort. »Todesursache: vermutlich Vergiftung, was aber durch eine toxikologisch-chemische Analyse geklärt werden muss, nicht natürlicher Tod nicht auszuschließen. Feststellbare Symptome: erhöhte Temperatur, Schleimhautreizung vor allem am After, Spuren von Erbrochenem zwischen den Zähnen. Keine weiteren Verletzungen. Todeszeitpunkt: vor nicht mal zwei Stunden, die Totenflecken sind erst schwach ausgebildet, die Totenstarre ist noch nicht eingetreten.«

»Gift?«, wiederholte Kohlschuetter ungläubig.

Die Ärztin wiegte den Kopf einige Male hin und her. »Möglich, wie gesagt, bisher nur eine Vermutung von mir. Jena wird das klären.«

Der Totenschein wechselte den Besitzer.

»Wenn Sie mit dem Todeszeitpunkt auch nur ansatzweise richtig liegen, hätten wir ihn vielleicht noch retten können«, sagte Kohlschuetter mehr zu sich selbst.

Susanne Summer legte ihre Hand auf seine Schulter. »Nein, Timo. Das weiß man nicht.«

Er schaute sie müde an. »Dieser Fall ist komplett verworren. Wenn ich das Gefühl habe, wir kommen der Sache ein Stückchen näher, verschwindet die Lösung, bevor ich danach greifen kann. Es ist zum Verzweifeln. Hast du wenigstens etwas für uns?«

»Nichts, was ihr nicht schon wisst. Teure Kleidung, eine Glashütte-Uhr, sieht echt aus, sämtliche Kleidung unbeschädigt, nur ein großer Fleck Erbrochenes auf der Jacke und der Hose. Nichts weiter. Auch keine Kampfspuren. Für mich sieht es so aus, als hätte er sich hierhergeschleppt und wäre dann gestorben.«

»Er wollte Hilfe holen.«

»Vermutlich.«

»Aber warum hat er das nicht im Hotel gemacht?«

»Vielleicht kam er nicht aus dem Hotel?«

»Schau dir seine Lage an. Er kann eigentlich nur von der Nordseite des Marktplatzes gekommen sein, ansonsten hätte er um den Brunnen herumlaufen müssen. Außerdem steckte sein Schlüssel von innen in der Hotelzimmertür. Es sieht ganz danach aus, dass er nicht einmal mehr dazu kam, die Tür hinter sich zuzuziehen. In seinem Zimmer hat jemand gewütet, vermutlich aber nur er selbst, als wäre er nicht mehr ganz zurechnungsfähig gewesen. Wenn du sagst, es gibt keine Kampfspuren, kann ich eine zweite Person für das Zimmer nahezu ausschließen. Ebenso einen Diebstahl. Ein Oberstleutnant a.D. lässt sich doch nicht die Hütte zerlegen und schaut einfach dabei zu.«

»Einbruch, als er fort war?«

»Von Wasenburg hat sich im Bad übergeben, ist gegangen, ohne die Schweinerei zu beseitigen, und dann wird eingebrochen, ohne das Schloss aufzubrechen und ohne den Schrank zu öffnen beziehungsweise etwas darin durcheinanderzubringen? Nein, Susi, das klingt mehr als blödsinnig.«

»Und wenn sich jemand mit dem Zweitschlüssel des Hotels Einlass verschafft hat? Möglich wäre es.«

»Wenn das mit dem im Schloss steckenden Schlüssel überhaupt geht. Es wäre an dir, das nachher auszuprobieren.«

Susanne Summer kniff die Augen zusammen. Sein Ton erregte ihr Missfallen, und das konnte man ihr deutlich ansehen.

»Entschuldige bitte. Mich nervt diese Geschichte furchtbar.«

»Doch wohl eher dein Resozialisierungsprogramm für Bernsen«, maulte Susi.

Kohlschuetter musste lächeln. »Eigentlich hast du recht.«

»Was habt ihr denn bislang?«, erkundigte sie sich nun wieder deutlich freundlicher.

»Zwei tote befreundete Männer, einen Oberst a.D. und einen Oberstleutnant a.D., die nach Rudolstadt kamen, um die Wirkungsstätte der Urahnen des Ersteren kennenzulernen, und dabei einem ganzen Haufen verschlossener Mitarbeiter begegneten, die nichts wissen oder nichts wissen wollen, einem durchgeknallten Monarchisten, der sich eher die Hand abhacken würde, als einen Adligen umzubringen, und einen verrückten Anarchisten, der im Grunde ganz vernünftig ist. Natürlich haben alle mehr oder weniger schöne Alibis. Reicht das?«

»Das ist kaum mehr als gestern. Und was denkst du?«

»Dass die beiden Freunde irgendein Geheimnis verbindet und es mit dem Schloss zu tun haben muss. Die ganze Rückübertragungsnummer fällt dabei aber vollkommen flach.«

Susi zog die Stirn kraus.

Kohlschuetter schaute sie fragend an.

»Nehmen wir einmal an, von Wasenburg hat sich selbst umgebracht, die Trauer über den Verlust des Freundes, die Schmach, dass er ihm nicht helfen konnte, was weiß ich.«

»Möglich, wird sich zeigen«, antwortete Kohlschuetter einsilbig. »Erklärt aber noch nicht den ersten Mord.«

»Das mit den Ansprüchen könnte vielleicht nicht allen auf dem Schloss klar gewesen sein. Mord aus Angst, soll öfter vorkommen.« Susi überlegte ein paar Sekunden. Dann schüttelte sie energisch den Kopf. »Blödsinn. Du hast recht. So unwissend kann kein Mitarbeiter sein.«

»Es nützt nichts, wir müssen noch einmal die Runde machen. Wenn mein Fischgourmet von der Toilette kommt, fahren wir hoch auf die Heidecksburg. Einen anderen Anhaltspunkt habe ich momentan nicht. Ruf mich bitte an, sobald du —«

»Timo! Sobald ich etwas finde, ja.« Susanne Summer wandte sich wieder dem toten von Wasenburg zu.

29

»Weinbergstraße drei.« Bernsen schlurfte langsam zum Dienstwagen, an dem lässig sein junger Kollege lehnte und etwas in sein Notizbuch kritzelte. »Weinbergstraße drei«, wiederholte er. Dabei strich er sich über den leicht gewölbten Bauch. »Sechs Eier sind um diese Zeit vielleicht doch etwas schwer verdaulich.«

Kohlschuetter reagierte nicht. Während Bernsen nicht da war, hatte er das Handy des Toten durchforstet. Und er war fündig geworden.

»Gestern war von Wasenburg zum Mittagessen in der Kirchgasse.«

»Haben Sie das diesem Haufen Elektrosmog entlockt?«

»1230, 13.5, 11.7. Als Kalendereintrag.«

Bernsen gab einen undefinierbaren Laut von sich.

»Zwölf Uhr dreißig, wenn er den gleichen Code genutzt hat. 13.5 bedeutet ME, vermutlich Mittagessen, was zur Tageszeit passt, und 11.7 bedeutet KG, das ist der genaue Ort. Ich habe alle Rudolstädter Straßen durchgesehen. Es muss die Kirchgasse sein. Außerdem ist das hier gleich um die Ecke, also laufbar.«

»Sie müssen ja Zeit haben. Und was ist, wenn KG die Initialen eines Namens sind?«

»Dann habe ich Pech gehabt und Ihre Abwesenheit nicht ganz so sinnvoll genutzt.«

Ein Knurren. »Was ist dort?«

»Woher soll ich das denn wissen? Und was ist in der Weinbergstraße drei?«

»Da wohnt Mister Obercool, der noch nicht weiß, dass wir uns gleich mal bei ihm auf eine Tasse Kaffee einladen werden. Wollen doch mal sehen, ob der Lackaffe gestern Nacht nichts gehört hat.«

»Gute Idee. Kommen Sie, auf in die Kirchgasse.«

»Warum nicht erst zu Pehring?«

»Wollen wir eine Münze werfen oder was?«

»Dass ihr Ossis immer bestimmen wollt … Habt wohl was nachzuholen.«

Kohlschuetter antwortete nicht, sondern marschierte voraus, die Ratsgasse entlang. Auf Ost-West-Diskussionen hatte er überhaupt keinen Bock. Absolut überflüssig. Wann würde Bernsen das endlich begreifen? In vier Jahren, einhundertneun Tagen und sieben Stunden bestimmt nicht mehr. »Sie nehmen die linke und ich die rechte Straßenseite. Wir treffen uns wieder hier.«

»Ist schon klar. Geschäfte, Restaurants und so weiter. Ich bin ja nicht blöd«, brummte Bernsen lustlos und trottete über die Straße. »Wir suchen die Nadel im Heuhaufen.«

Wenn wir nur wüssten, dass es eine Nadel ist, die wir suchen, dachte Kohlschuetter.

Außer einer Mischung aus aufwendig sanierten Häuschen mit Rosenstöcken unter den Fenstern, Toreingängen aus Sandstein und einigen leer stehenden Wohndenkmälern bot sich dem kriminalistischen Auge nichts. Nicht einmal eine Kneipe, in der man den Wirt nach dem Toten fragen konnte.

Aus dem Augenwinkel sah er, wie Bernsen vor dem Alten Rathaus stehen blieb und intensiv die Rudolstädter Elle betrachtete, die an der Vorderseite eingemauert war. »Das ist eine mittelalterliche Maßeinheit von 1524«, rief er Kohlschuetter zwischen zwei vorbeifahrenden Autos zu. »Bei uns gibt es die Bremer Elle. 55,372 Zentimeter, genau der Abstand zwischen den beiden Kniespitzen unseres Rolands.« Dabei strahlte Bernsen, als hätte er in der Schwarza einen Klumpen Gold gefunden.

»Das kennt er, sagenhaft«, murmelte Kohlschuetter leise. Dann rief er zurück: »Das war bis 1912 das Rathaus der Stadt.«

»Was Sie alles wissen.« Bernsen fotografierte die Elle mit seinem Handy und ging gemächlich weiter.

Fünfzehn Minuten später stand Kohlschuetter bereits wieder am verabredeten Treffpunkt und wartete auf seinen Kollegen. Der schlenderte die Häuserzeile entlang und genoss die Sonnenstrahlen.

»Wenn Sie dann Ihren Verdauungsspaziergang beendet hätten …« Kohlschuetter warf einen demonstrativen Blick auf seine Armbanduhr.

»Ein paar nette Wohnungen haben die hier. Das muss ich schon sagen.« Bernsen trödelte heran.

»Und sonst noch etwas?«

»Also, ich frage mich wirklich, warum Sie heute so gereizt sind.«

»Womöglich liegt es daran, dass wir zwei Tote in drei Tagen haben – und nicht den Hauch einer Spur.«

»Junger Padawan, in unserem Job ist Geduld gefragt. Aber das kommt mit der Zeit.«

»Ja, ganz sicher, je länger ich Ihrem norddeutschen Gemüt ausgesetzt bin. Haben Sie nun also irgendetwas Brauchbares gefunden oder nicht?« Kohlschuetter bog in die Ratsgasse ein.

»Nein. Vielleicht haben Sie die Chiffrierung falsch übersetzt.«

»Na klar, daran kann's liegen.«

»Warum seid ihr Ossis eigentlich immer gleich so tödlich beleidigt? Furchtbare Mimosen.«

»Die Ossis sind keine Mimosen!« Kohlschuetters Stimme hallte durch die Ratsgasse bis zum Markt und wieder zurück.

Einige Passanten drehten sich kopfschüttelnd um. Ein älterer Herr, der gerade auf den Gehweg getreten war, stoppte abrupt und schaute die beiden griesgrämig an. »Die Menschen, hinter denen sich 1961 die Mauer geschlossen hat, hatten keinen Marshallplan und keine Hilfspakete«, belehrte er sie. »Hier gab es keinen Wohlstand in Tüten, den der reiche amerikanische Onkel großzügig über einem auskippte. Hier musste man sich mit einer Besatzungsmacht arrangieren, die auch noch das letzte bisschen aus allem herausgepresst hat. Den Menschen war es vergönnt, sich alles, aber auch wirklich alles, hart zu erarbeiten, und das oftmals mit den einfachsten Mitteln. Empfindlich werden wir Ossis nur, wenn fünfundzwanzig Jahre nach der Wende immer noch irgendwelche Ewiggestrigen das Gegenteil behaupten. Einen schönen Tag noch.« Der Herr nickte und lief an den beiden Kommissaren vorbei.

Bernsen zuckte mit den Schultern, als hätte er überhaupt nicht registriert, wem diese Standpauke galt. Unbeeindruckt pfiff er einen alten Schlager von Hans Albers, während er auf dem Beifahrersitz des Wagens Platz nahm.

Kohlschuetter hatte während der Ansage des Mannes die ganze Zeit intuitiv genickt, aber kein Sterbenswörtchen dazu verloren. Vor sich hin grübelnd chauffierte er Bernsen nun in die Weinbergstraße und hielt vor einem schicken Mehrfamilienhaus.

»Hier wohnt der Typ«, entschied Bernsen und hüpfte aus dem Auto. Schnurstracks marschierte er auf eine Gartenpforte zu, führte den Zeigefinger langsam von unten nach oben über die Klingelleiste, stoppte in der Mitte und drückte den Knopf, als ginge es darum, nach einer Blutabnahme den blauen Fleck an der Einstichstelle zu vermeiden.

Über die Gegensprechanlage meldete sich Maik Pehring mit einem unwilligen »Was ist?«.

»Kripo Erfurt. Bernsen hier. Meister, wir hätten da mal noch ein paar Fragen.«

Der Türöffner summte. Zwei Minuten später standen sie vor der Wohnungstür des Hotelangestellten. Maik Pehring lehnte lustlos darin. Er trug einen seidenen goldglänzenden Hausmantel, wie man ihn ansonsten nur aus amerikanischen Filmen der zwanziger Jahre kennt. Den Gürtel hatte er an den Hüften fest zusammengeknotet, was seine schmale Taille besonders hervorhob. Am Revers lugte der Kragen eines fein säuberlich gestärkten weißen Hemdes hervor. Darüber trug er ein elegantes violettes Einstecktuch, dessen aufgesticktes Monogramm MA Kohlschuetter nicht zuordnen konnte.

»Um was geht es? Ich habe nicht viel Zeit«, beschied er sie unhöflich.

»Wollen wir das im Hausflur klären?«, fragte Bernsen mit säuerlicher Miene.

»Warum nicht?« Pehring hatte sich wieder in seine teilnahmslose Starre begeben. Sein Blick klebte an Kohlschuetter, und das sollte sich die gesamte Befragung nicht ändern, auch nicht dann, wenn er von Bernsen angesprochen wurde.

»Sie hatten bis vor zwei Stunden Nachtdienst im Adler?« Kohlschuetters Stimme klang ruhig, fast ein wenig monoton.

»Ja.«

Bernsen war dran. »Gab es einen ungewöhnlichen Zwischenfall?«

»Eine Dame aus dem Restaurant wünschte eine Kopfschmerztablette.«

»Mehr nicht?« Kohlschuetter zwang sich, ruhig zu bleiben.

»Nein.«

»Herr von Wasenburg hat Sie nicht zufällig angerufen?« Bernsen beugte den Kopf leicht nach vorn, was Kohlschuetter als Aufforderung verstand, dass er ihm nun das Feld überlassen sollte. Die Zeit für den Bad Cop war gekommen.

»Nein.«

»Meister, das war keine Frage, das war Sarkasmus!«

»Dann dürfen Sie es nicht als solche formulieren.«

»Noch mal zum Mitschreiben für die ganz Genauen: Herr von Wasenburg hat Sie angerufen. Was wollte er?«

»Das weiß ich nicht. Ich habe nicht mit ihm gesprochen.«

»Flüssiger im Text, Bürschchen, sonst ziehe ich andere Saiten auf«, fauchte Bernsen.

»Welche denn? Ich bin ein unbescholtener Bürger, dem Sie ein paar Fragen stellen dürfen, damit Sie Ihre Arbeit machen können, was auch immer die sein mag.« Pehring lächelte schmal, wobei seine Augen eine Eiseskälte ausstrahlten.

»Herr von Wasenburg lag heute Morgen tot auf dem Marktplatz. Laut Telefon auf seinem Zimmer hat er gestern Abend beziehungsweise in der Nacht versucht, die Rezeption zu erreichen. Dämmert's jetzt?«

»Natürlich. Herr von Wasenburg hatte Durst bekommen und verlangte nach einer Flasche Wasser.«

Bernsen knurrte wie ein alter Kampfhund. »Welche Uhrzeit?«

»Gegen zwei habe ich ihm die Flasche auf das Zimmer gebracht.«

»Und da war er vollkommen in Ordnung?« Bernsen wurde zusehends ungehaltener.

»Das weiß ich nicht. Ich habe sie vor seiner Tür abgestellt.«

»Machen Sie das immer so?«

»Wenn der Gast nicht öffnet.«

»Das war alles?«

»Ja.«

»Er hat also nicht irgendwann später das Hotel verlassen?«

»Das weiß ich nicht. Gesehen habe ich ihn zumindest nicht. Auch leitende Hotelangestellte müssen mal urinieren.«

»Sie hatten behauptet, Herr Münster sei ohne Begleitung angereist. Bleiben Sie dabei, dass Herr von Wasenburg und Herr Münster nicht gemeinsam in Rudolstadt waren?«

»Ich bin Empfangschef und kein Privatdetektiv. Für mich

waren das nur zwei Gäste, die zwei Einzelzimmer gebucht hatten.«

»Sie haben die beiden Herren nicht einmal gemeinsam beim Frühstück gesehen?«

Pehring verdrehte gelangweilt die Augen. »Ist es so schwer zu verstehen, was ich sage?«

»Pah, tschüss dann.« Bernsen machte eine abwertende Handbewegung und drehte ab.

Kohlschuetters Augen verschwanden halb hinter zusammengekniffenen Lidern. »Wir kommen wieder, Herr Pehring, verlassen Sie sich darauf.«

Maik Pehring antwortete nicht. Alles, was er für den Kommissar übrighatte, war ein verächtlicher Gesichtsausdruck. Dann schlug die Wohnungstür ins Schloss.

30

»Am meisten ärgert mich, dass diese kleine miese Ratte womöglich sogar die Wahrheit sagt!« Bernsen schnaubte wutentbrannt, während er den Gurt des Beifahrersitzes malträtierte. »Ich habe doch unmöglich zugenommen. Dieses Scheißteil rührt sich nicht.«

»Noch mal die Tür aufmachen, Gurt reinziehen, Tür schließen und es erneut versuchen«, leierte Kohlschuetter gelangweilt herunter.

Nach einigen Seemannsflüchen und schepperndem Metall saß Bernsen endlich sicher, und Kohlschuetter kam aufs Thema zurück.

»Das kann natürlich sein, aber woher er diese Hochnäsigkeit nimmt, ist mir schleierhaft.«

»Meine Rotfeder sagt immer, äh, hat immer gesagt: Überheblichkeit ist Unsicherheit. In Wirklichkeit hatte dieser Pehring eine schlechte Kindheit, weil seine Mutter ihm kein Lego kaufen wollte, was ihn aufs Schwerste traumatisiert hat, sodass er keine normalen sozialen Kontakte aufbauen konnte und heute noch Angst hat, die leeren Flaschen zum Glascontainer zu bringen.«

»Sie haben in den Psychologie-Seminaren richtig einen mitbekommen, was?«

»Was denken Sie denn? Zwischenmenschliches ist meine Stärke. Fragen Sie meine Rot...« Er verstummte.

Kohlschuetter überging den abgebrochenen Satz großzügig. »Für mich ist der einfach nur unsympathisch.«

»Genau so. Und er hat ein Problem mit uns Ordnungshütern.« Bernsen lehnte sich bequem zurück. Dann tönte Hans Albers, die Zweite, durch den Dienstwagen.

Langsam tuckerte der Opel die Weinbergstraße entlang, über die Berthold-Rein-Straße bis zur Schwarzburger Chaussee. Irgendwann bogen sie auf den Saaledamm ein, ordneten sich rechts ein, überquerten die Saale in Richtung Heinrich-Heine-Park und erreichten den Dönerladen auf dem Kleinen Damm.

»Kollege, dass Sie an mein Mittagessen denken.« Bernsen wirkte ehrlich gerührt.

»Hatten Sie nicht gerade erst Ihr Frühstück? Ich will hier eigentlich nur einen eher vagen Anhaltspunkt verfolgen, und zwar die Visitenkarte des Dönerladens in von Wasenburgs Tasche«, antwortete Kohlschuetter.

»Sie meinen, Seine Lordschaft hat hier, bei diesem Döner ...« Bernsen stockte. »Sehen Sie, was ich sehe?«

»Nada Babic, der scharfe Putzteufel«, antwortete Kohlschuetter mit großen Augen, »küsst einen fremden Mann.«

»Na, fremd sieht das nicht aus.« Bernsen kletterte zackig aus dem Wagen und steuerte direkt auf das Pärchen zu.

»Frau Babic, das ist ja eine Freude, Sie hier zu treffen«, tönte er schon von Weitem.

Die Putzteufelin schmiegte sich an den Mann und schaute verblüfft. »Sie mich suchen? Ich Fahndung wegen Heidecksburg.«

»Nein, wir wollten zu dieser Dönerbude hier.« Bernsen hielt ihr die Karte hin, die Kohlschuetter bei dem Toten gefunden hatte. »Mittagessen. Wie Sie sicherlich auch?«, wollte er provozierend wissen, obwohl er sich die Antwort schon denken konnte. Mittlerweile stand Kohlschuetter mit zerknirschtem Gesicht neben ihm.

»Nein. Ich hier wohnen. Mein Mann gehört Restaurant, keine Dönerbude.« Sie küsste ihn zärtlich und ließ von ihm ab. »Ich muss dann. Guten Appetit.«

Der Mann lächelte und bat die Kommissare herein. »Döner kennt jeder, der verkauft sich einfacher als die kroatische Küche«, sagte er in fehlerfreiem Deutsch, aber mit leichtem Akzent.

»Ich nehme einen XXL-Fisch-Döner und für meinen Kollegen ein Wasser ohne Sprudel und einen kleinen Salat.« Bernsen rieb sich erwartungsvoll die Hände und setzte sich an den erstbesten freien Tisch. Kohlschuetter nickte und folgte ihm.

»Na, wenn das kein Zufall ist ...«, sagte er leise und zog sein Handy aus der Tasche. Im Fotoordner suchte er nach der Aufnahme von Claus Ferdinand von Wasenburg, die er vorhin gemacht hatte. Als Herr Babic das Wasser brachte, hielt er ihm unangekündigt das Bild unter die Nase. »Schon mal gesehen?«

Der Wirt kniff die Augen zusammen, als hätte er Mühe, etwas zu erkennen. Nach einer Weile antwortete er mit fester Stimme: »Nein, noch nie.«

»Sicher? Bei den vielen Gästen hier kann man sich schon einmal irren«, blaffte Bernsen ziemlich unwirsch. Die Nummer mit dem Bad Cop beherrschte er famos.

»Ich habe diesen Mann noch nie gesehen«, versicherte Babic erneut. »Warum fragen Sie mich das?«

»Weil er heute tot auf dem Marktplatz lag und Ihre Visitenkarte in der Tasche hatte. Außerdem ist er der Freund von dem Mann, der in der Nacht auf Sonntag aus dem Fenster der Heidecksburg geflogen ist, just zu dem Zeitpunkt, als Ihre Frau dort sauber machte. Das ist doch ein seltsamer Zufall, finden Sie nicht?«, erklärte Kohlschuetter.

»Nein. Wir sind anständige Leute, und der Mann ist mir nie begegnet.«

»Aber vielleicht Ihrer Frau?« Bernsen zwinkerte unverschämt.

»Was wollen Sie damit sagen?« Das Gesicht des Wirtes wurde knallrot vor Zorn. Er schien eine wütende Verwünschung auf der Zunge liegen zu haben, schluckte sie aber hinunter.

»Seit wann sind Sie denn in Deutschland?«, erkundigte sich Kohlschuetter freundlich.

Babic zog seine Stirn zu einer dicken Falte zusammen. Offensichtlich hatte er keinen Schimmer, worauf die Frage abzielen sollte. »Seit 1999. Wir waren Flüchtlinge.«

»Und Sie kommen woher?« Kohlschuetter nahm einen kräftigen Schluck von dem eiskalten Wasser.

»Bosnien-Herzegowina, Sarajevo.« Babic wurde immer unsicherer.

»Sehen Sie, schon wieder so ein Zufall«, tönte Bernsen. »Das ist aber heute auch eiferbibsch.« Das Nordlicht versuchte sich im sächsischen Dialekt, was gründlich in die Hose ging. »Unsere beiden Toten waren bei der Bundeswehr und im Jahr 1999 interessanterweise in Sarajevo auf Friedensmission. Wie das Leben so spielt, nicht wahr? Kann es nicht sein, dass Sie sich damals dort begegnet sind?«

Babic strich sich mit zittriger Hand durch die schwarzen Haare. »Nein, ich schwöre es Ihnen. Ich habe diesen Mann noch nie gesehen, auch nicht zu Hause. Wir hatten keinen Kontakt mit der Bundeswehr, viel zu gefährlich. Glauben Sie mir bitte.« Er schaute die beiden Kommissare mit flehenden Augen an.

»Wo waren Sie in der Nacht von Samstag auf Sonntag?«, wollte Kohlschuetter wissen.

Babic atmete erleichtert aus. Er schien ein Alibi zu haben. »Bei Freunden in Saalfeld. Dort waren wir von Freitagnachmittag bis Montagmittag. Zwischendurch musste Nada auf das Schloss. Der Auftrag ist wichtig für uns, ein guter Kunde. Ich schreibe Ihnen die Namen gern auf.«

Kohlschuetter bestätigte das Angebot mit einem kurzen Kopfnicken. »War das Lokal nicht geöffnet?«

»Nein. Jahresurlaub. Erst seit heute wieder. Außerdem ist Montag immer Ruhetag.«

»Vier Tage?«, fragte Kohlschuetter nach.

»Ja, mehr können wir uns nicht leisten«, gab Babic ein wenig beschämt zu.

»Dann bringen Sie mir jetzt mal meinen Riesendöner, damit etwas Geld in die Kasse kommt«, forderte Bernsen. Dabei schnalzte er genüsslich mit der Zunge, als könnte er die nächste Mahlzeit kaum erwarten.

»Wir haben diese Karten übrigens letzte Woche überall in der Stadt verteilt«, sagte Babic. »Das machen wir zweimal im Jahr. Werbung ist wichtig.« Unsicher fügte er hinzu: »Und wir haben leider keinen Fisch-Döner.«

»Na, ein bisschen Seelachs im Fladenbrot mit Weißkraut und Tzaziki werden Sie ja wohl noch hinbekommen«, empörte sich Bernsen.

»Magenprobleme, was?«

Babic verschwand mit hängenden Schultern in der Küche.

»Der lügt doch. Das sehe ich ihm doch an. Alles Strauchdiebe, die aus dem Osten.«

Kohlschuetter wartete einen Augenblick. Dann entgegnete er spitz: »Ihr Rassismus orientiert sich offenbar an der Frage der Himmelsrichtung. Dort, wo die Sonne aufgeht, scheint bei Ihnen das Licht auszugehen.«

Schweigen.

Wird Zeit, dass die Rotfeder wieder anruft, dachte Kohlschuetter. Der Junge braucht mal ein paar zwischen die Hörner. Dann biss er herzhaft in das Blatt eines Lollo bianco, das er von dem üppigen Salatteller gefischt hatte, der ihm von Babic vor die Nase gestellt worden war. Das war ja heute wieder nicht zum Aushalten.

31

Vier Stunden und einige Verhöre später, die Sonne stand hoch über der Heidecksburg, und Bernsens Kreislauf meldete Kaffeezeit, saßen die beiden Kommissare auf einer Bank im Schlossgarten und beobachteten einige Kinder, die ausgelassen tobten. Immer wieder rannten sie um das Schallhaus, ein kleines rundes Gartenhaus inmitten des ehemaligen Schlossgartens, in dem früher musiziert wurde und das nach seiner Sanierung seit Kurzem wieder als Ort für klassische Konzerte fungierte.

»Es ist zum Davonlaufen«, sagte Kohlschuetter und stöhnte ausgiebig.

»Der Jugoslawe und seine Frau waren es. Rache für die SFOR, liegt doch auf der Hand«, polterte Bernsen.

»Quatsch. Sie immer mit Ihren Vorurteilen. Sie haben doch gehört, wie ich vorhin mit deren Freunden aus Saalfeld gesprochen habe. Der Babic hat ein Alibi, und außerdem waren die beiden 1999 höchstens sechzehn Jahre alt. Die sind mit der kompletten Familie geflohen, alle Geschwister, Eltern, Großeltern und so weiter. Nada war auf dem Schloss, gut, aber wenn ich ehrlich bin, glaube ich nicht, dass sich ein Kerl wie Münster von so einer zierlichen, kleinen Frau aus dem Fenster werfen lässt.«

»Woher wissen Sie denn das von der Flucht?« Bernsen schaute ihn verwundert an.

»Weil ich mich mit Babic unterhalten habe, als Sie ... na ja, auf dem Klo saßen. Hat ja lange genug gedauert. Außerdem kann von Wasenburg nicht dort gegessen haben, wenn die Hütte zu war. Sie müssen sich also nicht begegnet sein. Die Karte kann er überall aufgelesen haben, die lag sogar in der Sparkasse.«

»Verdauungsprobleme«, nuschelte Bernsen.

»Wie das wohl kommt? Aber mal ehrlich, hier oben waren die Gespräche auch nicht ergiebiger.«

»Was haben Sie erwartet? Niemand hat irgendetwas Näheres mit von Wasenburg zu tun gehabt. Keiner kannte ihn, alle wollen sich heute früh irgendwo aufgehalten haben, wo von Wasenburg erwiesenermaßen *nicht* war. Und das Komische ist, ich glaube denen das auch.« Bernsen zog die Nase nach oben.

»Zwei Fremde kommen hierher, einer sieht aus wie ein Schwarzburg-Rudolstädter Fürst, doch keiner traut sich, das auszusprechen, einige merken es nicht einmal. Dann ist der Ururenkel tot, und kurz darauf stirbt sein Freund …«

»Haben Sie die Reaktion von Bleich-Barnitz gesehen? Das war vielleicht eine Schau. Ein illegitimes Kind, igittigittigitt.« Bernsen bleckte angewidert die Zähne und rümpfte die Nase. »Wie der sich gewunden hat! Dass er den Münster nicht erkannt hat, würde ich sofort unterschreiben. Die Möglichkeit, dass uneheliche Kinder geboren werden, hat der doch überhaupt nicht auf dem Schirm. Komplett ausgeblendet. Was nicht sein darf, findet auch nicht statt. Nur bei der Erbregelung und den Rückübertragungsansprüchen, da wusste er Bescheid. Dieser selbstzufriedene Blick, sagenhaft, wenn man bedenkt, dass ihn sonst nichts anzuheben scheint, außer natürlich diese Schenker.«

»Schenken.«

»Meinetwegen auch die.«

»Und der andere, dieser Schneidersohn, hat es gewusst, nur war es ihm zu blöd, sich auf das Niveau der bunten Frauenmagazine herabzulassen. Außerdem spielte es für ihn keine Rolle.«

»Genau, und auch hier ganz klar keinerlei Befürchtungen, sein Auftauchen könnte Schaden verursachen.«

»Und bei den Weibern ebenfalls nichts außer Gefühlsduselei.«

Die Kinder spielten nun Verstecken. Ein kleines Mädchen stand mitten auf dem Rasen, die Hände fest vor die Augen gedrückt, und zählte von zehn rückwärts. Bei eins angekommen, schrie sie laut: »Ich komme!«, ließ die Arme fallen, drehte sich einmal um sich selbst und rannte los. Sie durchkämmte den gesamten Garten, sprang sogar auf die Brüstung, als könnte sich jemand an den steilen Abhang hinunter zur Stadt gehängt haben, umrundete die Säulen des Horentempels und kroch unter die Büsche. Irgendwann blieb sie mit hängenden Schultern stehen und begann zu weinen.

»Was macht die denn? Der eine sitzt auf der ersten Treppenstufe zur mittleren Terrasse, die andere klebt hinter dem großen Baum da vorn, und der Dritte hockt dahinten im Gebüsch. Wie kann sie das denn nicht sehen? Was sind das heutzutage nur für Kinder?« Bernsen wollte gerade aufspringen, als Kohlschuetter ihn am Ärmel zurück auf die Bank zog.

»Ist Ihnen schon mal der Gedanke gekommen, dass auch wir das Offensichtliche nicht sehen, obwohl es uns geradezu auf einem silbernen Tablett serviert wird?«

»Hä? Meinen Sie, unser Mörder hockt hier oben hinter dem Grünzeug?«

»Nein, natürlich nicht. Aber wir sehen womöglich den Wald vor lauter Bäumen nicht, uns entgehen die feinen Nuancen, Kollege, verstehen Sie?« Kohlschuetter hatte sich erhoben und schritt nun vor Bernsen auf und ab. Da gab es etwas, und er war nahe dran, es zu fassen. »Als wir vorhin zu von Wilden ins Büro kamen, was ist Ihnen da aufgefallen?«

»Es roch nach furchtbarem Rasierwasser, und er war wieder angezogen wie ein Pfau auf Brautschau.«

»Was noch?«

Bernsen zuckte mit den Schultern.

Kohlschuetter bedachte ihn mit einem vielsagenden Blick. »Als wir hereinkamen, stand er gerade vorm Spiegel und begutachtete sein Hinterteil.«

»Und?«

»Welcher Mann hat einen riesigen Spiegel in seinem Büro, vor dem er durch die Gegend tänzelt wie eine Ballerina und dabei die Stofffalten auf seinem Hintern glatt streicht?«

»Lagerfeld, Joop und … wie heißt der andere?«

»Eben. Und was sagt Ihnen das?«

»Dass so etwas nur verweichlichte Schönlinge machen.«

»Nächste Frage, ansonsten scheiden Sie aus.« Kohlschuetter ging schneller, doch er ließ Bernsen dabei nicht aus den Augen. »Ist Ihnen an seiner Kleidung etwas aufgefallen?«

»Nee, sah genauso scheiße aus wie immer.«

»Gut, dann mache ich Ihnen jetzt den Telefonjoker. Er trug ein violettes Halstuch mit komischen Zeichen.«

»Mag sein«, entgegnete Bernsen. »Ich achte nicht so auf Weiberkram.«

»Der Pehring heute Morgen hatte das Gleiche um.«

»Und? Gibt's bei Karstadt von der Stange, wenn man es mag.«

»Ich glaube, Sie sind unterzuckert, Bernsen. So ein Teil bekommt man nicht in jedem beliebigen Kaufhaus und schon gar nicht hier in Rudolstadt. Ich habe die ganze Zeit überlegt, was das aufgestickte Monogramm bedeuten sollte. M und A ineinander verschlungen. Maik und Alexander. Maik Pehring, seines Zeichens Rezeptionist im Hotel Adler, ist der Freund von Alexander von Wilden. Die beiden sind ein Paar, verdammt noch mal! Homosexuell, klar?« Kohlschuetter schmiss sich auf die Bank zurück.

»Na, Sie sind mir ja einer.« Bernsen rieb freudestrahlend mit den Händen über seine Oberschenkel. Dann fragte er verhalten: »Was ich immer schon mal wissen wollte … war das bei euch hinter der Mauer eigentlich erlaubt?«

»Was?« Kohlschuetter hoffte, ihn falsch verstanden zu haben.

»Na, schwul sein.«

»Wie kommen Sie denn darauf?«

»Ihr durftet doch sonst auch nichts. Nicht reisen, kein Westfernsehen gucken, nicht laut sprechen, keine Waldmeisterbowle trinken, nicht auf den Staat schimpfen …«

»Ja, ja, schon gut. Ich weiß. Schwul sein war verboten, und Sex war auch nur einmal im Monat erlaubt, vorausgesetzt, dass man mindestens fünf Jahre verheiratet war, klar.«

»Ich beneide euch nicht, muss hart gewesen sein. Andererseits, wenn man ständig Hunger hat, denkt man doch nicht so oft an Sex. Also zumindest geht es mir so.«

Kohlschuetter schaute seinen Kollegen prüfend von der Seite an. Der schien das alles vollkommen ernst zu meinen. Dem konnte man nur mit Ironie beikommen. »Ja, ja, diese furchtbare Mangelwirtschaft«, sagte er mit Leidensmiene. »Wir waren so arm. Wir hatten nicht einmal Freunde.«

»Also, wenn ich mir vorstelle, dass mich jemand total bevormundet, quasi als Bürger, und dann auch noch im Privatleben. Nee.« Bernsen hatte offenkundig wieder einmal nicht zugehört. »Aber na ja, ich bin ja nicht schwul.«

Kohlschuetter legte sich innerlich schon eine Erwiderung für Bernsens zu erwartenden Kommentar über die sexuelle Freizügigkeit zurecht. Obwohl er wusste, dass er die Worte gleich auch in den Wind rufen konnte.

»Meinen Vetter Fietje aus Niebüll, den hat es auch erwischt. Der liebt seinen Mundharmonikalehrer. Wenn ich mir vorstelle, der hätte bei euch gewohnt …«

»Dann wäre er hin und wieder genauso blöd angemacht worden wie die Schwulen im Westen. Weiter nichts. Ach, und nur mal so nebenbei: In der DDR wurde der Schwulenparagraf 1988 abgeschafft, in der alten Bundesrepublik erst 1994. Wer war da nun wohl fortschrittlicher?« Leise fügte er hinzu: »Zumindest auf dem Papier.«

»Na, sieh mal einer an.« Bernsens kurz aufgeflackertes Interesse am Leben in der ehemaligen DDR war so schnell wieder erloschen wie ein brennendes Streichholz im Wind. Er ging zur Tagesordnung über. »Im Fall, dass die beiden tatsächlich ein Paar sind, fresse ich einen Besen, wenn Maikilein nichts von unseren beiden Schlossbesuchern gewusst hat.«

Bernsen kramte sein Mobiltelefon aus den Untiefen seiner Jeans hervor und wählte eine Nummer. Dann griff er mit der anderen Hand nach der noch immer in seiner Gesäßtasche steckenden Banane, hielt sie Kohlschuetter entgegen und bedeutete diesem per Handzeichen, dass er sie schälen sollte. Kohlschuetter tat ihm den Gefallen. Während Bernsen aß, telefonierte er mit Susanne Summer.

»Liebste Frau Susi, bitte werfen Sie doch mal schnell einen Blick auf die Gästeliste des Barockfestes. Wir suchen einen Maik Pehring.«

Bernsen wartete einige Sekunden. Dann sagte er: »Sie sind die Königin aller Polizistinnen. Kollegialen Dank!« Das Handy verschwand dorthin, wo es hergekommen war. »VIP-Karte. Anwesenheit per Häkchen bestätigt.«

»Na, wer sagt es denn. Die beiden Turteltäubchen sind zusammen durch den Rokokosaal geschwebt.«

»Und ich fresse gleich noch einen Besen, wenn von Wilden im Gegenzug nicht ebenso gewusst hat, dass beide im Adler schlafen. Ich glaube, wir werden uns den Herrn doch noch mal vorknöpfen müssen.«

»Oder die Dame.«

»Ich bitte Sie.«

32

Kohlschuetter erhob sich von der Bank und reckte sich. Er warf einen schnellen Blick auf sein Telefon.

»Mist, drei Anrufe in Abwesenheit. Ich muss es überhört haben«, brummte er. Dann studierte er die Telefonliste. »Doreen aus dem Diebstahl gleich zweimal. Und Kalder. Die Schöne muss noch etwas warten. Ich brauche jetzt erst mal den Rechtsmedizineropa. Solange wir nichts Genaues über die Todesursache haben, will ich mich bei von Wilden nicht aus dem Fenster lehnen. Nachher hetzt der uns auch noch das Innenministerium auf die Fersen. Man weiß ja nie, welche Kontakte die haben.«

»Schlaues Kerlchen.« Bernsen schabte mit den Füßen über den Rasen und schaute sehnsuchtsvoll in Richtung Schlosscafé.

Kohlschuetter versuchte, den Professor an die Strippe zu bekommen. Dabei bedeutete er dem kleinen Mädchen, das des Versteckspiels nun langsam überdrüssig zu werden schien, dass sich einer ihrer Mitstreiter unter dem Grün verborgen hatte. Sie begriff und rannte schreiend los.

»Ach, Herr Kohlschuetter. Sie haben Kinder, wie nett«, sagte Melanie Anders, die Assistentin des Professors, mit sanfter Stimme.

»Nicht meine«, entgegnete er verdutzt. »Haben Sie schon etwas zu Herrn von Wasenburg für mich?«

»Der Professor ist noch dran.« Melanie Anders klang überlegt und sachlich. »Momentan wissen wir nur, dass er an allgemeinem Organ- und Kreislaufversagen gestorben ist.«

»Die Notärztin sagte etwas von Vergiftung?«

»Intoxikation, vermuten wir auch. Zumal es momentan keine Hinweise auf eine andere Todesursache gibt. Nach den bisherigen Untersuchungen war der Mann kerngesund. Der Giftnachweis gestaltet sich aber immer schwierig. Was wir bislang wissen, ist eigentlich nur, dass wir nichts wissen. Wir haben routinemäßig Herzblut, Oberschenkelvenenblut, Urin und Organproben aus der Lunge, den Nieren, der Leber und dem Gehirn entnommen. Der Professor untersucht gerade das Erbrochene, das uns Ihre Kollegin mitgeschickt hat.«

»Denken Sie, es könnte Selbstmord gewesen sein?«

»Dann müsste er masochistische Züge gehabt haben. Den inneren Blutungen nach zu urteilen, war das Sterben grauenvoll. Normalerweise werden für den Suizid Gifte verwendet, die schmerzlos wirken. Wenn man schon sterben will, dann doch bitte, ohne etwas davon zu spüren. Nein, Selbstmord möchte ich ausschließen.«

»Mit was hat man ihn vergiftet?«

»Moment. Das heißt nicht, dass irgendjemand ihn vergiftet haben muss. Eine ganz normale zufällige Lebensmittelvergiftung kann mitunter auch zum Tod führen. Kommt immer darauf an, was er gegessen oder getrunken hat.«

»Wissen Sie, wie das Gift in seinen Körper gelangt ist?«

»Oral.«

Kohlschuetter hörte laute Geräusche im Hintergrund. Jemand schien zu schreien. Dann war da ein Rauschen im Telefon.

»Frau Anders, sind Sie noch dran? Ist alles okay?«

Lautes Rascheln. Kohlschuetter hielt das Handy einige Zentimeter von seinem Ohr weg.

»Herr Kohlwerfer, wir haben es«, hörte er den Professor aufgeregt rufen.

»Professor Kalder, geht es Ihnen gut?«

»Nun ja, mir ging es noch nie besser, junger Freund. Dass mir das auf meine alten Tage noch passiert. Was für ein herrlicher Mord.«

Kohlschuetter schwieg einen Moment lang irritiert. »Sie haben etwas gefunden?«, fragte er dann.

»Das habe ich, sehr wohl«, trällerte der Professor absolut euphorisch. »Ich hatte ja gleich so einen Verdacht. Die Magen- und Darmschleimhaut und erst die Leber, alles vollkommen nekrotisch. Natürlich gibt es dafür noch andere mögliche Ursachen, aber nach meiner langjährigen Erfahrung und diesem Fund … Der Traum eines jeden Pathologen!«

»Herr Professor, was ist nekrotisch?« Kohlschuetter hatte Mühe, den begeisterten Kalder zu stoppen.

»Dazu die Schleimhautentzündung des Magens und des Dickdarms und der blutige Mageninhalt. Und dieser glückselige Umstand, dass Ihre Kollegin mir das gesamte Erbrochene mitgeschickt hat.« Die nächsten Worte flüsterte der Professor. »Sonst hätte ich mich an den BND oder vielleicht an die CIA wenden müssen. Derartige Nachweismethoden werden streng unter Verschluss gehalten. Die wissen natürlich, warum.« Er wurde wieder lauter. »Das ist aber auch eine komplizierte Sache. Nein, nein, nein.«

»Herr Professor, *was*?« Kohlschuetter hob nun ebenfalls die Stimme.

»Nun ja, Herr von Wasenburg ist vergiftet worden. Ganz eindeutig. Genau wie die Sache am Tag meines fünfundzwanzigjährigen Dienstjubiläums am 7. September 1978.« Der Professor freute sich diebisch. Im Hintergrund hörte man das angestrengte Ausatmen einer Frau.

Kohlschuetter rechnete nach. Dann lag das einundsechzigjährige nur wenige Tage zurück? Ohne Worte.

»Und weiter? Was war an diesem Tag noch außer Ihrem Jubiläum?«

»Meine Frau hat mich verlassen.«

Das scheint damals schon Mode gewesen zu sein, dachte Kohlschuetter. Er verlor langsam die Geduld.

»Woran ist unser Toter gestorben, Herr Professor?«

»Nun ja, das sage ich doch die ganze Zeit. Durch Rizin.«

»Und was hat das mit dem 7. September 1978 zu tun?«

»Ja, wissen Sie das nicht mehr? Das tödliche Attentat auf Georgi Markov in London. Als er auf den Bus wartete, wurde er von hinten mit einem Regenschirm in die Wade gestochen. Dass die Engländer aber auch immer einen Schirm dabeihaben müssen.« Er kicherte ausgelassen. »Jedenfalls hat man ihm auf diese Art eine Platinkugel mit dem Pflanzengift verabreicht. Wenige Tage darauf verstarb er.«

Kohlschuetter beschloss, diesen Fall im Internet zu recherchieren, das ersparte ihm wertvolle Minuten. »Und wie haben Sie ohne die CIA das Rizin nachgewiesen? Ihre Kollegin sagte doch, toxikologische Nachweise gestalten sich äußerst kompliziert.«

»Nun ja, wie alles im Leben, mit einer Portion Glück.« Er lachte glücklich. »Ein klitzekleiner unzerkauter Samen in dem Erbrochenen hat mich auf die Spur gebracht. Glücklicherweise hatte der Unglückliche es nicht mehr bis zur Toilette geschafft.

Nicht auszudenken, wenn das einzige Beweismittel in der Rudolstädter Kanalisation gelandet wäre!«

»Nicht auszudenken, Professor, ganz richtig«, bestätigte Kohlschuetter kopfschüttelnd.

»Sie verstehen einen erfahrenen Rechtsmediziner. In jedem Fall muss das Opfer, nun, ich würde sagen, mindestens zehn Samen gegessen haben. Die sollen ja sehr wohlschmeckend sein, und wenn man sie nicht kennt … Vielleicht waren es auch weniger, aber es kommt ja auf das Ergebnis an, und das hat der Mörder erreicht.«

»Zehn Samen reichen aus?«

»Rizin ist eines der gefährlichsten Pflanzengifte der Welt. Nur wenige Milligramm wirken bei oraler Einnahme bereits tödlich. Wenn er die rohen Samen dabei gut zerkaut, heißt das. Hätte unser Toter sie nicht gekaut, würde er heute noch unter uns weilen. Die Wirkung des Giftes hängt vom Zerkauungsgrad ab. Und Herr von Wasenburg war ein guter Kauer. Kein Wunder, bei den Zähnen.« Er kicherte.

»Wann hat er davon gegessen?«

»Das lässt sich nur schwer feststellen, die Symptome treten ungefähr zwei bis vierundzwanzig Stunden nach der Einnahme auf. Das ist ganz unterschiedlich und hängt natürlich von der Menge und …«

»… der Zerkauung ab«, beendete Kohlschuetter den Satz.

»Nun ja, woher wissen Sie das, Herr Kohlschläger?«, fragte der Professor hörbar irritiert. »Aber gut, mit dem Eintritt des Todes verhält es sich ähnlich, von wenigen Stunden nach der Einnahme bis zu drei Tagen ist alles möglich.«

»Gibt es ein Gegengift, hätte man ihn retten können?«

»Nun ja, nein. Jeder Arzt hätte ihm vermutlich eine Magenspülung, reichlich Aktivkohle und Elektrolytüberwachung verordnet. Doch wenn eine hohe Dosis des Giftes den Blutkreislauf bereits erreicht und die Verklumpung der Blutkörperchen eingesetzt hat, sind auch wir Ärzte machtlos. Noch dazu dürfen Sie nicht vergessen, dass Rizin zu einer Hemmung der Eiweißsynthese in den Körperzellen führt, die nicht umkehrbar ist.«

»Er hatte also nicht den Hauch einer Chance«, murmelte Kohlschuetter nachdenklich. Dann seufzte er tief.

»Sagen Sie, Herr Professor, dann ist es doch möglich, dass Herr von Wasenburg die Samen zum Mittagessen des Vortages bekommen hat, oder nicht? Rein zeitlich, meine ich. Der Tod trat dann ja am frühen Morgen ein.« In jedem Fall muss er sie vor unserem Treffen gegessen haben. Das würde seinen Schweißausbruch erklären, ergänzte Kohlschuetter in Gedanken.

»Nun ja, natürlich. Das sagte ich ja bereits. Nach dem Auftreten der ersten Symptome muss er furchtbare Stunden verbracht haben. Unwohlsein, Erbrechen, reiswasserähnlicher Stuhl, Muskelschwäche, Krämpfe, Lähmungen an den Händen und Beinen und Exsikkose, also die Austrocknung des Körpers.«

»Das heißt, er muss unwahrscheinlichen Durst gehabt haben?«

»Aber ja, schrecklich.« Der Professor klang nun betroffen. »Giftmorde sind grausam und hinterhältig, junger Freund, das können Sie glauben.«

Mit einem »Wohl wahr, wohl wahr, lieber Herr Kalder« verabschiedete sich Kohlschuetter. Während des Telefonates war er einmal quer durch den gesamten Garten gelaufen und kam nun wieder bei der Bank an, auf der Bernsen in der Sonne saß. »Scheiße. Scheiße. Scheiße!«

»Haben Sie auch noch ein anderes Wort in Ihrem Sprachfundus?« Unter Bernsens Sitzplatz befanden sich mittlerweile zwei tiefe Löcher in der Größe seiner Füße. Seine Schuhe waren komplett eingestaubt. »Was sagt der Pathologenopa?«

»Giftmord mit Rizin, das ist ein Pflanzengift.«

»Vom Rizinusstrauch, auch Wunderbaum genannt, ich weiß. Ein paar Samen davon reichen schon aus«, antwortete Bernsen gelassen.

Kohlschuetter, der immer wieder über seinen Kollegen staunen konnte, rollte mit den Augen. »Und was hat der Herr Buckelapotheker noch alles so in seinem Reff?«

»Jetzt werden Sie mal nicht obszön«, murrte Bernsen. Doch sein Hang zur Klugscheißerei überwog. »1978, London, Georgi Markov, bulgarischer Geheimdienst, 1978, Paris, Vladimir Kostov, bulgarischer Geheimdienst, 1981, Virginia, Boris Korczak, CIA, 1995, Kansas City, Michael Farrar, Ehefrau.«

»Beeindruckend«, rief Kohlschuetter voller Bewunderung.

»Ich weiß.« Bernsen zog den Mund genüsslich breit. »Rizin

sollte bereits im Zweiten Weltkrieg von den Alliierten unter dem Codenamen ›W‹ als biologische Waffe eingesetzt werden. Es kam aber glücklicherweise nicht dazu. Im Irak haben die Amis das Zeug nach dem Golfkrieg übrigens auch gefunden. Die perfekte Waffe für Terroristen, Geheimdienste und Frauen.«

Kohlschuetter horchte auf. »Wie kommen Sie auf Frauen?«

Bernsen hob Nase und Zeigefinger wie Lehrer Lämpel in Wilhelm Buschs »Max und Moritz«. »Die genuin weibliche Neigung zu List und Tücke, mein Lieber, und natürlich ihre Scheu vor offener Gewalt legen diesen Schluss nahe. Neunzig Prozent aller Morde, die von den Weibern begangen werden, erfolgen mit Gift. Hat Ihnen das auf der Polizeischule niemand beigebracht?«

»Aber wie kommt man an die Samen dieser Pflanze?«

»Also, meine Rotfeder hat sie im Gartencenter gekauft. Mit einem grünen Händchen, und das hat sie zweifellos, wächst das gute Stück bis zu zwei Meter hoch. Er dürfte jetzt gerade blühen, wenn er es überlebt hat, dass meine Rotfeder diesen, diesen …« Die letzten Worte jammerte Bernsen fast.

Kohlschuetter verkniff sich eine Nachfrage. »Das schränkt unseren Täterkreis ja traumhaft ein.«

»Selbstredend. Jeder, der in einem Gartenmarkt einen Wunderbaum kauft, ihn pflegt, die Samen erntet und eine Frau ist, kommt infrage. Agent beim Geheimdienst würde ich auch noch durchgehen lassen. Ach, und bitte vergessen Sie nicht, dass die Samen auch noch auf einen Teller gebracht werden müssen. Kochen ist natürlich Frauensache, das ist doch wohl mal klar.«

»Die einzigen Frauen, die wir irgendwie in Zusammenhang mit der Tat bringen können, haben ein Alibi oder kennen den von Wasenburg überhaupt nicht.«

»Wir müssen doch nur herausfinden, mit wem er gegessen hat, das Mittagessen am Montag. Oder hat der Kalder etwas anderes behauptet?«

»Nein, es passt alles zusammen. Stimmt, das habe ich Ihnen ja noch gar nicht erzählt.« Kohlschuetter machte Anstalten, sich wieder neben seinen Kollegen zu setzen.

»Bitte bei einem Stück Kuchen. Wenn wir so viel übers Essen reden, bekomme ich Hunger.« Bernsen erhob sich, woraufhin seine Füße in etwa zehn Zentimeter tiefen Mulden standen, was ihm die Größe eines Schulkindes verlieh.

Dann rauschte das Meer.

»Neuer Klingelton?«

»Wie zu Hause, man gönnt sich ja sonst nichts«, sagte Bernsen strahlend und tastete seinen Oberkörper nach dem Telefon ab. »Bernsen am Apparat«, schnaufte er in das Mikrofon, als hätte man ihn bei etwas Wichtigem gestört.

Es meldete sich der vollkommen aufgebrachte Pfarrer aus der St. Georgskirche in Großneuhausen, dessen Engelskopf noch immer nicht wieder aufgetaucht war. »Wenn Sie heute nicht mit den Ermittlungen fortfahren, sorge ich dafür, dass Sie die Jahre bis zur Pensionierung in der Bußgeldstelle Artern verbringen. Der Raub von sakralen Gegenständen ist kein Kavaliersdelikt! Einen schönen Tag noch.« Dann hatte er aufgelegt.

Bernsen, dessen Mund weit offen stand, schaute mit nacktem Entsetzen in den Augen zu Kohlschuetter. Das Reizwort war gefallen, der Schalter in seinem Kopf umgelegt. »Wir fahren sofort zu diesem Engelspfarrer! Jetzt und auf der Stelle. Scheiße!«

Ohne eine Antwort abzuwarten, rannte er davon.

33

Kohlschuetter blinzelte in die Sonnenstrahlen, die durch das Fenster seiner Erfurter Dachwohnung den Morgen verkündeten. Er hatte keine Ahnung, wie spät es war. Der Schwere seiner Knochen nach zu urteilen, konnte er kaum eine Stunde geschlafen haben. Unter größter Kraftanstrengung tastete er nach seinem Handy, das in Ermangelung eines spießigen Nachtschränkchens immer auf einem Bücherstapel direkt neben seinem Bett lag. Eine erbarmungslose Sieben und zwei Nullen leuchteten ihm entgegen. Demnach hatte er sage und schreibe vier Stunden geschlafen. Müde rieb er sich die Augen.

Was war das gestern nur für ein Tag gewesen. Den ganzen Abend und die halbe Nacht hatten sie sich in der St. Georgskirche in Großneuhausen um die Ohren geschlagen. Stundenlange Litaneien dieses anstrengenden Pfarrers hatten sie ertragen müssen. »Unsere zwischen den Jahren 1728 und 1729 in der Zeit des Übergangs vom Barock zum Rokoko erbaute Kirche gehört zweifelsohne zu den schönsten Thüringer Dorfkirchen. Wenn sie nicht sogar *die* schönste ist.« Wie oft hatte der Pfarrer das eigentlich von sich gegeben? Ein gutes Dutzend Mal bestimmt. Fünfhundert Quadratmeter Holztonnenschalung mit Stuckdecke, der lebensgroße auferstandene Jesus Christus, das Lesepult mit seinem blutenden Pelikan und natürlich die Engelsfiguren. Noch eine Stunde länger in Großneuhausen und Kohlschuetter hätte Führungen durch die Kirche anbieten können. Zu guter Letzt hatten die Ausführungen des Pfarrers in der chemischen Zusammensetzung des Blattgoldes am Orgelprospekt gemündet.

Glücklicherweise fehlte nur ein kleines Engelein. Nicht auszudenken, wenn die lebensgroßen Figuren von Mose und Johannes links und rechts neben der Kanzel verschwunden gewesen wären oder gar der Jesus. Kohlschuetter mochte sich nicht einmal ausmalen, was Bernsen dann angestellt hätte, nur um der Bußgeldstelle Artern zu entgehen.

Jeden einzelnen Nachbarn hatten sie befragt. Davon würde mehr als die Hälfte nie wieder die Tür für einen Thüringer

Polizeibeamten mit norddeutschem Dialekt öffnen. Einer war sogar mit der Mistgabel auf Bernsen losgegangen, als der gerade die Kaninchen des Landwirtes an den Ohren gepackt hatte und sie aus dem Stall heben wollte, um unter dem Stroh nach dem verschwundenen Kunstgegenstand zu suchen. Der Kollege hatte es aber auch wirklich überzogen. Als gegen Mitternacht endlich die Frau Pfarrerin nach einer Woche Quinoa-Kur in den Alpen in der Kirche eintraf und ihren Mann abholen wollte, hätte die Luft kaum explosiver sein können. Und doch konnte sich das tatsächlich noch steigern. Nämlich genau an dem Punkt, an dem die ahnungslose Dame freudestrahlend berichtete, den Engelskopf vor ihrer Abwesenheit an die »Pusteblume«, den hiesigen Kindergarten, ausgeliehen zu haben. »Malen mit Christus« hieß das Projekt, bei dem die Kleinen die Nähe zu Gott finden sollten. Da die Devotionalien sich durch die laufende Renovierung des Gotteshauses ohnehin die meiste Zeit nicht an ihrem Platz befanden, hatte sie dies für eine ausgezeichnete Idee gehalten. So großartig gar, dass sie schlichtweg vergaß, ihrem Mann davon zu berichten. Der Herr Pfarrer wiederum glühte rot wie die Darstellungen des leibhaftigen Antichristen, wobei nicht klar war, ob dies an der Peinlichkeit lag oder an der Tatsache, dass Bernsen und Kohlschuetter ausgerechnet den Kindergarten nicht durchsucht hatten.

Irgendwann halfen keine Worte mehr, und der Dienstwagen rollte durch die Nacht. Mitten in einer hitzigen Diskussion über die Naivität evangelischer Pfarrersfrauen hatte Kohlschuetter jedoch die Abfahrt zur A 71 verpasst und war in Sömmerda gelandet. Da Bernsen wieder hungrig und Kohlschuetter geneigt gewesen war, mit einem alkoholfreien Bier den Stress der vergangenen Stunden hinunterzuspülen, waren sie im »Thüringer Hof«, einem urigen Gasthaus mit angeschlossenem Hotel, gelandet.

Was dann passiert war, trieb Kohlschuetter jetzt noch die Lachtränen in die Augen. Er konnte es selbst kaum glauben, aber das Leben eines Thüringer Polizeibeamten war spannender als im Fernsehen.

Langsam richtete er sich auf. Es wurde Zeit, sich wieder den wirklichen Kriminalfällen zu widmen. Bernsen war bestimmt schon auf dem Weg ins Büro. Er hatte den Gedanken noch nicht zu Ende gedacht, als sein Telefon klingelte.

»Leiden Sie an seniler Bettflucht?«, begrüßte er Bernsen, noch bevor dieser etwas sagen konnte.

»Witzbold. In Rudolstadt steht ein Mann auf dem Turm der Stadtkirche und meint, er kann fliegen. Die Kollegen haben gerade angerufen, da er immer wieder schreit, er sei kein Mörder. Ich habe mir schon einen Wagen genommen und bin gleich bei Ihnen. Die Pflegestunde in Ihrem Wellnessbereich können Sie heute vergessen.«

Mehr hörte Kohlschuetter nicht. Er hüpfte bereits in seine Jeans und streifte sich in Windeseile ein T-Shirt über, als ginge es um sein Leben. Zwei Minuten später stand er auf dem Gehweg in der Erfurter Futterstraße und polierte sein Frühstück, einen Cox Orange, an seinem Bauch blank. Die Reifen des Dienstwagens quietschten, als Bernsen neben ihm stoppte.

»Sind Sie sicher, dass Sie mit dem Restalkohol überhaupt schon wieder fahren können?«, fragte Kohlschuetter vorsichtshalber, ehe er einstieg. »Immerhin hatten Sie gestern locker sechs Bier, bis Sie sich überschwänglich von Ihren neuen Sömmerdaer Freunden verabschiedet haben.«

»Ach, was sind schon sechs Bier? Auf eine ›Forelle Müllerinart‹ hätte ich auch acht vertragen.«

»Haben Sie Ihren Führerschein im Vogelpark Walsrode beim Tontaubenschießen gewonnen? Das hier ist eine Einbahnstraße, und wir fahren gerade falsch herum«, rief Kohlschuetter. Dabei klammerte er sich mit der rechten Hand an den Haltegriff über der Beifahrertür. In der linken hielt er den unangetasteten Apfel.

Bernsen fummelte an den Knöpfen zur Sitzverstellung. »Sie haben recht. Ich sollte das Blaulicht nehmen.«

»Wenn Sie das rechtfertigen können. Ich schreibe den Bericht nicht für Sie.«

»Na, na, na, na, na«, kam es unbeeindruckt vom Fahrersitz. »Das Essen gestern Abend war übrigens ausgezeichnet, also für die Thüringer Küche. Und einige von euch Ossis sind echt in Ordnung.«

»Mit dem glatzköpfigen Wirt, der Sie rauswerfen wollte, weil Sie seine ostdeutschen Gäste beleidigt hatten, und Ihrem neuen

Freund, dem Buchhändler, kennen Sie nun ja schon drei dieser Spezies etwas näher.«

»Wieso drei?« Bernsen schaute fragend zu Kohlschuetter rüber, wobei der Dienstwagen leicht auf die andere Fahrbahn geriet.

»Nach vorn schauen!«, schrie Kohlschuetter und klammerte sich noch fester an den Griff. »Und vergessen Sie es einfach.«

»Das Buch, das mir Holk gestern geschenkt hat, liegt im Handschuhfach. Holen Sie es mal raus. Das ist der Hammer.«

Sonst merkt er sich doch nie einen Namen, dachte Kohlschuetter erstaunt. Das kann nur an dem außergewöhnlichen Namen und dessen westfriesischem Ursprung liegen. »Wieso soll ich jetzt das Buch rausholen?«

»Weil Sie etwas lesen müssen.«

»Wann genau in den letzten vier Stunden, in denen wir uns nicht gesehen haben, haben Sie denn da reingeschaut?« Kohlschuetter öffnete mit der linken Hand das Handschuhfach und zog einen dicken dunkelgrünen Wälzer hervor, das »Lehrbuch für Kriminalisten«, Verlag für Fachliteratur der Volkspolizei, 1955.

»Vorhin auf dem Klo. Jetzt schlagen Sie Seite sechsundvierzig auf, erster Absatz.«

Kohlschuetter blätterte zur richtigen Seite. »Gründlich überlegen, planmäßig arbeiten und schnell handeln, das sind die Grundsätze der kriminalistischen Tätigkeit«, las er vor. »Der Kriminalist kann sie nur dann verwirklichen und auf die Dauer erfolgreich arbeiten, wenn er die marxistisch-dialektische Denkmethode zur Grundlage seiner Überlegungen macht.« Er schaute fragend zu Bernsen hinüber. »Und was soll mir das jetzt sagen?«

Bernsen lachte schallend. »Die marxistisch-dialektische Denkmethode. Ihr seid mir vielleicht ein Völkchen gewesen. Das hört sich an wie aus einem Science-Fiction-Film entnommen.« Sein Lachen wurde immer lauter.

»Zeitgeist würde ich das nennen. Aber dann wissen Sie ja jetzt, warum die Aufklärungsquoten bei uns im Osten immer deutlich höher waren als im Westen«, entgegnete Kohlschuetter genervt. Irgendwie kam er sich vor, als wäre er im Zoo, und der Wessi neben ihm entdeckte gerade seine längst vergangene Lebenswelt, natürlich nicht ohne sich auf anmaßende Weise darüber lustig zu machen. Wenn er sich sonst nur mal für die Leben der Menschen interessieren und sich nicht an diesem Blödsinn hochziehen würde.

Kohlschuetter verstaute das Buch wieder im Handschuhfach. »Wer ist denn nun der Mann auf dem Rudolstädter Kirchturm?«, fragte er, um wieder zum eigentlichen Thema überzugehen.

»Woher soll ich das wissen? Die Kollegen wussten auch nicht mehr. Deswegen fahren wir ja hin. Übrigens, vorhin auf dem Parkplatz der Polizeiinspektion bin ich Susilein über den Weg gelaufen. Die läuft in letzter Zeit ziemlich häufig bei uns rum, finden Sie nicht? Na ja, wie dem auch sei. Ihre Leute haben die Familie Babic überprüft. Bei der Ausländerbehörde gab es nichts. Alles korrekt gelaufen. Und …« Die Reifen drehten durch, als Bernsen an einer grünen Ampel anfuhr. »Die Rudolstädter Kollegen haben inzwischen alle Anwohner des Marktplatzes befragt. Eine ältere Dame will frühmorgens gegen sechs gesehen haben, wie ein Besoffener vom Adler zum Brunnen getorkelt und dort zusammengebrochen ist. Sie dachte, der Mann wollte auf den Stufen seinen Rausch ausschlafen. Die Beschreibung passt auf von Wasenburg.«

Der Motor des Wagens heulte auf. Kohlschuetter umfasste den Griff noch fester und betete, heil in Rudolstadt anzukommen.

»Fahren Sie nicht etwas schnell? Hier ist hundert erlaubt«, startete er einen letzten Versuch.

»Sie quatschen schon wie die Weiber. Wollen wir erst ankommen, wenn der Typ wieder Matsche ist? Zwei Tote reichen Ihnen wohl nicht.«

Irgendwann beschloss Kohlschuetter, die Augen zu schließen, denn wenn er schon sterben musste, wollte er wenigstens den Tod nicht kommen sehen. Doch es ging gut.

In Rekordzeit erreichten sie den Rudolstädter Kirchhof, wo sie von den Kollegen bereits erwartet wurden.

Kohlschuetter sprang aus dem Wagen und rannte hinauf zum Haupteingang der Kirche.

»Wo ist er?«, rief er einem Kollegen der Bereitschaftspolizei zu.

»An der Westseite. Er sitzt im rechten Fenster unterhalb der

Uhr. Die Holzjalousien hat er schon heruntergeworfen. Seien Sie vorsichtig.«

Kohlschuetter lief um die Kirche herum und blickte nach oben. Babic, der Restaurantbesitzer und Mann des schönen Putzteufels, hing halsbrecherisch aus dem Fenster.

»Ich bin kein Mörder!«, schrie er aus Leibeskräften. Dabei beugte er seinen Oberkörper bedrohlich weit nach vorn.

»Herr Babic, bleiben Sie ruhig. Wir wissen, dass Sie niemanden umgebracht haben. Ich komme jetzt rauf zu Ihnen, dann können wir reden.«

»Ich bin kein Mörder!«, grölte er wieder.

Doch Kohlschuetter war schon in der Kirche verschwunden. Mühelos nahm er die Stufen.

Als er beinahe an Babic herangekommen war, stoppte er.

»Herr Babic, bitte kommen Sie da runter. Wir sollten miteinander reden.« Er atmete schwer und versuchte krampfhaft, seine Lungenflügel wieder unter Kontrolle zu bringen, um seiner Stimme einen ruhigen Klang zu geben.

»Ich bin kein Mörder«, wiederholte Babic, wobei er nun nicht mehr schrie, sondern die Worte tränenerstickt schluchzte. »Ich will nicht zurück in mein Land. Keiner weiß, wie das ist. Ein Krieg zerstört alles, und wir waren doch noch Kinder. Mein Vater hat gekämpft, sein Bruder auch …«

»Herr Babic, bitte. Vertrauen Sie mir.« Kohlschuetter hielt ihm beide Hände hin. »Kommen Sie, bitte. Es wird Ihnen nichts geschehen.«

Babic schaute hinauf zur Heidecksburg, dann wanderte sein Blick über die Dächer von Rudolstadt bis hinunter zum Kirchplatz. Direkt unter ihm stand Bernsen mit zwei Bereitschaftspolizisten und ein paar Feuerwehrleuten. Sie beobachteten ihn.

»Wir haben uns hier ein Leben aufgebaut«, fing Babic wieder an zu erzählen. Dabei kletterte er langsam aus dem Fenster zurück in den Turm. »Ich schwöre es beim Leben meiner Mutter. Ich habe diesen Mann noch nie gesehen«, jammerte er. »Sie müssen mir glauben.«

»Ich glaube Ihnen ja. Kommen Sie, ich bringe Sie nach Hause. Ihre Frau wird sich Sorgen machen.« Kohlschuetter griff nach dem Unterarm des Kroaten und führte ihn die Treppe hinab.

»Nada!« Er wischte sich über die feuchten Augen. »Sie darf nichts davon erfahren.«

»Dann kommen Sie, Herr Babic. Es ist alles in Ordnung. Bitte machen Sie sich keine Sorgen.«

»Was war das denn für eine Nummer?«, tönte Bernsen eine halbe Stunde später, als sich der Trubel wieder gelegt hatte und Kohlschuetter sich zu ihm in den Wagen setzte, ungehalten darüber, dass Bernsen schon wieder auf dem Fahrersitz Platz genommen hatte. »Ich hatte doch gehofft, dass uns hier ein reuiger Mörder den Seeadler machen will.«

»Das hatte ich auch gedacht. Ich glaube, dem Babic sind einfach nur die Nerven durchgegangen. Wer weiß, was der schon alles erlebt hat. Es ist eben nicht so leicht, seine Heimat zu verlassen, noch dazu, wenn dort Krieg herrscht, und hier bei uns in Deutschland neu anzufangen.«

Pause.

»Aber wo wir schon mal hier sind …« Kohlschuetter blickte zum Schloss hinauf. »… könnten wir dem von Wilden einen Besuch abstatten.«

»Und ihn was fragen?« Bernsen kratzte sich die Innenseiten seiner Nasenlöcher. »Hallo, sind Sie schwul, und würden Sie sagen, dass Sie das zum Mörder degradiert? Das ist doch Möwendreck!«

»Da haben Sie auch wieder recht. Dann würde ich vorschlagen, wir warten, bis sich der Mörder von selbst stellt«, sagte Kohlschuetter patzig und zog die Autotür zu.

Ehe Bernsen etwas Schlaues erwidern konnte, klingelte Kohlschuetters Handy.

Die Prinzessin zur Lippe meldete sich, um zu erfahren, was die Polizei bis jetzt herausbekommen hatte.

»Es tut mir leid, Prinzessin, ich kann Ihnen noch nicht mehr sagen«, erklärte Kohlschuetter. »Aber ich hätte ein paar Fragen an Sie. Dürfte ich dazu die Freisprechanlage bedienen, damit mein Kollege mithören kann? Ich versichere Ihnen, dass niemand sonst das Gespräch verfolgen wird.«

Bernsen zog die Oberlippe hoch und bewegte die Unterlippe, als spräche er Kohlschuetters Worte nach. Dann murmelte er etwas von »Scheißadel«, was die Prinzessin zweifellos hören konnte, was sie aber glücklicherweise großzügig überging.

»Selbstverständlich gestatte ich Ihnen das, Herr Hauptkommissar Kohlschuetter«, stimmte sie zu.

Bernsen äffte auch sie nach, dankenswerterweise ohne Ton.

»Wie lange kannten Sie Herrn Münster und Herrn von Wasenburg?«

»Fast vierzig Jahre.«

»Kannten Sie auch die Ehefrauen?«

»Nur die Frau von Georg Albert.«

»Sie haben zusammen bei der Bundeswehr gearbeitet. Gab es jemals Zwischenfälle in Auslandseinsätzen, zum Beispiel dienstliche Vergehen der beiden Herren?«

»Nein. Niemals. Die beiden waren durch und durch ehrenvolle Soldaten, voller Disziplin und Anstand. Wie darf ich Sie hier verstehen?«

»Wir müssen jeder Spur nachgehen. Vielleicht gibt es jemanden, der sich an Herrn Münster und an Herrn von Wasenburg rächen wollte.«

»Das halte ich für absolut ausgeschlossen.«

»Und die Verbindung von Herrn Münster zum Fürstenhaus?«

»Ist mir bekannt, erklärt aber nicht den Mord an Claus Ferdinand. Den an Georg Albert übrigens auch nicht.«

»Das vermuten wir mittlerweile auch. Gibt es darüber hinaus irgendeine Verbindung der Herren nach Thüringen?«

Schweigen. Sie schien nachzudenken.

»Claus Ferdinand war im wissenschaftlichen Beirat des Kunsthistorischen Museums in Berlin. Dort gab es vor fünf, vielleicht sechs Jahren mal einen Praktikanten. Ich glaube, der könnte aus Thüringen gewesen sein, vielleicht aber auch aus Sachsen. Ich kann mich nicht mehr genau erinnern. Ich habe ihn nur einmal kurz kennengelernt. Aber an den doch etwas gewöhnlichen Dialekt erinnere ich mich gut. Ansonsten hatten wir nie Kontakt nach Thüringen, leider. Es soll ja sehr schön bei Ihnen sein.«

Bernsen konnte sich nur mühevoll einen Lacher verkneifen.

»Wissen Sie zufällig noch seinen Namen?«

»Oh Gott, nein. Ein junger Mann, Anfang dreißig, aber mehr weiß ich wirklich nicht.« Ihre Tonlage hatte sich verändert, und die Worte kamen so hastig, dass es den Anschein hatte, als wäre ihr die Frage in irgendeiner Form unangenehm.

Kohlschuetter überlegte ein paar Sekunden. Dann sagte er: »Prinzessin, Sie schwanken zwischen Ihrer tiefen Freundschaft und Loyalität zu Herrn von Wasenburg und der Wahrheit auf der Suche nach einem Mörder. Bitte geben Sie sich einen Ruck.«

»Ich habe in meinem ganzen Leben noch nicht geschwankt, junger Mann. Ich weiß den Namen nicht!«

»Aber Sie wissen mehr, als Sie uns sagen wollen.«

Nur ihr gleichmäßiges Atmen drang noch aus dem Telefonhörer. Sie antwortete nicht.

»Prinzessin zur Lippe, ich danke Ihnen für Ihre Hilfe«, sagte Kohlschuetter und beendete damit das Gespräch.

34

»Diese blöde blaublütige Tintenfischkuh. Die weiß doch was«, schimpfte Bernsen.

»Und wir wissen es jetzt auch«, sagte Kohlschuetter geheimnisvoll. »Zumindest habe ich einen Verdacht.« Er drückte auf seinem Handydisplay herum. Kurz darauf schallte die Stimme von Susanne Summer durch das Auto. Er säuselte seine Bitte nach der Vita des Schlossdirektors von Wilden in die Sprechmuschel.

»Wie kann es eigentlich sein, dass ich immer eure Hilfsdienste machen muss?«, echauffierte sie sich. Doch im Hintergrund hörte man bereits eine Computertastatur klappern.

»Du weißt doch, wir sind chronisch unterbesetzt, und gestern Abend mussten wir auch noch die Arbeit der Kollegen vom Diebstahl machen. Und im fremden Revier sind wir auch noch. Ich könnte dich dafür ja mal wieder ins Café Rommel zum Frühstück einladen.«

»Von mal wieder kann überhaupt keine Rede sein. Und meine Truppe ist auch unterbesetzt. Sieh endlich zu, dass du jemanden von deinen Kollegen beschäftigst und nicht immer mich. Ich möchte auch mal pünktlich Feierabend haben.« Es piepte, und sie legte grußlos auf. Kohlschuetters Handy zeigte eine neue E-Mail an.

»Mannomann«, brummte er und öffnete sie.

»Feuerqualle, was?« Bernsen grinste breit. »Manche haben eben was weg bei den Frauen – und manche nicht. Und jetzt schießen Sie schon los. Hat der Wilde seinen Hauptschulabschluss geschafft?«

Kohlschuetter überflog den Text. »Mehr noch. Abitur in Blankenhain, Studium der Kunstgeschichte in Münster, Promotion im italienischen Bologna, stellvertretender Leiter des Stadtmuseums in Köln, Leiter des Kulturhistorischen Museums in Berlin ...«

»... und nun seit zwei Jahren leibhaftiger Fürst auf der Heidecksburg«, ergänzte Bernsen. »Aber halt, Leiter des Kulturhistorischen Museums in Berlin? Musste von Wasenburg ihn dann nicht zwangsläufig kennen, wenn er im wissenschaftlichen Beirat saß?«

»Genau das denke ich auch.« Kohlschuetter wählte die Nummer der Prinzessin. Sie war sofort am Apparat, als hätte sie auf seinen Rückruf gewartet.

»Prinzessin, Kohlschuetter noch einmal. Nur eine kurze Frage. Kennen Sie den Direktor des Kunsthistorischen Museums in Berlin?«

»Ja, natürlich. Das ist Herr Professor Bodo von Maltei.«

»Wie lange ist er dort schon Direktor?«

»Seit etwa acht Jahren.«

»Sicher? Ohne Unterbrechung?«

»Also erlauben Sie mal. Mit wem reden Sie denn?«

»Entschuldigung. Danke. Auf Wiederhören.«

Sie war schneller. Es piepte in der Leitung.

Kohlschuetter sprang aus dem Wagen. »Steigen Sie aus! Wir müssen hoch aufs Schloss. Der Direktor hat uns einiges zu erklären. Und rufen Sie in der Universität Münster an.«

»Wieso können wir denn nicht einfach fahren?«, nörgelte Bernsen, während er behäbig aus dem Wagen kletterte.

»Wir? Ich fahre, und Sie werden sich bis zur Pensionierung nie wieder hinter ein Steuer begeben, jedenfalls nicht, solange ich danebensitze.« Kohlschuetter scheuchte ihn um das Auto herum.

»Ängstlich sind sie auch noch, die Ossis. Na, wenn man keine ordentlichen Autos gewohnt ist ...«

»Jetzt fangen Sie bloß nicht wieder damit an. Wir konnten unsere Autos wenigstens mit verbundenen Augen auseinander- und wieder zusammenbauen, während ihr nicht einmal in der Lage wart, die Motorhaube zu öffnen, ohne dass der Notarzt kommen musste. Dasselbe gilt heute übrigens immer noch.«

Dem Bremer fiel die Kinnlade herunter. Das hatte gesessen. Tief beleidigt stieg er auf der Beifahrerseite wieder ein. Die praktischen Fähigkeiten eines Norddeutschen anzuzweifeln, war eindeutig zu viel für sein sensibles Gemüt.

Als die beiden Kommissare etwas später in das Büro von Silvia Lehmann kamen, schickte die sich gerade an, ihren Computer herunterzufahren und Feierabend zu machen. Eine Störung dieses Rituals durch unangemeldete Eindringlinge, die im schlimmsten Fall noch etwas von ihr wollten, war ungefähr vergleichbar mit der Deplatzierung eines Dortmund-Fans in den Fanblock der Bayern beim Bundesligaendspiel. Die Miene der Sekretärin verfinsterte sich demzufolge schlagartig, als sie Kohlschuetter eintreten sah. Bitterböse Verwünschungen tanzten bereits auf ihrer Zunge, da trat Friedhelm Bernsen hinter dem breiten Kreuz seines Kollegen hervor.

»Schönheit, glücklicherweise sind Sie noch nicht in Ihrem verdienten Feierabend. Dabei hätte ich es mir fast denken können, dass Sie wieder Überstunden schrubben müssen«, raspelte er Süßholz, dass es einem schlecht werden konnte.

»Friedhelm Bernsen. Wenn ich gewusst hätte, dass Sie kommen … aber das Kaffeewasser kann ich auch jetzt noch schnell aufsetzen.« Auf Zehenspitzen tippelte sie mit hochrotem Kopf zum Wasserkocher.

»Liebste Freundin, so viel Zeit haben wir heute leider nicht. Ein andermal aber gern. Ist der Schlossdirektor in seinem Büro?«, röhrte Bernsen wie ein Hirsch in der Brunft.

»Ja, aber er telefoniert gerade. Wollen Sie nicht doch einen Kaffee, um die Zeit totzuschlagen?« Ohne seine Antwort abzuwarten, holte sie eine ihrer schönsten Tassen hervor. Kohlschuetter sollte offenbar leer ausgehen.

Bernsen brummte Zustimmung. »Gibt es etwas Neues auf dem Schloss?«

»Tatsächlich. Ich wollte Sie morgen früh ohnehin einmal anrufen. Ich bin mir zwar nicht ganz sicher, aber Sie sagten doch, ich könnte jederzeit mit allem Ungewöhnlichen zu Ihnen kommen.« Wie eine in die Jahre gekommene Lolita schlug sie die Augenlider auf und nieder.

»Immer, meine Liebe, immer. Was wollten Sie mir denn erzählen?« Bernsen schob das Telefon zur Seite und setzte sich dreist auf ihren Schreibtisch. Kohlschuetter, der die Peinlichkeit kaum ertragen konnte, versuchte, sich auf die Anzahl der Bleistifte zu konzentrieren, die in einem dicken alten Bierhumpen steckten, der mit dem Telefon dem Hintern seines Kollegen weichen musste.

Sie trat zwei Schritte an Bernsen heran und beugte sich mit vorgehaltener Hand zu ihm vor. Kohlschuetters Anwesenheit schien ihr unangenehm zu sein. »Das erste Mal seit zwei Jahren durfte ich dem Direktor nicht sein Mittagessen holen«, flüsterte sie. Die empfundene Erniedrigung stand ihr ins Gesicht geschrieben.

»Das ist doch …« Bernsen wackelte verständnisvoll mit dem Kopf. »Wann war das denn?«

»Gestern. Ich hatte die beiden Salatteller beim Italiener bestellt, aber er hat darauf bestanden, sie selbst abzuholen. Dabei isst er doch nie Salat und schon gar nicht zwei Portionen«, ereiferte sie sich.

»Welche Uhrzeit?« Bernsens Beine fingen an zu wackeln.

»Ich hatte alles für zwölf Uhr bestellt.«

»Und wo wollte er essen? Hat er das gesagt?« Bernsens Beinarbeit glich einem Sprint.

»Zu Hause, das war ja das Ungewöhnlichste bei alldem. Er geht nie zum Mittagessen nach Hause.« Silvia Lehmann sonnte sich in der Aufmerksamkeit des Kommissars.

»Wo wohnt er denn?«

»In der Schillerstraße 25, ein schickes kleines Häuschen, direkt neben dem Schillerhaus.«

Bernsen blinzelte Kohlschuetter schadenfroh zu. »Sind ja ganz offensichtlich die Buchstaben K und G drin. Klasse kombiniert.« Dann machte er einen Satz vom Schreibtisch und landete wenige Zentimeter vor Silvia Lehmann. Sie trat nervös von einem Bein auf das andere und wagte es kaum, ihn anzusehen. Bernsen legte den Kopf in den Nacken, was bei dem Größenunterschied zwischen den beiden die einzige Möglichkeit war, um ihr in die Augen sehen zu können, und frohlockte: »Schönheit, Sie sind die Beste. Bei Ihrem kriminalistischen Gespür machen Sie sogar Miss Marple Konkurrenz.«

Silvia Lehmann war der Ohnmacht nahe, als sie sich von den beiden Herren an der Bürotür des Schlossdirektors verabschiedete.

Bevor sie eintraten, stupste Bernsen Kohlschuetter den Ellenbogen in die Rippen. »Schillerhaus?«

Kohlschuetter nickte ihm zu. »Ich lassen Ihnen den Vortritt.«

Bernsen verzichtete auf ein Klopfen und riss die Tür zu von Wildens Büro auf.

35

Dr. Alexander P. von Wilden, der gerade auf dem ausgeschalteten Handy sein Spiegelbild überprüfte, um mit seinem nassen rechten Zeigefinger die penibel gezupften Augenbrauen ein letztes Mal nachzuziehen, hob ertappt den Kopf. Gerade als er die Lehmann zurechtweisen wollte, tauchten die beiden Kommissare im Türrahmen auf. Von Wildens Mobiltelefon flog mit einem dumpfen Knall auf den Schreibtisch. Mit einem Lächeln, das die gesamten zweiunddreißig Einzelteile seines Gebisses zeigte, trat er den beiden entgegen. Der matt glänzende Stoff seines dunkelroten Anzuges verursachte bei jedem seiner Schritte ein seltsam kratzendes Geräusch. Sogar das Ausstrecken seiner rechten Hand konnte man hören.

»Kommen Sie, um endlich einen Erfolg zu vermelden?«, fragte er selbstherrlich.

»So könnte man es auch nennen«, entgegnete Bernsen verächtlich.

Kohlschuetter lehnte sich gegen eines der Fenster, verschränkte die Arme und beäugte ihr schrilles Gegenüber gelassen. »Was bedeutet eigentlich das P in Ihrem Namen?«

»Philipp.«

»Sehr schöner Name, oder wollen Sie lieber Phili genannt werden?« Bernsen griente schmutzig.

Von Wildens Augen formten sich zu schmalen Schlitzen. »Also erlauben Sie mal. Wie reden Sie denn mit mir? Ich bin nicht Ihr Hanswurst.«

»Wir fragen uns nur, wie Sie, verehrter Phili, zu einer Stellung wie der Ihrigen gekommen sind. Hier, in dieser wunderschönen Stadt, mit all den Privilegien eines Schlossdirektors auf der Heidecksburg.« Bernsen gab sich angriffslustig.

Es wirkte.

Von Wilden wurde blass, schien sich aber noch unter Kontrolle zu haben. »Durch harte Arbeit, meine Herren, und natürlich ein hohes Maß an Intellekt, das Ihnen scheinbar nicht vergönnt ist, ansonsten würden Sie nicht so unverschämte Fragen stellen.« Er hob sein Kinn so weit nach oben, dass er Mühe haben musste, die Kommissare noch sehen zu können. »Ich habe bei Professor Eichkern gearbeitet, der Koryphäe unter den deutschen Kunsthistorikern. Ich habe die größten und besten Museen Deutschlands geleitet, durch mich wird die Heidecksburg internationalen Ruhm erlangen.«

»Als Mördergrube vielleicht«, konstatierte Kohlschuetter. »Was würden Sie denken, wenn ich Ihnen sage, dass Alexander Wilden die Universität Münster nach nur vier Semestern verlassen hat, ohne Abschluss, wohlgemerkt? Der Doktortitel ist eine recht gute Fälschung, genau wie das vor zwei Jahren eingefügte Phili und der Adelstitel. Das Einzige, was man Ihnen zugutehalten kann, ist, dass Sie wirklich im Kulturhistorischen Museum in Berlin gearbeitet haben, wenn auch nur als Praktikant.«

Von Wilden öffnete die Lippen zu einem verkrampften Lächeln. Eine abscheuliche Kälte schoss aus seinen Augen. Seine linke Hand, die, wie bei jedem vornehmen Mann, die ganze Zeit über auf dem Rücken lag, ballte sich zur Faust, bis die Knöchel aufzuplatzen drohten. Die Augen zu schmalen Schlitzen zusammengekniffen, schaute er die beiden Kommissare an. Dann erhob er die Stimme. »Das ist eine Lüge!«

Unbeeindruckt nahm Bernsen den Faden auf, wo Kohlschuetter ihn fallen gelassen hatte: »Und als kleiner Praktikant in Berlin haben Sie vor einigen Jahren den jüngst verstorbenen Claus Ferdinand von Wasenburg kennengelernt.«

»Mit dem Sie eine besonders intensive Freundschaft verband, wenn ich das einmal so sagen darf«, warf Kohlschuetter ein. Dann schloss er kurz die Augen, um sie mit dem Daumen und Zeigefinger seiner rechten Hand wach zu reiben.

Bernsen lächelte ein wenig verzerrt, offensichtlich hatte der Kollege wieder einmal Schwierigkeiten damit, eins und eins zusammenzuzählen. Sein Blick zumindest sprach Bände. Also machte Kohlschuetter erst einmal weiter.

»Und dann kommt diese längst verflossene Liebe ausgerechnet in das beschauliche Thüringen. Ein dummer Zufall. Sie erkennen ihn natürlich sofort wieder. Ein Wort des alten Freundes und Sie hätten alles verloren. Sie wussten, er war ein viel zu anständiger Mensch, um Ihre Hochstapeleien zu decken.«

Starr vor Entsetzen stand von Wilden da. Dann, ohne jede Vorankündigung, rannte er aus dem Zimmer und schlug die Tür hinter sich zu.

»Wollen Sie oder muss ich?« Bernsen machte keinerlei Anstalten, ihm nachzulaufen.

»Das erledigen die Kollegen für uns.«

»Gut, dass man Personal hat.«

Die Tür flog auf. »Pi, der Wunderbaum …« Maik Pehring blieb abrupt stehen und biss sich auf die Zunge.

»Der Wunderbaum ist entsorgt, wollten Sie wohl sagen. Die Mühe hätten Sie sich gar nicht machen brauchen, unsere Leute finden alles«, sagte Kohlschuetter kalt lächelnd.

»Sogar flüchtige Schlossdirektoren ohne Diplom«, frotzelte Bernsen, als auch schon ein uniformierter Kollege mit von Wilden im Schlepptau in der Tür erschien. »Das ging ja schneller als gedacht, super Arbeit, Kollegen.«

Alexander Wilden zitterte am ganzen Körper, als er sich unter dem Griff des Polizisten auf einen seiner wertvollen Biedermeierstühle fallen ließ. Mit letzter Kraft schaute er zu seinem Freund, der seinen Blick jedoch nicht erwiderte. Er schloss die Augen. Dann begann er leise und dissonant zu summen. Der Schweiß lief ihm in den Hemdkragen, über den Rücken und in die Unterhose. Klebriger Angstschweiß.

»Sie dürfen sich gern neben Ihren Pi setzen«, spottete Bernsen. Doch Maik Pehring rührte sich nicht einen Millimeter. Er dachte nicht einmal daran, seinem Liebsten zur Seite zu stehen.

»Auch gut, Siegfried und Roy machen ja auch nicht immer alles zusammen.« Offensichtlich hatte Bernsen endlich so einiges begriffen. »Dann erzählen Sie uns doch mal, warum gleich beide Herren sterben mussten.«

»Sie haben nichts gegen uns in der Hand. Sie stochern im Trüben, meine Herren, und suchen ein paar dumme Bauernopfer!« Maik Pehring hatte die Hand zur Faust geballt.

»Ach, das hören wir so oft, doch es wird dadurch leider nicht wahrer.« Kohlschuetter lehnte sich entspannt gegen den Fensterrahmen und verschränkte die Arme.

Bernsen stand breitbeinig mitten im Zimmer. »Gut, gut, ihr rosa Täubchen. Zwei Morde sind kein Pappenstiel. Die gute

Susi von der Spusi nimmt gerade eure Hütten auseinander. Und ich bin mir ziemlich sicher, dass wir in der Schillerstraße 25 jede Menge Fingerabdrücke von Claus Ferdinand von Wasenburg finden werden. Dazu ein kleines Wunderbäumchen im Garten beziehungsweise die Reste davon. Wir haben Zeugen, dass Sie, Herr Schlossdirektor a.D., zwei Salate nach Hause geschafft haben. Und ein paar Leutchen, die einen schneidigen Herrn vor Ihrer Wohnungstür gesehen haben, machen die Kollegen sicherlich auch noch ausfindig.«

Alexander Wilden wartete einen Augenblick. Seine Körpersprache verriet, dass er innerlich mit sich kämpfte, stark bleiben wollte. Irgendwann siegte die Angst.

»Was bildete sich dieser Mensch überhaupt ein, so mir nichts, dir nichts auf meinem Schloss aufzutauchen und mich anzusehen, als sei ich der Leibhaftige persönlich? Und dann auch noch mit diesem Bastard …«

»Halt die Klappe. Man kann uns nichts beweisen!«, fauchte Maik Pehring seinen Freund scharf an.

Doch der schien nichts zu hören. Wie in Trance kamen die Worte aus seinem Mund. »Er wollte mein Lebenswerk zerstören, alles, was ich mir über die Jahre mühevoll aufgebaut habe. Wie einen räudigen Hund hätten sie mich von meinem Schloss vertrieben. In die Nacht hinaus, mich, der ich so viel für diese Stadt geleistet habe. Das wäre plötzlich alles vergessen gewesen.«

»Du widerwärtiger kleiner Feigling«, zeterte Pehring. »Ich hätte es wissen müssen. Du warst schon immer ein durch und durch schwacher Mensch. Ohne Rückgrat, ohne Eier. Wie konnte ich mich nur auf dich einlassen? Und dann auch noch dieses heimliche Getue. Im einundzwanzigsten Jahrhundert muss ich meine Sexualität verstecken, nur weil der feine Herr um seinen Ruf in der Stadt fürchtet, ist das zu glauben? Das muss man sich mal reinziehen.« Die Vorwürfe prasselten nur so auf Wilden hernieder.

Vor Bernsens geistigem Auge tauchte seine keifende Rotfeder auf. Tief befriedigt darüber, dass es den Homos offensichtlich genauso erging wie ihm zuweilen, verfolgte er das Schauspiel. Kohlschuetter, dessen Partnerschaften den dazu erforderlichen Punkt der Vertrautheit noch nie überschritten hatten, saß grinsend daneben.

»Sie haben von Wasenburg zum Essen eingeladen und seinen Salat mit ein paar leckeren Rizinsamen gewürzt. Er ahnte nichts Böses und ist in die Falle getappt.«

Alexander Wilden schien nun vollkommen in seinen quälenden Gedanken versunken zu sein. »Was hätte ich denn machen sollen?«, presste er nach einer langen Pause mühevoll hervor.

»Weil du Idiot auch noch zu blöd bist, jemanden um die Ecke zu bringen, und glatt den Falschen erwischst«, keifte Pehring. Mister Cool waren die Nerven durchgegangen.

»Sie haben Münster und von Wasenburg verwechselt? Und weil es nicht geklappt hat, haben Sie rund sechsunddreißig Stunden später den zweiten Mord begangen.«

»Dieser Schwächling hat es versaut, ganz einfach. Ich habe gleich gesagt, der eine trägt eine hellblaue Jacke, der andere eine gelbe. Nur ein Blödmann kann das nicht erkennen.«

»Es heißt Justaucorps«, korrigierte Alexander Wilden mit kläglicher Stimme. »Und außerdem weißt du, dass ich eine Farbsehstörung habe.«

»Nur noch mal für mich zum Mitschreiben: Das Barockfest ist fast zu Ende, nur ein paar Hartgesottene tummeln sich noch im Festsaal. Von Wasenburg hat das Schloss verlassen, was Sie ja offensichtlich nicht bemerkt haben. Münster geht zu einem Fenster, um Luft zu schnappen. Sie schleichen sich an, und dann ...«

Keine Antwort, nur ein schwaches Kopfnicken.

»Ich sagte doch, dass die Tunte eine Flasche ist. Zu nichts zu gebrauchen, nicht einmal kochen kann der.« Pehrings Kopf leuchtete rosa. Ungelenk fächerte er sich mit der linken Hand Luft zu. »Ich kann hier nicht atmen.«

»Der Sauerstoff wird schon noch reichen, bis wir fertig sind. Dann gibt es frischen Zellenduft.« Bernsen beugte sich leicht nach vorn und überlegte, ob er mit diesem unausstehlichen Hotelmenschen Mitleid haben sollte. Eine Frau, die nichts Ordentliches auf den Tisch brachte, war wie ein drei Tage altes Fischfilet, keiner wollte es haben.

»Aber wieso hat das keiner der übrigen Gäste bemerkt? Es waren doch noch ein paar dort?«, wollte Kohlschuetter wissen.

Wilden sah ihn mit einem Blick an, der kleine Mädchen zum Heulen brachte. »Die Musik spielte noch. Alle waren vor dem

Regen ins Schloss geflüchtet. Und natürlich wollte dann niemand mehr mit einem offenen Pferdewagen nach Hause fahren. Die Taxis warteten vor dem Westflügel, also kamen die restlichen Gäste überhaupt nicht mehr über den Hof. Na ja, und dann war das ja auch eine dunkle Ecke.«

»Sie haben es riskiert, Sie haben es eiskalt riskiert.« Bernsen schüttelte ungläubig den Kopf.

»Wenn die Not so groß ist …«, erklärte Kohlschuetter.

»Ich habe es für die Heidecksburg getan und für die Fürsten von Schwarzburg-Rudolstadt.«

36

»Woher wussten Sie eigentlich, dass Ihr feiner Herr von Wasenburg auf Männer stand?« Bernsen drückte mit seiner Gabel ein
Fischstäbchen in den Kartoffelbrei.«

»Wusste ich nicht. Aber nachdem der Prinzessin auf Anhieb
ein kleiner Praktikant von anno dazumal eingefallen ist, lag das
irgendwie nahe. Sie wollte uns sagen, warum sie sich an den
Mann erinnerte, brachte die Wahrheit aber nicht über die Lippen.
Eine andere Generation und dann noch die feinen Familien, da
kommt das doch nicht vor. Und wie sind Sie auf Phili gekommen?« Kohlschuetter griff zum Besteck und löffelte bedächtig
an seiner halben Portion Tomatensuppe, die ihm die Bedienung
des Schlosscafés soeben serviert hatte.

Bernsen antwortete mit vollem Mund, wobei ein zerkautes
Stück Fischstäbchen sichtbar wurde. »Philipp zu Eulenburg, preußischer Diplomat und enger Vertrauter von Kaiser Wilhelm II.«

»Der, dem man homosexuelle Neigungen und ein Tête-à-Tête
mit dem Kaiser nachgesagt hat?«

Bernsen grinste selbstgefällig.

»Wie passend. Dieser Wilden hat es aber auch in jeder Hinsicht
übertrieben. Wie konnte er nur glauben, dass diese komplett
zusammengebastelte Identität nicht irgendwann auffliegt? In
diesen Kreisen kennt man sich doch.«

»Nun, es hat doch zwei Jahre lang gut funktioniert. Und wer
konnte schon ahnen, dass einer seiner Geliebten mit einem illegitimen Spross der Schwarzburg-Rudolstädter Fürstenfamilie hier
auftauchen würde, um ein Pferdebild abzustauben.« Bernsen hob
eine Gabel voll Remouladensoße auf ein Fischstäbchen, drückte
alles zusammen auf seinem Teller breit und schob es dann genüsslich in seinen Mund.

Kohlschuetter wandte den Blick ab und schaute über die
Dächer der Stadt. Die Aussicht vom Schlosscafé war wirklich
unübertroffen.

»Aber wissen Sie, was mir immer noch nicht klar ist?« Die
Gabel flog geräuschvoll auf die Fischstäbchenreste.

Kohlschuetter schaute Bernsen neugierig an.

»Was bedeutet denn nun eigentlich die 11.7, also KG aus dem Kalendereintrag des Adelshomos?«

»Ich weiß es nicht. Vielleicht ein Kosename.«

Bernsen überlegte. »Kleiner Galan. Ich bin für kleiner Galan«, sagte er und nickte bekräftigend.

»Dann hätten wir das ja auch geklärt.« Kohlschuetter wandte sich wieder der schönen Aussicht zu.

Ein Meeresrauschen unterbrach die Idylle.

Bernsen verdrehte die Augen und moserte schmatzend: »Immer beim Essen.« Als er den Namen des Anrufers auf seinem Telefon erblickte, schluckte er jedoch schlagartig alles hinunter, wischte mit dem Handrücken über seinen Mund und nahm Haltung an. »Meine Rotfeder, wie schön, deine Stimme zu hören. Ich habe den Fall schon ge…«

Ein fragender Blick von Kohlschuetter traf ihn, blieb vor lauter Aufregung jedoch unbemerkt.

»Wenn du möchtest, aber natürlich. Das Wochenende ist komplett frei. – Freitagnachmittag, sicher. – Ob ich Bernd … Wer ist denn Bernd? – Ach so, natürlich kann ich Bernd etwas mitbringen. Das ist doch nur ein kleiner Umweg. Kein Problem. – Am Samstag auf den Sportplatz, aber selbstverständlich bringe ich ihn dahin. Wenn du Zeit hättest, uns zu begleiten? – Nein. Trotzdem kein Problem, unter Männern. Wir kommen schon zurecht. – Ja, natürlich gebe ich mir Mühe. Ich bin doch glücklich, wenn du glücklich bist. Bis dahin. Küsschen, und grüß Bernd.«

Ohne eine Miene zu verziehen, steckte Bernsen das Smartphone ein und widmete sich wieder seiner extragroßen Portion Fischstäbchen.

Kohlschuetter, der seinen Löffel langsam in die leere Suppenschale gleiten ließ, schaute ihn mit weit aufgerissenen Augen sprachlos an. Eine Ménage-à-trois hätte er ihm überhaupt nicht zugetraut.

»Also, für mich wäre das ja nichts«, hob er vorsichtig an. »Meine Frau und … ich weiß nicht.«

»Ich bin doch nie zu Hause und bevor sie immer ganz allein ist. Außerdem muss ich irgendwann ja doch mal wieder nach Bremen. Die sauberen Socken sind seit Mittwoch aufgebraucht.

Scheiße, was machen wir Männer aber auch für Kompromisse, um unsere Wäsche gewaschen zu bekommen, was? Die Weiber haben uns allein damit fest in der Hand. Na gut, vielleicht auch noch mit dem Labskaus …«

»Selbst waschen löst das Problem, würde ich sagen. Dann muss man sich auch keinen Bernd antun.«

»Aber wenn sie ihn doch mag? Wenn sich meine Rotfeder erst einmal etwas in den Kopf gesetzt hat, ist sie nicht wieder davon abzubringen. Hauptsache, der sieht mich nicht als Konkurrenz.«

»Wie bitte?«

»Na, Pudel sollen doch so eifersüchtig sein.«

»Pudel?«

»Bernd, ja. Und dabei kann ich Hunde nicht ausstehen.«

Dank

Die Idee zu diesem Buch ist auf einer meiner vielen Wanderungen durch das Schwarzatal entstanden. Und aus der magischen Anziehung, die Rudolstadt und hier im Besonderen das Schloss Heidecksburg schon immer auf mich ausüben. Für mich ist es einer der schönsten Orte Thüringens.

Dass ich es schreiben konnte, dafür danke ich meinem Agenten, Michael Wenzel, mit dem ich mir immer wieder vorzügliche Schlagabtausche liefern kann. Dank gebührt natürlich auch der Dame, die sich nächtelang mit den Feinheiten der deutschen Sprache auseinandersetzt und der es konsequent gelingt, dem Buch das letzte i-Tüpfelchen aufzusetzen, meiner immer gut gelaunten Lektorin Marit Obsen.

Da die Geschichte zum Teil auf wahren Begebenheiten beruht, konnte ich sie natürlich nicht ohne echte Experten schreiben. Dem Direktor des Thüringer Landesmuseums Heidecksburg Dr. Lutz Unbehaun und seinem Team danke ich für die Hilfe und den Humor, Frank Esche, dem Archivar, für die Einblicke in das Liebesleben des Fürsten, Almut Wagner, der Geschäftsführerin des Saalfelder Schokoladenwerkes, für das Insiderwissen rund um ihre Schokolade und Dr. Jürgen Aretz, Staatssekretär a.D., für seine interessanten Erklärungen zu den Verhandlungen mit den Thüringer Fürstenhäusern.

Julia Bruns, im März 2016

Julia Bruns
ZWEI BIER UND EIN MORD
Broschur, 208 Seiten
ISBN 978-3-95451-500-4

»Julia Bruns hat einen wunderbaren Thüringen-Krimi gebraut. Mit den Hauptkommissaren Friedhelm Bernsen und Timo Kohlschuetter hat Julia Bruns ein Ermittler-Duo erdacht, das hoffentlich nicht schon nach dem ersten Fall die Akten schließt. Gut gelungen sind auch die amüsanten Dialoge, die das Buch lesenswert machen. ›Zwei Bier und ein Mord‹ ist ein gelungener Regional-Krimi, der die Besonderheiten der Stadt und Gegend als Schauplatz für eine bierseelige Mordgeschichte schön in Szene setzt.« Thüringer Allgemeine

www.emons-verlag.de